i
imaginist

想象另一种可能

理
想
国

imaginist

灰蜜蜂

АНДРЕЙ КУРКОВ

СЕРЫЕ ПЧЕЛЫ

[乌克兰] 安德烈·库尔科夫——著

钟立 陈晓萍——译

第 1 章

大约凌晨三点钟,谢尔盖·谢尔盖伊奇被冻醒了。他仿照《我喜爱的别墅》杂志的图样,拼凑着做出带有小玻璃门和两个炉圈的煤炉,已经不热了,旁边的两只铁桶也空着。他伸手摸了一下最近的一只桶,摸到了满手的煤渣。

"哎呀。"他睡眼惺忪地嘟囔着,穿上裤子,把脚伸进用旧毡靴做成的拖鞋里,穿上羊皮大衣,拎起两个铁桶,走到院子去。

他在棚子后面的煤堆前停了下来,目光落在铁铲上——外面比屋里亮多了。煤块被铲到桶里,砸在铁桶底部发出响声。很快,响声消失了,接下来的煤块沉默地落入桶里。

远处某一个地方响起了一声炮响,半分钟后又一个爆炸声,似乎是从相反的方向传来的。"这些傻瓜是不想睡觉了,"谢尔盖伊奇自言自语道,"还是他们手痒了吧。"

然后他回到黑暗的屋子里,点燃一支蜡烛。一股温暖、宜人的香甜气味扑鼻而来，窄窄的木窗台上传来熟悉的闹钟滴答声，这抚慰了他的双耳。炉膛里还有一丝余热，但如果不加点儿木片和纸屑，是不足以让结霜的煤块燃烧起来。最后，当长长的蓝色火舌开始舔舐烟熏的玻璃炉门时，男主人又到院子去了。屋里几乎听不见的远处的轰击声，这时从东面传到谢尔盖伊奇的耳朵里，但很快另一个声音引起了他的注意。他听到一辆汽车在附近驶过，然后停了下来。村子里只有两条像样的街道——一条以列宁的名字命名，另一条以塔拉斯·舍甫琴科[1]的名字命名——还有一条是伊万·米丘林巷。谢尔盖伊奇住在列宁街，并不值得炫耀的是这条街上只住着他一个人。这意味着那辆汽车一直在舍甫琴科街行驶，那里也只剩下一个人——帕什卡·赫梅林克，他和谢尔盖伊奇一样早早就退休了。这两个人几乎同龄，从上学的第一天起就是敌人。帕什卡的菜园面向戈尔洛夫卡方向，所以他比谢尔盖伊奇离顿涅茨克近一条街。谢尔盖伊奇的菜园朝着斯拉维扬斯克，另一个方向。菜园向着一片田野倾斜，而田野则向日丹尼夫卡方向连绵延伸，低低高高，在远处上升着，因此从菜园里看不见日丹尼夫卡，它隐藏在一个驼峰后面。有时能听到乌克兰军队的动静，他们在那座驼峰上挖了防空洞和战壕。即使听不见军队的声音，谢尔盖伊奇也总能感觉到军队的存在，他们在人工林地那边的土路左边的防空洞和战壕里，而从前，沿这片林地的土路行驶的是拖拉机和卡车。

军队在那里驻扎已经三年了，士兵们和俄罗斯军人，他们一起在地下掩体里喝茶、喝伏特加。在舍甫琴科街和菜园后面的地堡里，在苏联时期种植的杏树园的遗迹之外，在另一块被战争剥夺了劳作工人的田野，就像谢尔盖伊奇的菜园和日丹尼夫卡之间的田地一样，因为战争，这里的大部分土地都荒芜了。

村子里安静了整整两个星期，没有听到过一声枪响。他们累了吗？他们是在保存子弹和炮弹吗？或许他们是不愿意惊扰小斯塔罗格拉多夫卡村最后的两位居民，他们为了保全自己的家园，远比为了争夺一块骨头而拼命的狗更坚韧顽强。战争一开始，小斯塔罗格拉多夫卡村的村民都想离开。对战争强烈的恐惧占据了上风，最终村民们都走了——相对于财产，他们更担心自己的生命安全。但是战争并没有使谢尔盖伊奇害怕，他不担心自己的生命安危，只是感到困惑，对周围的一切都漠不关心。他好像失去了所有的情感，变得麻木起来，除了责任感——对他的蜜蜂的责任。现在蜜蜂正在过冬，而他则整日惴惴不安，为蜜蜂担心，生怕出了状况。蜂箱里面铺着毛毡，再用金属板盖着。虽然蜂箱是放在棚子里，但那些可恶的流弹可能会从四面八方飞来，金属挡板能抵挡一下吧——那样的话，加上蜂箱的保护，蜜蜂能躲过一劫吗？

第 2 章

中午,谢尔盖伊奇刚把第二桶煤倒进炉子里,又往炉子上放了一壶水。他打算烧壶开水,一个人喝点茶,但是没能如愿。这时,帕什卡出现了。

在让不速之客进屋前,谢尔盖伊奇将一把扫帚放在了门边的那把用来自卫的"安全"斧头前。帕什卡可能会有枪或卡拉什尼科夫冲锋枪来自卫,谁知道呢。他看到斧头可能会咧嘴笑,好像在说谢尔盖伊奇是个傻瓜。但谢尔盖伊奇什么都没有,只有这把斧头是他唯一能保护自己的东西。晚上他把斧头放在床下,这就是为什么他有时能睡得如此平稳和深沉的原因。当然,他并非总是睡得好。

谢尔盖伊奇给帕什卡开门,他不太友好地哼了一声,谢尔盖伊奇对他的这位舍甫琴科街的邻居是心存怨恨的,他的怨恨似乎永远不会结束。一看到他,谢尔盖伊奇就想起了帕什卡以前耍的那些卑鄙的把戏,想起了他过去常常和老师斗嘴，搬弄是非，想起了他在考试时从不让谢尔盖伊奇抄他的东西。你也许会想，四十年过去了，谢尔盖伊奇应该学会原谅和忘记了。原谅吗？也许吧。但他怎么会忘记呢？他们班有七个女孩，只有两个男孩——他和帕什卡——这意味着谢尔盖伊奇在学校从来没有朋友，只有敌人。当然，敌人这个词太刺耳了。

"你好，谢尔盖伊奇！"帕什卡神情紧张地跟谢尔盖伊奇打招呼。"你知道昨天晚上他们供电了。"他说着，瞥了扫把一眼，看看能不能拿过来清扫靴子上的雪。

拿起扫把看见斧头时，他撇嘴笑了。

"你撒谎，"谢尔盖伊奇平静地对他说，"如果有电，我早就醒了。我把所有开关都开着，来电时我不可能错过的。"

"你可能睡得特别死呢！爆炸都无法让你醒来。他们只给了半个小时的电。看，"他拿出手机，"已经充满电了！你要给什么人打电话吗？"

"没有什么人，"谢尔盖伊奇说，"喝茶吗？"

"你从哪里弄到的茶？"

"从新教徒那里。"

"啊，你可真行，"帕什卡说，"我的茶早就喝完了。"

他们俩在小桌旁坐下。帕什卡背靠着散发热气的炉子和烟筒。

"茶怎么这样淡呀？"客人抱怨了一句，然后换了一个腔调，客气地问："有什么吃的吗？"

谢尔盖伊奇流露出生气的表情。

5

"晚上他们没有给我送人道主义救援物资。"

"我也没有。"

"那他们给你送什么了？"

"什么也没有！"

谢尔盖伊奇哼了一声，抿了一口茶。

"所以昨晚没人来过？"

"你看到了？"

"看到了，当时我出去取煤。"

"啊，嗯，是我们的人，"帕什卡点头说，"来侦察的。"

"那他们要侦察什么？"

"找老乌……"

"你说谎了？"谢尔盖伊奇直视着帕什卡狡黠的眼睛。

帕什卡马上放弃了。

"我说谎了，"他坦白道，"有几个人——他们说是来自戈尔洛夫卡，要卖给我一辆奥迪车，三百美元，没有任何手续证件。"

谢尔盖伊奇冷笑说："怎么，你买了？"

"你把我当什么了？白痴吗？"帕什卡摇头，"你以为我不知道这是怎么回事吗？如果我转身去拿钱，他们会在背后捅我一刀的。"

"那他们为什么没来我家呢？"

"是我对他们说，村里只剩下我一个人，而且，也不能从舍甫琴科街把车开到列宁街，路上有被炮弹炸出的大坑。"

谢尔盖伊奇只是呆呆地望着帕什卡那张狡诈的脸，这张脸看上去像是一个上年纪的扒手——一个被无数次逮捕和殴打后变得恐惧和神经质的人。帕什卡才四十九岁，看上去足足比谢尔盖伊奇大十岁。是因为他那土黄色的肤色吗？还是粗糙的脸颊？就好像他一辈子都在用一把钝剃刀刮胡子。谢尔盖伊奇望着他，心想，如果不是村里只剩下他们两个人，他将永远不会与帕什卡交往。如果没有战争，他们会继续在平行的街道上过着相似的生活，不会说一句话。

客人叹了口气说："我很久没听到枪声了。但是在哈特内附近，你知道的，他们过去只在晚上发射大炮——嗯，现在他们也在白天射击了。""听着，"帕什卡把头向前倾了倾，"如果我们的人让你做什么事——你会照做吗？"

"谁是'我们的人'？"谢尔盖伊奇不耐烦地问。

"别装傻了。我们的人，在顿涅茨克的。"

"我的人在木板棚里。我没有其他的人了。你也不完全是'我的'。"

"哦，别瞎说了。你怎么啦，没睡够吗？"帕什卡撇了撇嘴表示不满，"还是你的蜜蜂冻死了，所以你现在就拿我出气？"

"我先把你冻死！"谢尔盖的语气带着极大威胁，"如果你再诅咒我的蜜蜂的话……"

"嘿，别误会我的意思，我尊敬你的蜜蜂——我只是担心而已！"帕什卡急忙打断他的话，语气退缩，"我只是不明白它们是怎么熬过冬天的。他们在棚子里不会冷吗？过了一个晚上我就受不了了。"

"只要棚屋完好无损，他们就没事，"谢尔盖伊奇语气变得缓和多了,"我照看他们,每天都去检查。"

"它们在蜂箱里怎么睡觉呢?"帕什卡问,"也像人一样吗?"

"就像人一样,每只蜜蜂睡在自己的小床里。"

"你没有给小屋供暖,是吗?"

"他们不需要,蜂巢里的温度是37度,他们能保证自己的温度。"

一旦话题转向蜜蜂,气氛就变得友好起来。帕什卡觉得他应该趁一切都缓和的时候离开,这样,他们甚至可以向对方道别,不像上次谢尔盖伊奇说了几句话就让他走人,但帕什卡又想到了一个问题:

"你想过退休金吗?"

"有什么好考虑的?"谢尔盖伊奇耸了耸肩膀,"战争结束后,邮递员会给我送来三年的退休金支票,到时候就能过上好日子。"

帕什卡咧嘴一笑,他想刺激一下对方,但还是克制了一下。

离开前,他的目光再次和谢尔盖伊奇相遇。

"你听着,趁现在我的手机有电……"他再次掏出手机,"也许你该给你的维塔利娜打个电话,对吧?"

"她怎么是我的呢?六年了,现在她不是我的了。不,我不打。"

"给女儿打一个吗?"

"你该走了,我说过,我没什么电话要打的。"

第 3 章

"那是什么？"谢尔盖伊奇脱口而出。

他站在菜园边上，面对着白茫茫的田野。田野平整开阔，向下延伸着，然后又逐渐向上蜿蜒，一直通向远方的日丹尼夫卡。在远方白雪覆盖的地平线上，隐藏着乌克兰军队的防御工事，当然，谢尔盖伊奇站着的地方，看不见这些工事，它们离得很远，况且他的视力本来就很差。在他右边，沿着同一方向缓缓向上延伸着一道时密时疏的防风林。实际上，防风林只是在通向日丹尼夫卡的转弯处才开始向上延伸。在那前面，沿着土路种植的树木是一条直线，现在土路被雪覆盖了，因为自从战争开始以来就再也没有人开车走过这条路。在2014年春天之前，人们可以沿着这条路一直开到斯韦特洛耶或者卡利诺夫卡。

通常是谢尔盖伊奇想活动腿脚时，便去菜园里逛逛，他甚至会走到菜园边上眺望远方。更多的闲暇时间，他只是在院子里巡视，先去棚子看看蜜蜂情况，再去摇摇欲坠的车库查看他的绿色日古利牌汽车，最后是去查看储存的煤堆。看着煤堆一点点地变少，但他一点也不会对第二天的取暖担心，他确信煤是够用的。有时他会走到果园里，在冬眠的苹果树和杏树旁停留一会儿。偶尔他会发现自己已经站在菜园边上。这里有积雪，走过来时总是深一脚浅一脚的，新雪很松软，踩下去咯吱作响。冬天的风把雪吹向田野，吹到坡道上。地势高的地方积雪就少，比如谢尔盖伊奇的菜园。

快中午了，该回屋子了，但是在田野深处有一个黑点，就在通向日丹尼夫卡和乌克兰战壕的斜坡上。这个发现让谢尔盖伊奇感到困惑，也让他放心不下。几天前，他到菜园边驻足眺望的时候，整片白色田野还是干干净净的，什么都没有，除了积雪。如果长时间地凝视那一片白雪，就会开始听到白色的噪音——寂静用寒冷的双手握住你的灵魂久久不松手而导致听觉系统出现的幻觉。当然，这是一种特殊的体验。当你已经习惯了这种特殊的寂静，那些你已经习以为常的、不再引起格外关注的声音，就逐渐变成寂静的一部分了。例如现在，远处的炮声——谢尔盖伊奇强迫自己去听，射击是在右边大约十五公里外——但好像又是在左边，除非那是回声。

"一个人？"谢尔盖伊奇望着田野上的黑点，大声问自己。

刹那间空气仿佛变得清晰透明了。

还能是什么呢？他想，要是我有望远镜就好了……但我已经在家里烤火取暖了……也许帕什卡有？

现在，这个想法驱使他立刻前往帕什卡家。他绕过米季科夫家附近的弹坑，朝舍甫琴科街走去。沿不久前行驶过的那辆汽车的轮胎印走着，他想起帕什卡关于汽车的说辞，他说的也许是实话，也可能是假话，对他来说，他什么话都说得出来。

"有望远镜吗？"当儿时的敌人给他开门时，谢尔盖伊奇连问候都没有，就直截了当地问道。

"我有，你要它干什么？"帕什卡似乎也不想问候，何必说废话呢？

"我那边的田野上好像有一个什么东西，也许是一具尸体。"

"哦！"帕什卡的眼中立刻闪烁着好奇的光芒，"等一等！"

很快，他们就经过了米季科夫家附近的弹坑。一路上，谢尔盖伊奇抬头望着天空，天已经黑下来了，但即使冬季最短的白天，也不会在中午一点半结束呀。然后他瞥了一眼那副巨大的旧双筒望远镜，这副旧的望远镜用一条棕色皮带拴着，挂在帕什卡那隆起的羊皮外套的前胸上。当然，如果不是他把衣领竖起来，外套就不会鼓鼓囊囊的了。现在，他的衣领像一道篱笆一样围在他纤细的脖子上，保护他不受寒风的侵袭。

"在哪里？"他们俩刚走到菜园边上，帕什卡就举起了望远镜。

"看,就在那里,正前方,稍微偏右一点,斜坡上!"谢尔盖伊奇手指那个方向。

"慢着,别急,"帕什卡自言自语,"啊,看见了!"

"是什么?"

"军人的尸体。但他是谁?看不见他的臂章……他躺的姿势看不清楚。"

"让我看一看。"谢尔盖伊奇请求说。

帕什卡从脖子上摘下望远镜,递给他。

"给你,养蜂人——说不定,你的眼神好。"

从远处看是黑色的东西,从近处看原来是绿色的。死者向右侧躺着,背对着小斯塔罗格拉多夫卡村——这意味着他正面对着乌克兰的战壕。

"有什么发现?"帕什卡问。

"确实是一个死去的士兵。天知道他是哪一伙的!也许是那一伙,也许是这一伙的!"

"明白。"帕什卡点了点头。看着他的脑袋在立起的衣领里晃动,谢尔盖伊奇笑了。

"你笑什么?"帕什卡疑惑地问。

"你的头像个倒立的钟摆,在羊皮领子里摇来晃去,对于这种奢侈品,你的脑袋有点显小!"

"我就这样的小脑袋,"帕什卡反驳道,"再说,用子弹打一个小脑袋比较困难——像你这样的大脑袋,在一公里开外都不会被子弹错过的……"

他们拖着沉重的步伐经过果园、菜园和院子,朝着列宁街走去。一路上他们不说话，也不看对方。到家门口，谢尔盖伊奇请求帕什卡把望远镜借给他两天。帕什卡把望远镜给他留下，然后头也不回地朝米丘林巷走去。

第 4 章

那天夜里,谢尔盖·谢尔盖伊奇醒了,不是因为他自己冷,而是因为在他的梦中,有一个人冷。更确切地说,他梦见自己就是那个死去的士兵,被杀死并遗弃在雪地里。到处都是可怕的霜冻,他的尸体变得越来越僵硬,甚至变成了石头,身体本身开始散发出寒气。在梦中,谢尔盖伊奇躺在这具石头尸体里,其实不论在梦里和梦外,他躺在那里——在床上或者是自己的身体里,都能感受到这种极度的寒冷。只要还在梦中,他就只能一直忍受着。当从梦中醒来时,他径直从床上站了起来,等他的手指不再因梦中忍受的寒冷而颤抖,然后从桶里倒了一些煤块加到炉子里,在黑暗中摸着桌子坐了下来。

"怎么不让我睡觉呢?"他低声说。

他安静地坐了大约半个小时,眼睛慢慢适应了黑暗。房间里的空气是水平分层的,脚踝还有寒意,但他的肩膀和脖子变暖和了。

谢尔盖伊奇叹了口气,点上一根黄蜡烛,他走到衣柜前,打开左边的柜门。他把蜡烛拿近了一点,看见空空的衣柜里面,挂着他妻子的——前妻的——连衣裙。那是维塔利娜故意留下的,这是一个明显的暗示,想让他记住这是她离开的原因之一。

在微弱的、跳动的烛光下,衣服的图案并不容易辨认,但谢尔盖伊奇不需要看,他对这件连衣裙并不精致的花纹和图案谙熟于心,在蓝色的布面上,布满了密密麻麻的棕红色大蚂蚁,想象一下有成千上万只这样的蚂蚁在身上上蹿下跳,是什么样的设计师才能设计出这样的图案!哦,不——就不能只是简单和好看一点吗?像其他衣服的图案那样,波点、雏菊或紫罗兰……

谢尔盖伊奇像往常一样,用右手的拇指和食指捻灭了小火苗,烛芯冒出一股带着甜味的烟飘到了他的鼻子里。他回到床上,盖上毯子,很暖和,接下来应该会是一个温暖的梦,而不是那些寒冷到恐惧的噩梦了。

眼睛不由自主地闭上了。是的,他闭上眼睛,睡着了。他又看见了那件有蚂蚁的衣服,只是它没有挂在衣橱里,而是穿在维塔利娜身上。裙摆到膝盖下方,而棕红色蚂蚁似乎在裙子上跑来跑去,因为维塔利娜正沿着村里的街道走着,衣服在微风中飘动。不,她不是在走路,她是在缓慢飞行。就像她第一次离开他们家一样。你可以说,这是她第一次"走出去",以便在大街上和村子里出现,仿佛她是某种重要角色，只要一看到她，大家就会退后一步，盯着她看。从文尼察市搬来的第一天，她还没有打开行李收拾妥当，就立刻拿出了那件蚂蚁裙子，熨好，穿上，然后朝街尾的教堂走去。他曾试图阻止她，求她换上别的衣服，但没有用……是的，她特立独行，以及她对"美丽"事物的热爱，甚至是根本不可能阻止的。

她原以为谢尔盖伊奇要和她一起出去，但他在大门口停了下来，陪穿着蚂蚁裙子的妻子一起上街，他感到害臊。

于是她独自一人出了门，迈着张扬的甚至是高傲的步伐在街上走着。她这一身打扮吸引了邻居们的注意，大家或是站在栅栏边，或是跑到大门口，或是透过窗户，看着她如此招摇过市。那时候的小斯塔罗格拉多夫卡村充满了活力，几乎每个院子里都回荡着孩子们的笑声。

不用说，在接下来的几天里，她成了村里的谈资，而且不是什么好话。

但毕竟，他不是因为一件衣服而爱上维塔利娜，并娶她为妻的。她不穿那该死的裙子更好看，然后她就完全属于他了……遗憾的是，他们俩的关系没有像他希望的那样持续很久。

在谢尔盖伊奇的梦里面，维塔利娜第一次在村里散步的情景，与实际发生的情况不同。在梦中，他牵着她的手，并肩走着。他跟每一个邻居点头打招呼，尽管他们的眼睛恨不得都粘在蚂蚁裙上，就像苍蝇被粘在夏天贴在桌子上的胶带上一样。

他们走到教堂，但没有进去，而是绕着教堂走到后面的墓地。那里沉默的十字架和墓碑扼杀了任何微笑或大声说话的欲望。谢尔盖把维塔利娜领到父母的墓前，他的双亲都不到五十岁就过世了；然后他又把其他亲戚的墓地指给她看，父亲的妹妹和她的丈夫两口子；他自己的堂兄和他的两个儿子，三人都死于酒驾造成的交通事故；甚至还有他的侄女，尽管她被埋在墓地的边缘，在峡谷上面，这一切都是因为她的父亲和村委会主席发生了纠纷，后者以这种方式报复了她们家。如果你在某个地方住得够久，那么你在墓地里的亲人会比在身边的多。

事实上，在她来村子的第二天或第三天，他们确实去过墓地，但她穿得很得体——一身黑色。谢尔盖伊奇当时就认为，她穿黑色好看极了。

窗外传来一声巨响。谢尔盖伊奇吃了一惊，他的梦消失了：墓地消失了，维塔利娜和蚂蚁裙消失了，他自己也消失了，就像在电影院看电影时，放映机里的胶片突然断了一样。

但谢尔盖伊奇没有睁开眼睛。

一定是什么地方被炸了，他想，没那么近，口径却很大。如果很近，会把我从床上抛下来的。如果炮弹击中了房子，我就会永远待在梦里面了，那里比现实中更舒适、更温暖，甚至连蚂蚁裙看起来也不那么烦人……它有点招人喜欢了。

第 5 章

"他就躺在他们的脚下!"帕什卡无法掩饰自己的愤怒,"他们本应该为他收尸啊。"

一阵凛冽的寒风从被炸毁的教堂的方向吹来。帕什卡缩着脑袋,像是整个人都试图躲进衣领里。他这副愤怒的表情使谢尔盖伊奇联想起苏联历史教科书上的某些画像。

他们再次站在菜园的边缘。帕什卡整个上午都在生闷气,从一小时前他给儿时的敌人开门,没有邀请他进屋的那一刻起,就在生气。不过,他还是同意陪谢尔盖伊奇一起走一趟,并迅速做好了出门的准备。

"好吧,他影响你睡眠了,"帕什卡在路上抱怨说,"可这跟我有什么关系?让他躺着吧,我才不管呢,他们迟早会把他埋了的。"

"可是,他是个人啊!一个人要么活在人世上,要么躺在他的墓地里。"

"他会有自己的坟墓,"帕什卡不屑地说,"到时候我们都有自己的坟墓。"

"听着,我们爬过去吧——我们至少可以把他拖到树林里,别让他躺在光天化日之下。"

"我才不爬过去!让他们的人把他弄走吧。"他以严厉语气告诉养蜂人,没有必要再讨论下去了。

"把望远镜递给我。"帕什卡说。

他盯着远处看了一会儿,撇了撇嘴。他和谢尔盖伊奇一样不喜欢这种景象,但他的想法和养蜂人完全不同。

"如果他是从他们那边爬出来的,说明他是'乌克兰人',"帕什卡放下望远镜,大声分析说,"如果他是朝向他们爬过去,那他就是我们的人。如果我们能确定他是我们的人,就可以通知卡鲁谢里诺的伙伴们晚上来把他运回去。但他是侧躺的!谁知道他是往哪个方向走还是往哪个方向爬?顺便问一下,你听见昨晚的爆炸声了吗?"

"听到了。"谢尔盖点了点头。

"我想他们袭击了墓地。"

"什么人干的?"

"我怎么知道。喂,有多余的茶叶吗?"

谢尔盖伊奇咬了一下嘴唇。虽然想拒绝,但他却说不出口,因为是他把帕什卡叫来的。

"好,我们回去吧。"

谢尔盖伊奇走在帕什卡前面,心里想着应该把茶叶放在什么容器里给他。如果用火柴盒装,帕什卡会生气,但如果用蛋黄酱的瓶子,这得装多少呀。

在门槛处,他们俩跺了跺脚。

最后,谢尔盖伊奇确实用了一个蛋黄酱瓶子,但他并没有把它装满。

"你还想要望远镜,还是已经看够了?"帕什卡问,他尽力表现出感谢的神情。

"啊,留下吧。"养蜂人说。

这一次他们友好地告别。帕什卡走了以后,谢尔盖伊奇到棚子去看过冬的蜜蜂,确保一切安然无恙。然后他又到车库查看汽车,他本想启动发动机检查一下,可又害怕惊动蜜蜂。蜜蜂就在旁边,棚子和车库一墙之隔,算是在一个屋檐下。

初冬的暮色渐渐降临,谢尔盖伊奇为过夜准备了煤。他往炉子里倒了半桶煤,关上炉灶的玻璃门,把一壶水放在一个炉圈上,他打算晚饭吃咸荞麦粥。烧水的时候,他在烛光下看起书来。他有很多蜡烛——比他的书还多。他的书是苏联时代的旧书,放在餐具柜的玻璃门后面,瓷器的左边。是的,书很旧,但很容易读,字体大而清晰,一切都很清楚,因为书中讲的故事很简单。与此同时,蜡烛放在角落里——整整两箱。蜡烛一排排紧紧地摆放着,用蜡纸隔开。蜡纸本身就很有用,可以在雨中用它来生火,甚至在飓风中生火。一旦点着蜡纸,就没法浇灭它。当一颗炮弹击中列宁教堂时——人人都把当地的教堂称为"列宁教堂",因为它位于列宁街的尽头——这座木造教堂被夷为平地，第二天早晨，谢尔盖伊奇走过教堂，在被炸毁的石头砌的附属建筑里发现两箱蜡烛。他把两箱蜡烛搬回家。"给予就会得到回报"——《圣经》上这么说的。多年来，他一直向教堂捐赠蜂蜡，让牧师用来制作蜡烛。他不停地给予，上帝终于在电力中断的紧急时刻给他送来了这些礼物。在没电的夜晚，是蜡烛给他提供了光明，对于蜡烛而言，这也是一项神圣的工作，在黑暗时刻照亮人们的生活。

第 6 章

过了几天平静无风的日子之后,一个异常黑暗的夜晚来临。夜幕不是按季节规律降临的,一股看不见的气流涌动,淡淡的云层越来越浓密,瞬间乌云笼罩了白雪冻僵的大地,天空一片昏暗。毛茸茸的雪花飘了起来,新雪落下,覆盖了旧雪。

谢尔盖伊奇打了个哈欠,往炉子里添了一些煤,照例用两个手指捻灭蜡烛。睡觉前该做的事情都完成了,只剩下上床盖好被子,便一觉睡到天明或者半夜被冻醒。然而,因为下雪,窗外的寂静多少让人觉得不完整。谢尔盖伊奇早已习惯了远处的炮声,这已成为夜晚寂静不可或缺的一部分,而这场突如其来的降雪则如稀客的到来,窗外的沙沙声淹没了一切,打破了夜晚空旷的寂静。

当然,寂静是人们为自己调整的个人听觉感受。早些时候,谢尔盖伊奇的寂静与其他人的并无不同。天空中飞机的嗡嗡声，或者从开着的窗户跳进来的蟋蟀的夜间鸣叫声，是那么容易被捕捉入耳。所有安静的声音，不会引起刺激，也不会让人回头，最终都会融合成寂静。和平时期的寂静也是如此。战争时期的寂静则是另一回事了。枪炮声取代了大自然的声音，它们依偎在寂静的翅膀下，不再引起人们的注意。

谢尔盖伊奇躺在床上。外面的雪越下越大，一股莫名的焦虑袭上心头，他迷迷糊糊的，但并没有睡着，而是陷入了沉思。

他再次想到躺在田野上的死者。不过，这一次他觉得高兴了，因为想到死者很快就会被隐藏起来。毕竟，这么大的雪会把所有的东西都覆盖上很长一段时间，直到春天解冻时为止。到了春天，一切都将改变，大自然苏醒了，鸟鸣将淹没大炮的轰鸣声。因为鸟儿就在附近歌唱，大炮则在远处轰鸣。只有偶尔，出于某种未知的原因比如喝醉了，或者打困了，炮手们才会不小心向小斯塔罗格拉多夫卡村投下一两枚炮弹，最多一月一次吧。炮弹击中的是没人的地方、墓地、教堂庭院，或者从前集体农庄那间空荡荡的办公室。

如果战争一直持续到春天还不结束，谢尔盖伊奇就会离开村子，留下帕什卡一个人。他会带着全部蜜蜂——六个蜂箱——到没有战争的地方去，那里的田野没有弹坑，长满了荞麦，盛开着野花。在那里，人们可以毫无畏惧地穿过树林，穿过草地，沿着乡间小路行走，人来人往的，即便他们没有对你微笑，因为充满了人气，生活仍然会显得轻松和温暖。

想到蜜蜂，谢尔盖伊奇的心情就放松下来，他似乎渐渐进入了梦乡。睡梦里他回到了记忆中最珍贵的那一天，前州长、顿巴斯地区的大老板[2]，第一次拜访他，这是一个你在各方面都能理解和信任的人，他后来担任了这个国家的领导人。他乘坐一辆吉普车，身边带着两个卫兵，来到村子里。那时的日子很不一样，生活很安宁，战争前平静的生活只维持了十年的时间。那一天，邻居们都怀着羡慕和好奇的心情，注视着这个身材魁梧的人走进谢尔盖伊奇家的大门，用自己的大手握住他的手。有人还听到来访者问："这么说，你是谢尔盖·谢尔盖伊奇，嗯？我可以在你的蜜蜂床上打个盹吗？这个方法都是你自己想出来的吗？"

"不是，是别人想出来的——我在一本养蜂杂志上读过类似报道。不过，床是我自己做的。"养蜂人骄傲地回答。

"好，让我们看看。"客人大声地说，脸上露出深沉而友善的微笑。

谢尔盖伊奇把他领到果园，六个蜂箱背靠背地排成两排，上面铺着一张木板，而木板上面则铺着一张薄薄的稻草床垫。

"要脱鞋吗？"客人问。

主人低头看了一眼客人的鞋子，惊呆了。这是一双做工精致、款式大方的尖头皮鞋，皮面泛着珍珠母贝的光泽——就像水面漂浮的汽油在耀眼的阳光下泛出的绚丽色彩。只是这皮鞋比汽油高贵得多，非同寻常的考究，明晃晃的太阳和夏季果园里的空气，让这双皮鞋的颜色更加出彩，也更加立体了。

"不，不需要。"谢尔盖伊奇摇头说。

"怎么，喜欢吗？"州长微笑着。

这句话让主人很不好意思地把目光从皮鞋上移开。

"是的，我从来没有见过这样做工精致、款式大方的皮鞋。"谢尔盖伊奇承认说。

"你穿多大码的鞋？"州长问。

"四十二码。"

州长点了点头。他走到中间的一个蜂箱，蜂箱前立着一个木制的台阶，他登上去，小心翼翼地坐到薄薄的草垫上，侧身躺下，把腿伸直，然后有点孩子气地看着谢尔盖伊奇，就像一个面对严厉老师的小学生。

"是仰卧好还是趴着好？"他问。

"仰卧好一些。"谢尔盖伊奇提醒说，"让身体与蜂箱接触的面积大一些。"

"好，你去忙吧，我睡一小会儿。到时候让他们叫你！"州长说着，瞥了一眼站在蜂床旁边的警卫员，其中一位点了点头表示听见了。

谢尔盖伊奇回到屋里，打开电视机——那时候供电还正常。他本想分散一下注意力，但这位身材魁梧的贵宾给他留下了挥之不去的印象，他还担心蜂箱的细木腿儿会不会被州长的高大身躯压坏。他喝着茶，却仍然担心着蜂箱腿儿是否结实。要知道当时做这些蜂箱的时候，只考虑蜜蜂了，根本没想到睡在蜂箱上有治疗效果。

走的时候，州长留下三百美元和一瓶伏特加以表感谢。从那一天起，谢尔盖伊奇仿佛被天使的翅膀碰了一下，所有的人，不管喜欢不喜欢、在乎不在乎他，都开始对他热情起来。

一年后，也是一个初秋，州长第二次拜访他。这时，谢尔盖伊奇已经在蜂床周围搭了一个轻便、可折叠的小凉亭，一小时可以支立或拆卸掉，他还把草垫做得更薄了，为的是草垫下成千上万蜜蜂颤动翅膀起到更好的蜂疗效果。

州长看上去很累。这次他带了十名警卫，列宁街的篱笆旁还停着好多辆汽车。谢尔盖伊奇不知道车里坐着什么人，他们为什么不下车。这一次，这位顿涅茨克的长官在蜂床上睡了整整五六个小时。离开的时候，他不仅给了谢尔盖伊奇一个装着一千美元的信封，还笨拙地、用力地拥抱了谢尔盖伊奇，好像在说：再见，亲爱的朋友。

好了，结束了，谢尔盖伊奇告诉自己，这样的运气不会第二次降临。

这是一个明智的想法，其中一个原因是，人们现在在每个地区的中心为蜂床疗法做广告，竞争非常激烈，而谢尔盖伊奇却根本不做广告。的确，村里的每个人都知道州长从基辅远道而来，睡在谢尔盖伊奇的蜂床上面，他们把这个消息告诉了远近周边的亲朋好友，因此，那些想睡在"州长的蜜蜂"上的人们，络绎不绝地出现在谢尔盖伊奇的门口，令其他养蜂人羡慕不已。不过，谢尔盖伊奇并没有抬高价格，还请特别喜欢的顾客喝蜂蜜茶，而顾客也愿意与他聊这聊那的。那时在家里，谢尔盖伊奇没有一个可以聊天的人，他去戈尔洛夫卡批发市场的时候，妻子带着女儿离家出走了。知道的时候，他极力克制着情绪，握紧拳头，不让眼泪夺眶而出。这让他很伤心，但他挺过来了。他继续生活，一切都平静而令人满意。夏天享受着蜜蜂的嗡嗡声，冬天享受着和平与宁静，白雪皑皑的田野，以及寂静的、灰蒙蒙的天空。他本来可以这样度过余生的，但天不遂人愿。一切都不正常了，在基辅，在全国，一道严重的裂缝出现在这个国家，大家都被卷入到痛苦的裂缝中，血开始从这些裂缝中渗出，这便是战争的开始。战争爆发三年了，谢尔盖伊奇至今也不清楚战争的意义何在。

第一颗炮弹击中了教堂，第二天早上人们就开始离开小斯塔罗格拉多夫卡村。先是父亲们把妻子和孩子送到安全的地方，投奔他们在俄罗斯、敖德萨、尼古拉耶夫的亲戚，然后父亲们自己离开了，一些人成为"分离主义者"，另一些人则成为难民。最后被带走的是老人，他们哭泣、诅咒。然后，有一天，一切变得如此安静，以至于谢尔盖维伊奇走在列宁街，寂静几乎使他耳聋。沉沉的死一般的寂静，仿佛铸在了铸铁里。谢尔盖伊奇突然感到害怕，生怕自己一个人留在村子里。他小心翼翼地沿着街道往前走，隔着每道栅栏向里张望。经过一夜的炮火轰炸，这种寂静压在他的身上，像一袋煤压在肩上。所有的门都用木板封住了，有些窗户用胶合板盖住。他来到离家不到一公里的教堂，然后转向舍甫琴科街，再摇摇晃晃地往回走。突然，他听到一声咳嗽，被吓了一跳。谢尔盖伊奇走到发出咳嗽声的栅栏跟前，是帕什卡坐在一条长凳上，左手拿着一瓶伏特加，右手拿着一支烟。

"你在这儿干什么？"谢尔盖伊奇问。他们从小就不打招呼。

"我在这儿干什么？难道我要放弃这一切吗？我的地窖很深，必要的时候，我可以躲在那里。"

战争的第一个春天就这么过去了。现在已经是战争的第三个冬天。差不多三年了，他和帕什卡两个人一直守护着这个村庄，如果所有人都离开，就不会再有人回来。但是现在村里还有人生活着，这样，人们肯定会回来——要么在基辅恢复理性之后，要么在地雷消失、炮弹停止轰炸之时。

第 7 章

雪下了两天两夜，其间，谢尔盖伊奇只是到院子去取过煤。踩在崭新的白地毯上，谢尔盖伊奇有些好奇，他发现虽然刚刚下过雪，还是有些地方并没有被白雪覆盖，可以看到原来的地面。好吧，毕竟不是暴风雪啊，雪花纷飞，轻盈洒脱，四处飘舞，或者一阵小风就把雪卷走了，吹向某处堆积着，只是谢尔盖伊奇并不想去寻找那些积雪。

壶里的水在沸腾，但没法像关掉煤气炉一样关掉煤炉，所以水壶只能放在那里，由它静静地沸腾着，直到谢尔盖伊奇用一条旧抹布垫手拎起水壶。他把开水倒进那个印有俄罗斯最大移动运营商 MTS 商标的马克杯里，又往里面加了少许茶叶，茶叶在水中快活地浮动着，然后他从地上拿起一罐一升装的蜂蜜。

也许我该叫帕什卡过来，他打着哈欠，马上就否认了自己这个想法，最好别叫了，不然得走到村子的另一头去叫他。

他还没有喝完第一杯茶,附近就响起爆炸声。窗户上的玻璃被震得哗啦响,声音刺耳。

"这些该死的家伙!"他生气地说。急忙把杯子放到桌上,茶水溅了出来。他跑到最近的窗户前,看看玻璃是否被震出裂纹,没有,完好无损。

他把其余的窗户也都检查一遍,完好无损。他想,是否出去看看什么地方被炸?邻近的房屋是否被毁?

"啊,见鬼去吧……重要的是我的房屋还在。"谢尔盖伊奇摆了摆手,又回到桌子旁。如果发生了第二次爆炸,那就另当别论了。那时候,他会像三年前一样,立刻跑到地窖里去。那一次,炮弹从天而降砸向小斯塔罗格拉多夫卡村。

早春二月,离日落还有两个小时,这真是一件奇怪的事情,一枚炮弹竟然在白天投向村庄,如果是天黑了,你可能会把这枚落在村子里的炮弹当作一个失误,但是白天?他们是喝醉了还是怎么的?要么感到寂寞了。而"他们"究竟是谁?是在卡鲁谢里诺的那些人,还是在他们村和日丹尼夫卡之间的战壕里的那些人?

谢尔盖伊奇往茶里加了一点蜂蜜,这缓解了他的苦思冥想,他感觉好多了。接着他把杯子加满水,看看杯子上的商标,他苦笑了一下。他的手机用的就是MTS的通讯服务,否则也就没有手中的这个杯子了。但是现在,手机连同充电器成了餐具柜里的摆设。一旦电力恢复,可以给手机充电，检查这片地区是否还有信号。但是，即使有电了，也有信号了，能给谁打电话？给帕什卡吗？如果需要，走到他那里，比打电话省钱，而且，谢尔盖伊奇也没有他的电话号码。要是给前妻维塔利娜打电话，那么，需要事先想好该说的话，最好是写在纸条上，然后照着念，为的是避免她因为生气而摔电话。至少他可以问问女儿过得怎么样，如果交谈顺利，还可以问一问维塔利娜在文尼察的生活。他怎么一次也没有去拜访过她的父母？甚至可以说，他四十九年的生命中没有去过多少地方，除了戈尔洛夫卡、叶纳基耶沃和顿涅茨克这些地方的三四十个矿区所在的村镇，其他地方他几乎都没有去过。在病退之前，他经常前往这些地方出差。他的职位特别重要——技术安全监督员。有一些矿井他下了不止二十次，但他却没能保证自己的安全，以至于在四十二岁那年因病残而退休。尘肺病可不是开玩笑的，这是下井工作的矿工很常见的职业病，矿工们患上这种病照样在矿井下干活，像患了感冒似的，他们认为只是咳嗽，仅此而已……

门外传来一阵拳头使劲砸门的声音。

谢尔盖伊奇打了个寒颤，紧接着又笑了起来，除了帕什卡，还能有谁？

他打开房门，看见帕什卡死人般煞白的脸，表情非常痛苦。

"难道他的房屋被炸了？"谢尔盖伊奇惊恐地想着。

"克拉修科的半间房子和木板棚都被炸毁了。"帕什卡用颤抖的声音说。

"嗯。"谢尔盖伊奇同情地回答。他邀请邻居进屋,请他在桌旁坐下,给他倒了杯茶,递给他一把小勺,让客人自己往茶里放蜂蜜。

谢尔盖伊奇理解帕什卡的惊慌,克拉修科家与帕什卡的房屋只隔了一户人家。毫无疑问,克拉修科的房屋被炸,帕什卡家的窗户肯定也被破坏了。

"唉,谢尔盖,今天我能在你家过夜吗?"客人抬起头问主人。

"住下吧,怎么,炸到你家了?"

"玻璃炸碎了,"帕什卡叹了一口气,"我算走运的,一个玻璃碎片从我的面前飞过去,落在餐柜上,当时我正把猪油拌进土豆里,要开始吃晚饭呢。"

帕什卡突然打住了,他小心翼翼地看了谢尔盖伊奇一眼。谢尔盖伊奇明白他停下来的原因,帕什卡说漏嘴了,就在不久前他还在抱怨食品短缺,现在看来他似乎并不缺食物。谢尔盖伊奇暗自发笑,但没有流露。他仍然为他儿时的这位"敌人"感到可怜,现在户外零下十二度,如果一昼夜没有窗户,他的房间需要三天才能够烧得暖和。

"好,"谢尔盖伊奇点头说,"住归住,但是玻璃窗必须尽快修好,不然的话,你就彻底搬到我家住了。"

"我到哪里去找玻璃啊?"

"你这个人目光短浅,还懒得动脑筋,"养蜂人温和地低声说,"当一个人心脏有病,或者把他埋葬,或者寻求器官捐献者。怎么，你从来都不看报吗？"

"你说什么呀？"客人以怀疑的语调问，"什么器官捐献者？"

"好了，我有工具，"谢尔盖说，"我们现在想一想：谁家的房子完整无损，但主人已经不在了？"

帕什卡高兴了，他明白谢尔盖伊奇的想法了。

"日沃特基娜·克拉娃！战争前她就去世了。"他回忆说，不过眼里希望的火花立刻暗淡了。"她的房子很旧，窗户很小。应该找一个大一点儿的……也许阿尔扎缅的房子比较合适？"

"怎么，他死了吗？"谢尔盖伊奇小心翼翼地问。

"我不知道，"帕什卡不敢肯定，"他离开这里了，这一点准确无疑。好像是去了罗斯托夫，他不是俄罗斯人，也不是乌克兰人，而是亚美尼亚人。"

"那又怎样，他在我们这里住过，就是我们的人。万一他回来，我怎么面对他？好好想想吧……"

"谢罗夫一家人！"帕什卡高兴地喊起来，"那颗炮弹把他们炸飞了！他们全家无一幸免，包括孩子们！"

"是的。"谢尔盖伊奇点了点头，面色忧郁，深深地叹了一口气。他回想起谢罗夫一家人第一批冲出村子——他们甚至没有等到轰炸停止，一家人乘坐在伏尔加汽车里冲了出去。在村外的那条路上，炮弹击中了他们，被毁的汽车现在仍然停在土路上。

"好吧，"谢尔盖伊奇看着客人说，"喝完茶我们就到他家去，我想，傍晚前我们就能干完。我的玻璃刀很尖利。"

第 8 章

帕什卡对帮他安装玻璃和在谢尔盖伊奇家过夜的感激是有限度的。他把望远镜留下让养蜂人再用些时日,至于他求助时无意说出的猪油,却舍不得送人。谢尔盖伊奇非常想念猪油的味道,这也难怪……如果不是帕什卡提起猪油,谢尔盖伊奇甚至不会想到它。但在这个战时的冬天,只有教堂蜡烛,没有电,任何过去的快乐往事都会唤醒人们的渴望和忧伤。如果帕什卡提起的是盐渍干拟鲤鱼而不是猪油,谢尔盖伊奇现在就会被鱼的想法折磨。当然,谢尔盖伊奇家里的物资短缺,他手上或者地窖里缺的东西可以列一个长长的单子,而有的就那几样:蜂蜜、伏特加和各种自制的药酒、蜂花粉保健药品等等;他还有一瓶克里米亚的白兰地,是十月酒厂生产的,藏在某个地方,但他不太记得在哪里了。如果谢尔盖伊奇也像帕什卡那样大嘴巴的话,他早就得把自己储存的食品与"童年敌人"分享。

不过，说实话，他不再把帕什卡当成敌人了。他们每次见面，甚至争吵的时候，谢尔盖伊奇都觉得和这个家伙更加亲近了。在某些方面，他们已经成为兄弟——当然感谢上帝，不是血缘上的……

有人轻轻敲门。

"好啦，好啦，你瞧，"谢尔盖伊奇咧着嘴自言自语地说，"你帮助一个人，他们就会开始表现得更文明一些。"

他从桌上拿起点燃的蜡烛，去给帕什卡开门。

他打开门锁，昏暗之中，一个不像帕什卡的人影迎面站在门口。那是一张更年轻的脸，在烛光的映照下，他看见一双紧张的眼睛。

谢尔盖伊奇愣住了。片刻之后，他逐渐意识到站在门外的这个陌生人穿着迷彩服，肩上挎着一支自动步枪，枪口向下对着地面。

"请您原谅，这么晚……事先没有得到您的允许。"陌生人开口说，听得出有礼貌、愧疚的语调。

谢尔盖伊奇明白这个陌生人来未必是为了打死他或者抢劫他。否则，为什么要道歉啊。他叹了一口气，把拿着蜡烛的左手举到不速之客跟前，看出那个人特别年轻，二十二三岁的样子。

"可以进来吗？"陌生人问。

"如果你能够脱鞋，把铁家伙放在门边。"谢尔盖伊奇嘟哝着，故意摆出严厉的面孔，尽管他的声音有些颤抖，他害怕了，怎么敢命令军人放下武器呢。

"脱鞋可以，"穿迷彩服的年轻人说，"可是，我没有权力放下武器。"

"好，就这样吧。"谢尔盖伊奇轻松地叹了一口气。

在不速之客进门后，他关上门并把门锁上了，看了一眼靠墙立着的高筒皮靴，然后邀请陌生人在桌旁坐下。

"想喝一点伏特加吗？"他出于礼貌地问，却立刻在心里责备自己不该表现得如此殷勤。

"不必了，谢谢，"年轻人摇了摇头，"我想喝点茶。"

"好，喝茶。"谢尔盖伊奇点头。

他觉得一支蜡烛不够两人用的，于是又拿出两支点上。

"喝茶。"他重复了一遍，然后凝视着陌生人的脸，只是为了确保在烛光下他没有错过什么，"你叫什么名字？"

"彼得罗。"年轻人回答。

"从哪里来？"

"从赫梅利尼茨基来。"

"啊。"谢尔盖伊奇的声音表明，好像知道了很多似的，"就是说，你是乌克兰军队的。"

年轻人点了点头。

"炮兵吗？"主人小心翼翼地问。

彼得罗否认地摇头。

"您怎么称呼？"年轻人问。

"我，谢尔盖·谢尔盖伊奇，可以只叫谢尔盖伊奇。你大概叫彼得，而不是彼得罗吧？"

"不，我是叫彼得罗！我的护照上就是这么写的。"

"我的护照上写的是：谢尔盖·谢尔基奥维奇，而在生活中叫谢尔盖·谢尔盖伊奇，有什么关系。"

"您也许不同意自己的护照。"彼得罗说。

"我同意我的护照，只是不同意上面对我的称呼。"

"而我，同意自己的护照，也同意那上面的称呼。"客人笑着说，笑声轻松自如，甚至让人消除了恐惧，尽管冲锋枪就挂在身后的椅背上。

"也许，你护照上的名字与生活中的一致，因此你才同意的！"谢尔盖伊奇若有所思地说，"如果是我，我也不会抱怨护照的。你，彼得罗，为什么找我？有什么需要吗？"

"没错，"年轻人点头，说道，"很想认识您，观察您一年多了，可连名字都不知道。"

"你在哪儿见过我？"谢尔盖伊奇吃惊地问。

"在望远镜里，"年轻人有点不好意思，"我的任务是观察各个村庄。我本应该早一点来，可是白天危险，一般来说，晚上也是不允许的，不过晚上过来危险少一些。"

"你以为我们在白天会遇到什么危险呢？"

"您个人对我们不构成任何危险，危险来自那些让我们神经紧张的狙击手，他们一直拿枪对着我们的脑袋。就在三天前，他们还在教堂向我们开枪。"

"没有人从这里经过啊，"谢尔盖伊奇蛮有把握地说，"我会看到痕迹的，你知道的，我不是总在家待着。"

"年内有四个人被打死，三个人受伤。"彼得罗平静说着，挠了一下耳朵后面，笨拙地把绿色、好像是毛皮的帽子放到桌子上。

谢尔盖伊奇给不速之客和自己又添了茶。

"那么,乌克兰那边的情况如何?"他问,"猪油够大家吃吗?"

"哦,当然,"年轻人忍不住笑了,"我倒是有猪油吃,是志愿者们送来的。而国家,一如既往……人们被敲竹杠,街道和城镇被重新命名。但他们说,战争结束后将会好起来,我们不必经过批准就可以到国外去。"

"你的意思是说,如果不让自己送命的话。"谢尔盖伊奇撇了下嘴说,但他立刻又回过神来。这话听起来好像他希望有人死似的,他决定转移话题。"他们更改了什么名?"

"您不知道吗?"彼得罗睁大眼睛,露出他那坚固的牙齿,"啊,也是。没有电,没有电视。"

主人伤心地点了点头,"是的,停电很久了,也许会有人来修吧?"

"我对此表示怀疑,太危险了。最好还是不要看电视,省得紧张。"

"别担心我,我的神经是铁打的,"谢尔盖伊奇吹嘘说,"我在煤矿工作过,是技术安全监督员,你知道这是干什么的吗?"

年轻人眼里闪出尊敬的光芒。

"你自己是干什么的?"主人感兴趣地问。

"旅游,搞接待的。本想到克里米亚去开个小旅馆。"

"太晚了，"谢尔盖伊奇摆了摆手哀叹道，"我自己从来没有去过克里米亚，一直想去。在海里游泳，躺在沙滩上，回来的时候晒得黝黑……我有个朋友在那里，我们是在养蜂大会上认识的。一个鞑靼人，名字叫阿赫塔姆·穆斯塔法耶夫，跟我一样是养蜂人。他一直邀请我去，但一直没有成行……"

"哦,总有成行的一天的。"年轻人试图安慰谢尔盖伊奇。

"也许吧。"他没有底气地迎合了一下，突然有点神伤地说，"告诉我，你们为什么不把那具尸体运走？他就在那里，离你们很近。"

"穿迷彩服的那个？"彼得罗紧张起来。

"是的，就是那个。也许他现在已经被雪盖住了，我昨天没看。"

"没有盖住，"年轻人叹了一口气，"大风把积雪吹走了。他不是我们的人。派人去收尸太危险了。他们可能在四周甚至尸体上设了陷阱。让'分离主义分子'去收尸吧，这个年轻人是他们的人。"

"他们爬过来收尸，你们会用冲锋枪把他们干掉，是吗？"谢尔盖伊奇故意问道。

"如果他们没带武器，举着白布条过来，我们会让他们把他带走。"

"是吗？你知道他们说他不是他们的人。"谢尔盖伊奇说完立刻后悔了。

"他们什么时候告诉你的？"彼得罗皱起眉头，目光流露出冷漠和敌意。

"他们没有告诉我——他们告诉了我在舍甫琴科街的邻居帕什卡。他们来看他，他问的。"

"嗯嗯，"年轻人咕哝着，好像在做结论，"好吧，如果他不是他们的人，也不是我们的人，那么他一定是第三势力的一员。"

"什么是'第三势力'？"养蜂人问。

"谁知道呢？我们认为他们站在我们这边，不戴臂章作战。而那些人说得相反，说同他们站在一起反对我们。也许是来自其他地方的特种部队，与双方作战。所以当他们在那边干掉某人时，我们会庆祝；但当我们后方有人向我们的步兵战车里扔手榴弹、用火箭筒反击时，他们会非常兴奋……"

"想带点蜂蜜吗？"谢尔盖伊奇问。

"哦，我还不走，"彼得罗说，"我也不需要蜂蜜。好吧，我现在可以要一点儿——放在茶里。"

"是的，是的，当然。"

他们安静下来，谢尔盖伊奇不想打破沉默。可是不一会儿，他对街道改名产生了兴趣。

"改了哪些名字？"谢尔盖伊奇非常小声地问。

"嗯，如果是马克思或列宁命名的名字，被重新命名为班德拉[3]或某个作家的名字。"士兵说。

"我更喜欢以作家命名，"谢尔盖伊奇说，"顺便说一下，我们现在住的就叫列宁街。"

"战争结束后，肯定会重新命名。"年轻人坚定地说。

"如果我想自己选择新的街名怎么办？"

"可以啊，只是应该和这个街的其他居民一起商量决定，然后把它交给地方议会。"

"那得花些时间，"谢尔盖伊奇抱怨道，"好长一段时间……"

"好吧，我该走了。"彼得罗从座椅靠背上摘下冲锋枪，挎到肩上。左手从桌上拿起帽子，右手伸向迷彩服的衣兜，掏出一枚 RGD-5 型手榴弹，放在茶杯旁边。

"这个给您，"他恭敬地看着房屋主人说，"空手到别人家来，不带礼物，感觉不大礼貌……"

"但是，嗯……"谢尔盖伊奇咕哝着，"我需要它做什么？"

"自卫。假如用不上，战争结束后，你就把它埋在花园里吧。如果愿意，我可以帮您的手机充电，我们的发电机功率很大，甚至能够带动洗衣机。"

谢尔盖伊奇吃了一惊，但只是一会儿，他便从餐柜的抽屉里拿出手机和充电器递给彼得罗。

士兵站起来，把手机装到衣兜里，然后，他又从罐子里舀了一勺蜂蜜，放进嘴里，贪婪地把勺子舔干净。"如果需要帮助，就在院子里的树枝上系白布条，这样我就能够看得见。"他对谢尔盖伊奇说，然后消失在黑暗中。

"白布条？"谢尔盖伊奇小声地重复了一句。

他锁上门，掐灭三支蜡烛中的两支。他感到奇怪，与一名军人不期而遇的接触改善了他的情绪——这让他很吃惊,就好像他刚刚在电视上看了什么有趣的东西。

不错的家伙,他看着手榴弹想。我应该多问他一些问题的。

第 9 章

一大清早，谢尔盖伊奇头痛欲裂，好像五脏六腑也在翻腾，浑身难受得龇牙咧嘴。他喝了杯凉开水，慢慢咽下一勺砂糖，难受没有减轻。他把目光转向餐桌，瞪着昨天半夜打开的那瓶伏特加酒瓶和酒杯。真是鬼迷心窍了，为了不速之客、一位军人的造访，他竟然喝了酒，当然，还好，他是在客人走后才喝酒的。设想一下，如果客人也喝了酒，天知道他能不能走回自己的驻地？脑袋剧烈地疼痛，谢尔盖伊奇开始呻吟着，这是喝了多少？最多五杯吧，怎么这么难受？这肯定是假酒，冒牌货，这是战前他在当地商店买的。现在该怎么办？没有药，没有医生，只有蜂蜜制品。商店早已关门，想找卖假酒的售货员骂她一顿，都找不到人。

谢尔盖伊奇一瘸一拐地走到餐柜前，拿出一盒蜂蜜制品。他拧开一个装满蜂花粉的小罐子，往杯子里舀一小勺，倒上水，又加了一勺蜂蜜，然后搅拌均匀，慢慢地喝了下去。

看样子有效,头痛减弱,思维清晰了,第一个出现的念头吓了他一跳:手榴弹在哪里?

现在,他不是激动,而是害怕,他看了一下桌子上面,士兵的礼物不见了。

打开餐柜的抽屉——没有。他紧张地在房间里踱来踱去,枕头下面、各个墙角都看了一遍,没有,甚至连煤桶都看过,也没有。他想起来,夜里到院子去过。

他穿上靴子,向窗外望去,天还亮着,这会儿是中午一点半。院子里的积雪被踩过,脚印通向过冬蜜蜂的板棚,通往车库,甚至通往大门。

他沿着自己的足迹往棚子和车库里窥视,头疼开始缓解。

肯定能找到,我不会把它放到远处。谢尔盖伊奇这么一想,也就放心回到房间。

回到屋里他又产生新的不安,摆在窗台上的望远镜使他想到躺在田野上的尸体。

应该把他收走,谢尔盖伊奇下定决心,一股莫名的勇气在心中鼓起。

他抓起望远镜,走到自家菜园的边缘。从望远镜眺望,尸体躺在那里,姿势没变,背朝谢尔盖伊奇和小斯塔罗格拉多夫卡村。

养蜂人回到屋里,在桌旁坐下,写了张字条:

"帕什卡,我去处理尸体,可能把他掩埋了。如果我被打死,请来帮我收尸,把我埋葬在父母坟墓旁,家里的一切全都归你。永别了!"

十分钟后，谢尔盖伊奇弯着腰急速往白茫茫的田野方向走去，他戴着连指手套的右手拿着一把工兵铲。他沿着雪原越走越远，走到另一边时，他越来越害怕起来。当他走到被雪覆盖的沟边时——新下的雪从他的菜园"散落"下来的地方——他抬头望向天空，天幕低垂，仿佛学校室内体育场黑暗的天花板就在头顶上似的。黄昏的黑暗笼罩在白雪上，把雪变成灰色。谢尔盖伊奇从小就喜欢灰色，不过，此刻灰色并没有让他感到高兴。他突然想到自己穿的是黑色衣服，在雪地里，无论是白天还是早晨，对于狙击手来说，都是最明显的目标，如同被打死的这个小兵。

谢尔盖伊奇爬着走完剩下的路，只是偶尔把膝盖顶在积雪上，让疲惫的身体加快速度前进。

他在尸体旁坐下，屏住呼吸，然后回头看了看他爬过的那片田地。田野幽暗，就连果树园里最近的树木都看不清楚了。他面朝死者后背，侧身躺下，摘下手套，在死者冰冻的迷彩服口袋里翻找着，甚至裤子里面的口袋，全是空的，没有证件，没有手机，什么都没有。他俯身仔细观察死者的脸，发现朝上的耳朵戴着一枚金制的小耳环。"赶时髦的小伙子！"谢尔盖伊奇嘟哝了一句。他的目光落到死者握着枪管的那只手上。当然，除了枪管，步枪的大部分都埋在了积雪的下面，在步枪旁边，似乎还埋着别的东西。

谢尔盖伊奇爬到尸体上，铲走积雪，看到露出的部分，是一个完全不像军用的蓝色背包。

他把背包从积雪中拽了出来，这个背包重量应该有五六公斤。谢尔盖伊奇打开背包往里面看了看，发现了几袋糖果。他立刻从糖果的包装上认出了"红罂粟"这个牌子，这是当地商店经常售卖的一个糖果品牌。他把手伸到背包里面，糖果已经冻得像冰块一样硬了。

他看着死者，想象他在田野上行走或爬行。显然，他一直朝树林走去，所以他肯定是左侧某处中枪了，因为他是身体左侧朝上倒下。谢尔盖伊奇仔细检查了尸体，没有发现致命的伤口。

那么子弹一定是从右边射来的，谢尔盖伊奇这么想着，他朝村里的方向望去，设想着子弹可能从哪里射出来。

手快冻僵了，谢尔盖伊奇戴上手套，试图用工兵铲铲雪，但雪层坚硬，而且下面没有雪，只是冻土。养蜂人意识到，无论是用雪还是土块，都无法掩埋尸体。他用铁铲把冰层一块一块地敲开，用这冰层把尸体遮盖上，起初不结实，有的冰块散落下来，逐渐地堆多了，厚了，也就结实、牢靠了。

"好了，就这样吧。"疲惫不堪的养蜂人停下来，十分肯定、并欣赏着自己的杰作。他至少切割了大约十五平方米的冻硬的土块。就是说，现在这么重的冻土块压在死者身上，可以保护他不被人看见，不被饥饿的乌鸦吃掉。由于寒冷，乌鸦到目前为止还没有来啄他的眼睛。

谢尔盖伊奇爬回壕沟，他的裤子湿透了，双腿冻得发麻。往回爬的路更加艰难了，一只手拿着铁铲，另一只手拿着背包，他呼吸急促，咳个不停。

他在壕沟旁休息了一会儿，终于回到自家的菜园，这时候，他左小腿开始抽筋。他像伤员一样爬了回去，只有到了家里他才能够站立起来。

谢尔盖伊奇推开门，门没有上锁，这是他为那位亦敌亦友的伙伴留的门，否则，如果他被杀了，帕什卡要如何读到那张纸条呢？

进屋后，他脱下冻硬的外套和裤子，立刻觉得更冷了。他往炉子里倒上半桶煤，把给帕什卡写的字条也一并扔进火炉。穿上干爽的衣服，拉了两把椅子背对着炉火，他把外套和裤子分别挂在椅背上烤，靴子直接放在炉子的玻璃门前。

要不要喝点什么暖一暖身子？他琢磨着。可是，他不想去拿自制的蜂蜜酒，从商店买来的酒已经给了他一个教训，现在，那东西只能外用了，或者，如果帕什卡干什么坏事，可以用来惩罚他。

第 10 章

第二天,谢尔盖伊奇在床上睡了一整天,他像对待生过大病的孩子那样,悉心照顾自己。他听着自己的咳嗽声,仿佛是从身体以外发出的声音,他被分裂成两个自我:病人的自我和治疗者的自我。这样的事情不是第一次发生了,一般来说,凡是独自一人生活的人都是这样,他既是厨师,也是食客,既是保洁员,也是爱干净的人。

当然,为了能够睡上一整天,这位昨天在乌克兰冰冷阵地上爬得浑身散架子的人,不得不从外面拿进足够的煤,从井里打上备用的水。

谢尔盖伊奇是那种从来不指望别人帮助的人,一切就绪,他准备踏踏实实地睡上一天。要知道,他不仅是为了自己,也是为了他的蜜蜂,他必须对自己的健康负责,一旦他有什么不测,蜜蜂就会大量死亡。他是不能让自己成为成千上万蜜蜂的毁灭者,无论是出于自己的意愿还是出于其他原因。这样的罪恶感和压抑感将伴随他一生，直至咽下最后一口气为止，甚至死后也不得安宁。他应该对由于自己过错而死亡的每只蜜蜂，无论是雄蜂还是蜂王负责，他将死上一次又一次——就算死了，在地狱的深渊，这种负罪感仍旧不放过他。

他躺在温暖的被窝中犹豫着，直到中午。温暖战胜了犹豫，身体暖和起来，昨天消耗的元气也慢慢恢复。

他时而迷迷糊糊似睡非睡，时而陷入沉睡之中。他醒来，然后又闭上眼睛。某一瞬间他感觉很热，梦见自己和维塔利娜一起躺在毯子里，她的身体唤醒了他。他浑身发热，很想做爱，于是，他把脸转向妻子，想拥抱她，把她紧紧搂在怀里，可刚一伸手，梦醒了。顷刻之间——也许是在梦里，也许是在现实中——泪水从他闭着的眼睛里涌了出来。也许，是由于回忆的痛苦，也许，是他对自己怜悯，这种怜悯只有在梦中才能够出现，在现实生活里他从不难过，一切都安排得井然有序，一切都在掌控之中。他所拥有的如果不是一切，那也几乎是一切了。

午饭后，喝了蜂蜜茶，他又躺下，梦见自己睡在蜂房上，六个蜂箱的上面，他布置的蜂床上……在他看来，他和他的蜜蜂并不孤单，附近还有好些其他的人。在梦中，他睁开眼睛，抬起头，周围是如此美丽……绿色树枝在阳光下嬉戏，熟透了的安东诺夫卡苹果在头顶的枝头上晃来晃去……谢尔盖伊奇看了看另外一个方向，那位前任州长坐在一张折叠的钓鱼椅上看书。州长边看边笑，好像书的

49

内容引他发笑。州长发现谢尔盖伊奇睁开眼睛了,便把目光从书上移开,向养蜂人彬彬有礼地点了点头。谢尔盖伊奇明白,他的客人也想在蜂床上睡觉,于是他站起身,整理了一下草垫。州长的两位警卫员站在果树下,默默地看着他们老板的背影。

"啊,对不起,"谢尔盖伊奇在梦中对他的贵宾说,"我没有听见您来了。"

"有什么对不起的,"客人耸了耸肩膀,他那宽大的脸庞上露出深沉的微笑,"要是想睡,就再躺一会儿吧。"

"不,不了,看您说的,"谢尔盖伊奇忙不迭地说,"我马上去拿干净的床单。"

谢尔盖伊奇睡意未消,耳边回荡着蜜蜂的嗡嗡声,就像是脑海里回荡着录音一样,他跑回房里,拿了一张床单出来。

州长脱下那双令人惊奇的鞋子,把它们整齐地放好,放在草地上的木板凳旁边,他爬上去小心翼翼地坐在中间的蜂箱上,转过身来,把腿抬到蜂床上。他仰面躺着,在闭上眼睛之前,他笑了,因为他看到养蜂人又在盯着他的鞋子看。

也许是因为这个梦特别温暖,又有夏天的气息,谢尔盖伊奇在这个梦中停留的时间比他在其他梦里停留的时间更长,甚至比和风情万种的妻子维塔利娜一起躺在毯子里亲热的梦境还要长许多。

晚上,饥肠辘辘的谢尔盖伊奇从床上爬了起来,他觉得自己像一台上了润滑油、精心修理过，可以重新运转的机器。他吃着不加黄油，只放了一点盐却没有任何其他佐料的面条，吃得津津有味，心满意足。当然，使他高兴的与其说是食物的味道，还不如说是他身体活力的恢复，尤其是食欲很好。要知道，身体不好首先表现的是食欲不振。睡了一整天之后，谢尔盖伊奇思茶想饭地恢复了胃口，再多拎几桶煤进来准备过夜。可其中一个桶里的煤还没有烧完呢，屋里放过多的煤并非好事，煤块容易产生粉尘，这些煤尘对身体有很大的危害，导致谢尔盖伊奇残疾病退的就是煤尘，这是有医生诊断书和养老金证记录的。医生诊断书是煤矿管理局医院的一位女医生给他开的，他送她三升蜂蜜作为礼物。她笑着说："那么，好吧。"给他开了慢性病诊断书。他真的生病了吗？上帝知道……当然，有时他咳得很厉害，眼泪都要流出来了；但有时一两个月都一声不咳。比如现在，往炉子里倒煤扬起的煤尘丝毫没有影响到谢尔盖伊奇。

第 11 章

清晨,喝了一杯热茶后,谢尔盖伊奇拿起帕什卡的望远镜,轻快地走到菜园的边缘,举起望远镜眺望冬天的旷野,茫茫白雪之上,深浅不一地踩出的一条小径沿着山坡向下延伸,那是他自己的脚印。但即使沿着这排足迹寻找,也看不到躺在积雪下的尸体的痕迹。现在,谢尔盖伊奇安心了。

天空上晦暗的太阳明亮起来,阳光仿佛透过一层薄雾,透过半透明的灰色,这种灰色在冬天通常使人看不见天空的蓝色。

谢尔盖伊奇从家里出来,走上列宁街。他朝教堂和墓地方向望去,从前他的目光总是会停留在教堂的圆形屋顶,然后再往前走,教堂的天蓝色木墙就会呈现在眼前。然而,这是"从前",而不是"现在",教堂已经不复存在了。

他走在路中间,心里很踏实,因为这半边村子里唯一的一辆车就停在他的车库里,等待着好日子的降临。在战争前的日子里，冬天这么走在街道也并不轻松，人们不得不靠着围墙走，把路让给日古利车和伏尔加轿车，还有带蓝色"乌克兰邮政"标记的黄色厢式载重货车，对邮政货车来说，街道有些狭窄，开起来不得不向一侧倾斜。

谢尔盖伊奇沿街走着，听着自己的脚步声，突然感到惊慌。他停下脚步试图明白惊慌的原因。这个清晨，街上一片寂静，令人难以置信，连脚步声都无法打破的寂静，甚至也听不到远处战争的声音。突然一只乌鸦飞过，它飞得很低，在谢尔盖伊奇头顶上方煽动一下翅膀，吓得谢尔盖伊奇下意识地把脖子缩了一下。旋即，他目送乌鸦飞走，笑了笑，继续向教堂方向走去。他回想起维塔利娜冬天穿的蓝色连衣裙，棕色皮靴，还有那件柔软的灰色奥伦堡披肩。那条披肩是他送给她的。邻居维拉经常到俄罗斯的姐姐家去，带回来一些家用小商品卖给大家，奥伦堡披肩就是从维拉那里买的。维塔利娜只在村里的时候围过。每年冬天她到文尼察市父母家的时候，把披肩留下。看来，这款奥伦堡披肩在文尼察市并不时髦。

谢尔盖伊奇回想起他们婚后的第一个冬天，她的侄子带着妻子和女儿到他们家来，喝了客人作为礼物带来的进口波尔多葡萄酒，然后到菜园的边缘，乘坐雪橇从坡上向下滑。人们从雪橇上摔了下来，躺在雪地上笑着，互相呼喊着。人们拖着雪橇上坡，然后，重新向下飞奔。斜坡看起来并不陡，可是雪橇上坐着好几个人——就连侄子的女儿体重也不轻啊。雪橇起初向下滑得缓慢，后来速度加快，快得风吹进耳朵里嗡嗡作响!

谢尔盖伊奇边走边看了一眼邻居维拉的房门。窗户完整无损,门用厚木板条钉着。由于风吹日晒,木板条已经发黑,但还是可以清楚地看到维拉用黑色笔写的字:"房主健在。"

"上帝保佑!上帝保佑!"养蜂人轻声祈祷。

奇怪的是谢尔盖伊奇每次看到这些写在门板上的字都特别高兴。而这一次比以往更加让他高兴,可能因为他刚刚回想起了妻子维塔利娜,但是为什么他总是思念和回忆起妻子,而对女儿的牵挂却很少呢?可能因为那时女儿还太小,和父亲不够亲近。她们走的时候,她才四岁。也许是他的错……也许他应该多笑一笑,而不是在看到维塔利娜着装不得体时撇嘴鄙视……也许他应该只笑不说话,即使这样会让他看起来傻乎乎的。女人似乎更容易爱上或者至少容忍愚蠢的和那些装傻的人。天知道,说到家庭,谁知道爱和宽容哪个更重要?

是的,如果谢尔盖伊奇在他们的女儿出生后没有大发雷霆的话,他们现在可能还在一起生活得好好的呢,他们三个人。只不过,他们在什么地方生活呢?在文尼察市维塔利娜的父母家吗?不,他不会到那里去。而这里,就算战争前他们一直和谐生活,她也不会留在这个村庄。不,事情发生了就是发生了,不可能有其他选项。

离被炸毁的教堂不远了——街道两旁各有四户人家:左边是克鲁平、达利德杰、彼得连科和马采普罗;右边是谢尔盖耶夫、列夫吉老人、科尔尊和乌尔采诺夫。

谢尔盖伊奇突然停下脚步,仿佛是这条街道阻止了他前行。刚刚走过没有几步远的地方有什么东西引起他的注意。他转过身往回走了十米左右,明白了。他看见街道上有一串靴子踩出的脚印,这些脚印来回横穿马路,从谢尔盖耶夫的院子走到街上,再向克鲁平家走去。谢尔盖伊奇沿脚印朝克鲁平的院子走去,两块钉在门上的木板已经从门框上卸下来了,门只是半掩着,他拉了一下门把手,门上松垂着的木板,在冰冷的混凝土门槛上刮擦发出的声音令人觉得很不舒服。他走了进去,那座废弃的房子里散发的寒冷气息扑面而来。

客厅桌上摆着三桶已经打开的冷冻腌制罐头,其中一桶番茄汁茄子罐头里插着一只叉子。桌子下面扔了两个空的伏特加酒瓶子,不是常见的涅米罗夫和苏联绿牌伏特加,而是一种特别高级的伏特加……他一辈子都没有见过这个牌子。他拿起一只酒瓶,看了看产地:罗斯托夫州制造。

衣柜门大肆敞开,餐柜的抽屉也都被拉开了。

谢尔盖伊奇意识到,有外人来过。

他回到院子,环顾四周,看见一串通往房子后面的脚印。顺着这串脚印,他来到了菜园子,在一张铺着厚厚稻草的垫子前停了下来,右边的积雪上散落着大约二十个弹壳。

谢尔盖伊奇回想起彼得罗说的有狙击手从教堂方向射击的事情。

他在狙击手隐蔽的地方站了一会儿,叹一口气,耸了耸肩膀,他不明白究竟发生了什么事,只是感到很冷。

如果这些人从这里向乌克兰人射击,乌克兰人迟早要用大炮还击的,谢尔盖伊奇这么想着。

他想象着一枚炮弹从日丹尼夫卡方向飞来,会落到什么地方呢?他仿佛看到这枚炮弹正转向飞向他自己的房子。

凭空想象的这个可怕情景,使他哆嗦了一下。

假如他现在遇到那个准备就位的狙击手,该怎么办?他能够做什么?向携带步枪的狙击手说什么?一个拿着狙击步枪的男人……

谢尔盖伊奇撇了撇嘴。他突然害怕了,狙击手可能真的随时出现,用手枪或者步枪向他瞄准,而谢尔盖伊奇有什么?一枚手榴弹?他至今都不记得喝醉时把它藏在哪里了。谢尔盖伊奇没有什么能够自卫的。

谢尔盖伊奇惊恐万分,他跑出克鲁平家的院子,匆忙回家。

他在米丘林巷口停下来喘口气,此刻他感到特别孤独无助,是直接回家还是向左转,到舍甫琴科街的帕什卡家去呢?

不,谢尔盖伊奇想了片刻决定,不能空手去,回家拿上望远镜去,反正也不用了。

走近家门,他抬头看了一眼漆黑的天空,只见灰蒙蒙的乌云载着白雪,被一股无声的风吹落了下来。

第 12 章

起初,谢尔盖伊奇用拳头敲门,没有应答,他又使劲连敲了三下。

"谁呀?"熟悉的嘶哑声。

"还能有谁?"养蜂人大声喊,为了让屋里的人听得见,"是我呀!"

"啊,是你,"帕什卡回答,"我来了。"

然后没了动静。房门紧闭,谢尔盖伊奇还在原地站着。

当房门终于打开时,屋内热气夹杂着酒气飘了出来。

"嗨,谢尔盖,有什么……最新的消息?"帕什卡口齿不清地说着。

喝酒喝得舌头都不听使唤了,谢尔盖伊奇想。他没有回答,把望远镜递给帕什卡。

"谢谢,喝茶吗?还是想喝咖啡?"

"你有咖啡?"谢尔盖伊奇惊讶地问。

"我这里，应有尽有。"帕什卡吹嘘说。

真是个傻瓜，到处吹嘘，谢尔盖伊奇这么想着，但嘴上还是说："好，那就咖啡吧，很久没喝咖啡了……"

帕什卡像个老人一样笨拙地拖着脚走进厨房，随手关上了门。

帕什卡的动作引起了谢尔盖伊奇的怀疑，为什么要关厨房的门呢？但随后他笑了，不过是想掩盖厨房里的所谓"应有尽有"。

谢尔盖伊奇望着桌边的窗户，窗帘后面的窗台上有半瓶伏特加酒和两只空酒杯。他皱了皱眉头，仔细看了看桌子，在早就应该洗的旧亚麻桌布上有面包碎渣，他用手把面包屑搂到一起，用手指按了按，想看看面包屑是不是新鲜的，但面包屑又干又硬，看样子有几天了。

"怎么，有客人吗？"谢尔盖伊奇问。当厨房门打开，主人端着两个热气腾腾的马克杯走了出来。

"客人？哪来的什么客人啊。"帕什卡装傻，大声笑着，露出歪歪扭扭的牙齿。

谢尔盖伊奇没有理会帕什卡，而把注意力转向另一扇窗户下面的自制荷兰烤炉。有意思，他想，用这炉子取暖，比他家里的炉子用的燃料要多两倍，而且帕什卡还从来不用它来做饭或加热食物。

谢尔盖伊奇回头看了看厨房的门，"你在哪里烧开水？"他问。

"还能在哪里，在厨房啊。"说着，帕什卡在桌旁坐下。

谢尔盖伊奇在他的对面坐下,把咖啡杯端到自己面前。

"这么说,里面还有一个炉子?"谢尔盖伊奇指了指厨房,问道。

"这跟你有什么关系?炉子碍着你了吗?"

"不,炉子怎么会妨碍我呢?"谢尔盖伊奇耸了耸肩膀,"我是在炉子上又做饭、又取暖!这样省煤。"

"你用一个炉子,而我用两个,这有什么关系吗?你很羡慕我吧?我看,你是看尸体看得厌烦了!"帕什卡瞥了一眼沙发上谢尔盖伊奇还他的望远镜。

"啊!我用冰雪把尸体埋了。"

"怎么,你爬到那里去了?"帕什卡顿时把眼睛瞪得像硬币那般圆。

"啊,有什么办法,不然我每天都得盯着他看。现在好了,我放心了,他也安息了。"

"你可真行,"帕什卡摇头说,"我这一辈子都不会爬到火线上。"

谢尔盖伊奇怀疑地望着帕什卡的眼睛,什么也没说。突然他觉得肚子饿,一脸尴尬地问:"有什么吃的吗?"

帕什卡默默地从厨房里拿来一罐蜂蜜,就是谢尔盖伊奇给他的那一罐,还有一条长白面包、一把勺子和一把刀。

他切下三片面包,直接放到桌布上。

谢尔盖伊奇拿了一块面包,抹上蜂蜜,咬了一口,心里想:他从哪里弄来的面包?

回家后,谢尔盖伊奇点上蜡烛,又到院子取了煤,然后他打开冰箱，里面空空的，在装鸡蛋的空架上有一头干瘪的大蒜。

他试图往好的方面想来宽慰自己，于是去翻了翻橱柜，几个用塑料盖封着的大罐，里面装着荞麦、挂面、小米。鬼晓得这些食品够吃多少天？他吃得不多，勉强还够他吃一些天，不会挨饿的。只不过这些食品太乏味了。

他开始郁闷，感到肚子里空空的，他意识到已经好几个月没有吃鸡蛋了。

他回想起从前村子里很多人家都养鸡，他自己也养鸡。而邻居家除了养鸡、养鹅，还养羊和牛。当邻居走的时候，把鸡留给了他照顾。他替他们喂养，鸡蛋归他，他们留下整整两袋饲料给他。后来，战争暂停时，邻居开着挂了拖车的越野车回来，把鸡装进笼子拉走了，甚至没有过来跟他说声再见。

要是有三个荷包蛋，我什么都愿意付出，不，三个煮鸡蛋也行……谢尔盖伊奇想入非非。他往炉子里加上一些煤，放上水壶。

他想知道帕什卡从哪弄来的面包。肯定有人藏在他的厨房里，给他带了面包、咖啡，还有"许多东西"，这一定是帕什卡没让他进厨房的原因。谢尔盖伊奇想知道，交换条件是什么？

现在如果村子里有电，生活会轻松一些，不需要这么多的担心和疑虑，看电视看到睡着，在冰箱里会有煮好的面条，饿的时候，把面条放到锅里热一热，最好再放两个鸡蛋……

谢尔盖伊奇叹了口气,该死的,这些鸡蛋纠缠着他,在他脑海里挥之不去,似乎鸡蛋成了无比珍贵又是触手可及的宝贝。

有什么难的?斯韦特洛耶离这儿只有三公里,现在天黑了,但还不算晚,那里住的人家很多,他认识娜斯塔西娅大婶。她家院子里养很多鸡和其他家畜,为什么不拿蜂蜜去换一些鸡蛋呢?路程才有多远?这条路又笔直又平坦,不容易被乌克兰人发现,还被一座低矮的小山挡住了卡鲁谢里诺方向的视线。到邻村去的想法使他好一阵兴奋,去年秋天后,他再没有去过那里。

他准备上路,穿好外套靴子,再戴上手套,往背包里装了两升蜂蜜,然后一头扎进黑暗之中。

第 13 章

恐惧是一种无形的存在,微妙而多变,像病毒或者细菌一样。它可以和空气一起吸进体内,也可能不小心跟着一口水或伏特加喝进去,或者从耳朵进入体力。当然你可以用眼睛捕捉到它,以至于即使恐惧本身已经消失,它的形象仍然会留在你的脑海里。

黑暗之中,谢尔盖伊奇沿着大路走出半公里开外时,一阵恐惧感袭来。这条路已经好几个月没人走过了。这条路笔直平坦,仿佛是上帝用一把巨大的尺子勾勒出来的。路的左边是一片光秃秃的人造林,种着枫树、菩提树和杏树,前面一片田野,接着是一条供拖拉机行驶的土路,紧接着还是田野,向上延伸到日丹尼夫卡。右边是一个平缓的高地,沿着山脊走去,地平线近在咫尺,再向前绵延五公里的田野之外,是一个叫扎亚奇的小村庄,位于顿涅茨克人民共和国的"佛地"(腹地),但它似乎已被遗弃,现在只有五六户人家。正因为这样，斯韦特洛耶的生活和战争以前差不多，附近既没有"分离主义分子"，也没有乌克兰军队，因此，几乎没有人离开村子。没错，确实有几个庄稼汉投奔顿涅茨克队伍与乌克兰人作战，但地方警察和学校校长报名参加乌克兰军队，也许是因为害怕自己会在晚上被私刑处死，因为他们是"地方当局"。现在斯韦特洛耶没有任何类似"当局"的政权存在，但这里很平静。当然，这里一直都很平静，所以当局的存在或缺失似乎无关紧要。重要的是，人民是和平的，他们对生计的兴趣远远超过对政治的兴趣。

前面很远的方向，传来了轰隆隆的炮声，谢尔盖伊奇没有放慢脚步。他走得并不快，目不转睛地盯着脚下，他已经习惯了那种灰暗，黑白叠加呈现的灰色，而夜的黑与白雪交织，使冬天的道路依稀可见。

一段上坡路之后便是下坡了，再走十五分钟，斯韦特洛耶就到了。

突然，道路从眼前消失了。谢尔盖伊奇蹲了下来，用手摸着路面，意识到路面已经不再是白色的了，他摸到了一个弹坑，弹坑很大，比道路还宽。

养蜂人站了起来。他绕过弹坑走了一圈，突然被绊了一下，险些跌倒。他又蹲下，看到一枚没有爆炸的地雷，他下意识地把手伸了出去，还没有碰到地雷，他就感到地雷散发出一股寒气，他把手缩了回来，放进外套口袋里，那里暖和得多。

也许还是回家的好？他这么想着，但两条腿却照样向前迈着，只是两眼更加专注地盯着路面。不远处的前方，出现了闪烁的灯光。

看，他们这里有电！谢尔盖伊奇高兴起来，但同时又有些许嫉妒。

当他拐到村里的主街时，终于松了一口气，娜斯塔西娅大婶就住在村里的另一头。

他的脚步声惊动了村子里的狗，连这狗叫声他听起来都是这般的亲切。在小斯塔罗格拉多夫卡村，除了他和帕什卡，没有其他活物，连猫狗都不见踪影。也许有老鼠藏在什么地方，有人或者没有人它们照样生存，猫狗就不一样了，没有人它们难以生存，而羊、猪和鸡就更是离不开人的喂养了……

谢尔盖伊奇停在一个门前，敲了三下门。

"等一下，等一下。"一个熟悉的声音回应道。

"啊呀呀，谢尔盖，亲爱的孩子，"老妇人开门时高兴地喊着，"你还活着！请进，请进。"

娜斯塔西娅从去年秋天起没有什么变化，身高刚过一点五米，长着一张圆圆的小脸，穿着让人分不清她是男是女的服装：一条长棉裤，一件绿色短套头衫，罩着一件有大纽扣的蓝色外套。

谢尔盖伊奇脱下靴子，走进室内。

"我给你带来一点蜂蜜，"他把背包放到桌子上，拿出两升蜂蜜，"想从你这里换一点鸡蛋，我们村没有什么吃的……"

"你先坐下,歇一会儿,我给你做点吃的。"

谢尔盖伊奇在一张木扶手上涂了清漆的椅子上坐下。他还穿着外套,觉得现在脱还为时过早。他一坐下,就感到一阵莫名的疲惫,不知怎么的,这种疲惫在路上并没有压倒他。

他打起盹来了。似睡非睡中,他感觉非常暖和,面颊热乎乎的,手指像被蜜蜂蜇了似的热辣辣的,这是由于体温的上升,血液开始流向手指脚趾等末梢部位,全身都开始感觉到暖洋洋的。

刚一进入沉睡,在梦里他就听见维塔利娜的喊声。"午饭好了。"她在厨房叫他。在厨房吃饭特别舒适,尤其是春天和夏天,从厨房窗户望出去正好是果园,而不是院子里沾满煤渍的地面。

在梦中他走进厨房——与他们一起生活时,每次应着她的声音走进厨房一模一样。空气中弥漫着红菜汤的香味,浓重、鲜美。

"尝一下。"维塔利娜指着桌子上说道。他看见桌子上有一盘红菜汤,菜汤上面漂浮着几个饺子,这是他请求几次,都没有如愿的,这一次,总算是吃到了。小饺子先是煮熟,再放到锅里用葵花籽油炸,炸到皮脆之后放到红菜汤里。

在梦中,他如往常一般,轻松愉快地在桌旁坐下,他的目光落到了维塔利娜隆起的肚子,很是满足,再过一个半月女儿即将出生。他把目光移到汤盘里,一个接着一个地吃着饺子，然后开始喝汤。

"你想好了吗？同意吗？"他满口饺子，问妻子。

"不，我不同意，就叫安热莉卡吧！"她坚持说，"你选的斯维塔和玛莎这两个名字，我都不喜欢，太乏味了，像电车上售票员的名字。"

"我们这里既没有电车，也没有售票员。"梦里，谢尔盖伊奇发起脾气来，就像从前在现实生活中生气那样，"也许在你们的文尼察市这样的名字显得俗气，在我们这里则不一样。而叫安热莉卡，才会被人嘲笑！"

"如果他们嘲笑她，我们就立刻离开这里！"维塔利娜厉声说，她站起来，挺着大肚子回到房间，那里有长沙发、床和大桌子。

他扫兴地把红菜汤喝完。

没有关系，他想，没有我，他们不会给她办理登记的。

在梦里，盘子里的红菜汤已经喝光，突然，他又"闻到"红菜汤的鲜美味。睁开眼睛，他看见娜斯塔西娅端着锅正要上桌。

"坐过来吧，我给你盛好汤了。"一个苍老而甜美的声音招呼着。

谢尔盖伊奇从梦境中醒来，站起身，把外套脱下放在扶手椅上，然后在桌旁坐下。眼前是一碗浓浓的红菜汤，只不过没有饺子。他也没有指望有饺子，只不过是一时兴起，想把过去和现在联系起来罢了。他从小就爱吃饺子，红菜汤是在结婚后才爱吃的。现在，一切都已成为过去，成为记忆，成为照片。记忆会枯萎，变成碎片，但照片还在。学校、军队、婚礼都留在了相册里，它们安安静静地立在餐柜里。

他那贪婪的目光从红菜汤上离开，仰望天花板，看着电灯，他舔了一下嘴唇。老妇人以为是红菜汤的缘故，其实客人自己也没有明白这一系列举动是为什么……他舀起一勺汤，红菜汤很热，他的眼泪夺眶而出。

"你怎么了？"娜斯塔西娅惊慌地问，"和妻子发生什么事了吗？"

"不是的。"谢尔盖伊奇摇摇头，用手背擦掉泪水，喝了第二勺红菜汤。"你们生活得很好，我们那里已经三年没有电了。"

"怎么不给修呢？"老妇人拍了一下手掌。

"他们不给修，"谢尔盖伊奇叹了一口气，"他们说不值得修，村子里只有两个人。我们还住在两条街上，要是再能够回来十几个人就好了……"

"你们离炮火太近。我们离俄罗斯人八公里，离乌克兰人五公里，正好在中间地带。在格努托夫卡附近，地形又变窄了，双方几乎是鼻子挨着鼻子，那边整天都是砰砰的枪声。"

"我们离炮火不太近！"谢尔盖伊奇反驳道，"三年来他们只炮轰了教堂，还有两户人家和集体农庄办公室，房屋基本上完整无损。浸信会教徒们有时候会运些救援物资来，遗憾的是他们不可能帮我把退休金也带过来……没有钱了……但是，就算他们帮助把退休金领出来又能干什么？你们的退休金怎么发？"

"我们这里还好，"娜斯塔西娅说，"那个女邮递员的儿子斯捷潘，你知道的，就是一条腿短的那个人，他在托列茨克有个干亲家。他把我们的退休金卡收集起来，寄给那位干亲家。那家伙从托列茨克的自动取款机里取出我们的养老金，然后把钱和卡装在信封里寄回来。当然不是全部，他会从中扣留一些酬金的。"

"我可以让他帮助办理吗？"谢尔盖伊奇兴致勃勃地问。

"你重新办理登记了吗？"

"到什么地方办？"

"到乌克兰去办理，让他们知道你是否决定留在灰色地带。"

"我没有办。"

"首先应该重新办理手续。不然，不给你发卡。"

谢尔盖伊奇深深地哀叹，不再说话了。

"退休金反正不会消失。"他低声说，安慰自己。

他看了一眼房屋主人，想起了这次来访的目的。

"你能给我一些鸡蛋吗……"谢尔盖伊奇刚提出请求，敲门声打断了他的话。

老妇人转身去开门。

"你先问问是谁呀！"客人在她身后喊着。

她刚一开门，孩子们就冲了进来，在房间里叫喊着。

"娜斯塔西娅奶奶，圣诞老人到你家，是不是走错门了？"一个小男孩尖声问。

"没有啊,你们说什么,什么圣诞老人!"老妇人说,"现在都到二月中旬了。"

"但是他答应过新年要来的——后来他也没来。"一个女孩子说。

"好吧,也许是这样,但这不是圣诞老人,"娜斯塔西娅对他们说,"你们自己看吧。"

两个男孩和一个女孩,都不到十岁,他们跟在娜斯塔西娅后面走进屋。

"看见了吗?"她指着谢尔盖伊奇说。

"你说得对,"其中一个男孩说,"圣诞老人更年轻。"

"啊哈,你是说我比圣诞老人还老?"谢尔盖伊奇大笑,开玩笑地问,"你们在哪里看见过年轻的圣诞老人?"

"十二月,他来过。"女孩回答说,她穿了件大了两个尺码的粉红色外套。"他给我们送来玩具,还答应新年给我们带糖来。"

"是的,很年轻。"穿着黑色大衣、戴着滑雪帽的黑眼睛男孩肯定地说,"他有冲锋枪,戴着一只耳环。"

"圣诞老人还有冲锋枪?"谢尔盖伊奇笑着问,"也许,他还穿着军装呢?"

"没错,是军装!"女孩点头说,"打仗的时候,大家都穿军装,都背着冲锋枪。圣诞老人说他有两个孩子,但他还是会给我们带很多糖果——这是他和他的孩子们送给我们的礼物。"

谢尔盖伊奇沉默了,他感到不知所措。回想起死者背包里面的糖块,回想起死者一只耳朵上戴的金耳环。

"别担心,他可能还会带来东西的,"他看着孩子们,更加亲切了,"也许他们在检查站拦下了他,谁知道呢?这样的事还少吗?"

孩子们有些失望,慢慢走到走廊,回家去了。

"我给你拿鸡蛋去,"娜斯塔西娅同情地看着客人,"还需要什么?"

"你还有什么?"

"志愿者们送来的猪肉罐头,我可以给你两个……还有我腌的酸黄瓜,但会不会太沉了?"

"我能背到家,"谢尔盖向她保证,"我已经踩出一条小道,回去时候容易一些。总归能回到家的。"

第 14 章

如果隔一天吃一个鸡蛋,这二十个鸡蛋够吃一个半月,谢尔盖伊奇看着锅里煮面条的时候,心里这么盘算着。

面条开锅了。他小心翼翼地拿起一个鸡蛋,用小刀敲开,把鸡蛋打进锅里,然后用木勺把蛋黄和蛋白搅拌到面条里,热腾腾的鸡蛋面做好了。

五分钟后,在教堂蜡烛颤抖的烛光下,一碗热腾腾、香喷喷的鸡蛋面条下肚了。炉子上已经换上了水壶,窗外黑夜笼罩,闹钟嘀嗒声也格外地悦耳。

时间在闹钟的滴答声中流逝,三月即将降临,冬天进入尾声。融化的雪水在阳光下反着光。第一批蜜蜂飞了出来,尽管植物刚发出新绿,给黑色土地穿上了新衣,这星星点点的绿色,让周遭的一切从寒冷中苏醒。蜜蜂不会飞得太远,它需要长的时间舒展身体,恢复对外部环境的感觉。蜂箱已经被搬到户外的阳光下,迫不及待地要把寒冬的湿气排放出去。

空气中充满悦耳、亲切、和谐的嗡嗡声，这声音让热爱蜜蜂的人的世界温馨而舒适。远处的枪声和爆炸声就显得不重要了，毕竟一个人可以习惯任何事情。重要的是春天即将到来，大自然又充满了生命——充满了蜜蜂的声音和气味，还有煽动的小翅膀。

到了三月末，蜜蜂彻底摆脱冬天而活跃起来，蜂箱不停地颤动，这时候，他就搭起自己的蜂床，有两个蜂箱宽，三个蜂箱长，上面铺上一张薄薄的干草垫。他会穿得暖和些（三月末的晚上仍然很冷），在外面连续睡一个星期。这胜过任何良药，比吃维生素强多了。这就像用特殊的电力给人类充电——不是那种驱动灯泡的电力，而是那种驱动人类视觉的电力，让人能够看到比平常更远的地方。

喝着茶，谢尔盖伊奇的思绪又回到了今天在斯韦特洛耶看到的情景。孩子们冲进了老娜斯塔西娅的家，想看看圣诞老人是否走错门了，因为他答应要来看他们，那个戴着耳环和糖果的圣诞老人……

谢尔盖伊奇把放在墙角的背包拿过来，把里面的糖块倒在桌上。他剥了一颗"红罂粟"牌的糖纸，把糖块塞进嘴里，喝了一口茶。有一些东西多少年都不变，他就喜欢这样。瞧，这种糖的味道这些年从未改变，包装纸也依旧。他还想再吃一块，可是突然想到那两个男孩和一个女孩。哎呀，我这不是在吃他们的糖吗？养蜂人想。

然后他感到害怕：那个戴耳环的死者躺在雪地里，再也不会打搅他谢尔盖伊奇的睡眠了，但他的背包却立在自己房间角落里。现在谢尔盖伊奇明白了，死者是想把糖送给什么人了，但这些糖没有送出去。谢尔盖伊奇把它们占为己有了，他从孩子们手中夺走了这些糖块，像个孩子一样享受着。

谢尔盖伊奇十分不安地在屋内踱步，然后他在炉子前停了下来，为了确保一整夜室内温度足够暖和，他又往炉子里倒了半桶煤。但他叹了口气，因为他预感到躺在雪地里的死者，不会让他睡个安稳觉的。

一阵恐惧掠过心头，他不禁颤抖了一下，同时做了一个决定，马上动身再次前往斯韦特洛耶。

穿上外套和靴子，戴上皮帽，然后他用手指把蜡烛捻灭——干吗要白白浪费呢？

沿着不久前踩出的脚印走着，轻松快活，好像把自己的烦恼从家里带走，抛到很远、很远的地方去了。尽管仍然看不见灯火通明的村庄，但随着他离斯韦特洛耶越近，他的内心越是敞亮和宁静。他觉得自己仿佛正在一座巨大的教堂里向着圣坛走去。教堂只有低声祷告或者沉默，只有神父有权大声说话。走在漆黑的小道上，他发挥着自己无边的想象力。教堂里总是充满了奇妙的气味。当然，这一切是有意而为之，是教堂建筑结构使然。教堂里面的一切——圣油的芬芳，虔诚的低语，以及在尘世生活结束后等待着每个人的与永恒接触的感觉——这一切都在厚厚的围墙内、高高的穹顶之下、高大的铁门后面。这里的一切都在吸引着人们，为了追求美妙的瞬间而到那里去。

斯韦特洛耶的灯光出现了。谢尔盖伊奇停了一下脚步，他感觉到背包的重量。他用戴着手套的手擦了擦脸，继续赶路。

"你怎么又回来了？"娜斯塔西娅开了门，惊讶地问。一个熟悉的声音传到谢尔盖伊奇的耳朵里。"你忘了什么吗？"

"是的，我忘了把东西给他们了。"谢尔盖伊奇说。他看着老妇人，仿佛他什么话都不说她也能明白似的。"我在你这里的时候，过来看的那些孩子，他们是你的邻居，对吗？"

"是的，是瓦莉娅家的。"

"他们住在哪里？我给他们带来了小礼物。"

"瞧，你这个傻瓜，"娜斯塔西娅摊开双手说，"你不能明天来吗？天黑了怎么回去？"

"我……"谢尔盖伊奇试图解释，可是思绪混乱，"我自己也不知道。你们这里很好，有电灯、有电视。"从老妇人背后传出的声音，他才明白是在播放电视节目。

"你特别想看电视了吧？啊，真可怜！"她悲哀地摇头。他觉得在老妇人的眼里噙满同情的眼泪，"就是说，你们三年没有看电视，上帝啊！什么样的苦难，快进屋，快……"她催促着。

"不，我先把糖给孩子们送去，然后再回来。"他温和地说。

"街的右面第二家。围墙的栅栏门上钉着一个木制五星——他们家的爷爷在反法西斯战争中牺牲了,从前五星是红色的,现在变成灰色,和围墙的颜色一样。"

谢尔盖伊奇沿街的右边走到钉着木制五星的栅栏门前,走进院子,敲了敲门。

"谁呀?"一个女人的声音问。

"我是谢尔盖伊奇,从小斯塔罗格拉多夫卡村来的。给孩子们送点礼物。"

一个叫瓦莉娅的女人开门让他进去。他正要在门边脱下靴子,但她拦住了他,直接把他领进房间。里面也开着电视,屏幕上的人们互相大喊大叫,但他们的声音几乎是欢快的。

谢尔盖伊奇手里拿着背包,眼睛盯着屏幕,僵在那里。沙发上的三个孩子——两个男孩穿着暖和的法兰绒睡衣,女孩则穿着蓝色紧身裤和绿色羊毛衫——瞪大眼睛盯着他,他们发现他比电视更有趣。

"他们那里怎么回事?"谢尔盖伊奇朝屏幕点了点头,问道。

"这是莫斯科,在争论关于乌克兰的事,"女主人平静地回答,"对了,您说给孩子们带来了什么?"

"啊!"谢尔盖伊奇回过神来,"给,是圣诞老人送的礼物,有点晚了,但……"

他把背包递给瓦莉娅,她接过背包,掏出一袋糖放在铺着白色蕾丝桌布的桌上。孩子们马上围了过来看看谢尔盖伊奇带来了什么。

"是圣诞老人送的吗?那个戴着耳环的?"女孩问。

谢尔盖伊奇点头说:"圣诞老人很抱歉他不能亲自来,他不舒服。"

"晚来总比不来好。"瓦莉娅说。

她把背包还给客人。

"留着吧,可能会派上用场。"

"好的,该说什么?"瓦莉娅回头看着孩子们问。

"谢谢!谢谢!替我们感谢圣诞老人。"孩子们兴奋地齐声说道。

"见到他我一定转告,"谢尔盖回答,"啊,我该走了。"

"要回小斯塔罗格拉多夫卡村吗?"女主人关切地问,"真不知道您在那里怎么生活?没有商店、没有邮局……不,这样不行!等着。"

她跑到院子去,很快折回来了,手里拿着装得满满的背包,递给客人。

"多加小心,"她嘱咐说,"这里有三升猪油。"

谢尔盖伊奇有点意外,他没有料到一个陌生人会对他如此慷慨善良。

他返回娜斯塔西娅家。

两人坐在电视机前,屏幕上,三个系着领带的人围坐在一张桌子旁。

"为什么它至今还没有分崩离析?"电视里,其中一个人问另外两人。

"要知道，现在美国和欧洲全面支持他们。他们从自己国家的穷人那里掠夺钱财，送给乌克兰人！"另外一个人回答，"当这些美国人、欧洲人明白真相以后，他们将在自己的独立广场发起抗议活动。"

"恐怕我不同意您的观点，"第三个人加入了谈话，"事情没那么简单，对美国和欧洲来说，乌克兰不过是个工具，他们希望借助这个工具，把俄罗斯从世界政治版图上抹去。"

"你明白他们在说什么吗？"谢尔盖伊奇把目光从电视机转向娜斯塔西娅。

"完全——也不完全明白！这是俄罗斯电视台，不是基辅的。"

"你这里能看到乌克兰电视台吗？"

"有两年看不到了，但现在又可以了。"女主人回答。

她拿起遥控器，转换了电视频道。

屏幕上出现一个女人，她的脸涂成了绿色。

"我要起诉！"那个女人对着一名女记者说，这名记者手里拿着一个麦克风，而麦克风也被涂上了绿色。"我是最高议会的人民代表，有权发表自己的意见！"

"怎么，是她？"谢尔盖伊奇认出了这位脸上涂着绿色颜料的女人。"她叫什么来着？啊，邦达连科[4]！"

"明白我的意思了吧？俄罗斯的电视台从来不播这种内容。"娜斯塔西娅不以为然地摇头说，"他们装腔作势地坐在桌旁，说起话来冠冕堂皇。但是谢尔盖伊奇，时间不早了，你是不是应该在这里过夜？"

"不，谢谢。"谢尔盖伊奇明白，老妇人想睡觉，碍于客人在，不好直接说出来，于是邀请他留下来过夜，只不过是提醒他应该休息了。于是他热情地向女主人告别，给了她一个亲人般的拥抱，甚至还想邀请她去家里做客，但最后他还是明智，没有发出邀请。

沉重的背包压弯了谢尔盖伊奇的脊背，为了寻找平衡，他把身体稍微向前倾斜，顽强地走着。身后，很远的地方，斯韦特洛耶的后面，传来炮声。可能是在格努托夫卡附近吧，养蜂人寻思着，不由得加快了脚步。

第 15 章

窗外,早春的太阳格外明亮,仿佛它在经历了数月囚禁之后,享受着久违的自由的滋味。谢尔盖伊奇一睁开眼睛就觉察到室内的寂静有些反常。他屏住呼吸仔细谛听,终于明白令他不安的原因了——少了闹钟的滴答声。他向窗台望去,闹钟不走了,指针停在十点半的位置。这意味着他睡得很晚,当然也不能说有多晚,只是他现在有点分不清指针停在的是昨天晚上的还是今天早上的十点半。

到底怎么了?还在床上躺着的谢尔盖伊奇回想着昨天的事,走了多少路?大概十二公里?

他得意地哼了一声,又躺了一会儿才起床。他把手伸向火炉,发现炉子几乎没有热量了,于是他加上一些煤,然后回头看着停了的闹钟。

到帕什卡家去跟他对一对时间吧,谢尔盖伊奇盘算着。

院子里洒满了金黄色的阳光,靴子踩过的雪地也变成黄色，篱笆、板棚和车库的灰色墙壁也都变成了金黄色。

谢尔盖伊奇并不是不喜欢这些,恰恰相反。但与此同时，他又觉得阳光出乎意料地热烈，虽然令人振奋，可这打破了平日的习惯。于是，他责备起太阳来，仿佛它能像一个人一样，承认自己的行为不恰当。

远处传来阵阵大炮声，谢尔盖伊奇也只有在他想听到大炮声时才听得到。他回过神来，向米丘林巷走去，炮声便也消失在寂静之中。

走进帕什卡的院子，他的右膝盖开始疼痛。离门口还剩下几步远，他痛得脸上的肌肉都扭曲了。

谢尔盖伊奇用拳头敲着门，里面静悄悄的。他回想起上次等了两三分钟帕什卡才给他开的门。

但那一次帕什卡立刻出现在门口，然后离开了，没有立刻开门。而现在里面没人应答。

谢尔盖伊奇又敲了三下，还是没人应答。

他拉了拉门把手，门一动不动，是锁上了。

谢尔盖伊奇一瘸一拐地走出大门，向两边看了看，街上一个人都没有。

一个神秘的想法冒了出来。也许，他……

虽然谢尔盖伊奇没有继续往下想，但他明白自己在想什么。他回到院子，绕着帕什卡的房子走了一圈，然后走进果园，雪地上有一串新踩出的脚印，一直通向菜园。谢尔盖伊奇沿着这串脚印走到了帕什卡菜园的边缘，他停了下来。那里有一片稍微向下倾斜的田地，然后向上延伸到卡鲁谢里诺的接壤处，那里设有"顿涅茨克共和国"的防御阵地。

"原来帕什卡是从那里买的面包。"谢尔盖伊奇咕哝着说，"这个傻瓜，难道他不害怕某个狙击手流泪眼睛模糊或者手痒……"

接着，另一个更可怕的想法吓了他一大跳。

"也许，他就是那个狙击手呢？"谢尔盖伊奇回忆起铺满稻草的隐蔽地和散落在雪地上的空弹壳，"这就是他不害怕的原因，他们不会向自己人开枪的。"

谢尔盖伊奇突然感到了一阵寒意，他仿佛感觉到一阵冷风袭来，从卡鲁谢里诺方向吹来的冷风。

谢尔盖伊奇回到帕什卡的院子，右膝盖依然疼痛，同时腹部右侧有被什么东西刺了一下的疼痛。他摸了摸痛处，笑了——原来是揣在衣服口袋里的闹钟，是闹钟后面的按钮刺痛了他。

谢尔盖伊奇想起帕什卡家里带钟摆的挂钟，很方便，从来不需要给它上弦，只要把它挂起来，通过钟摆的重力驱动，挂钟就能一直走下去。

谢尔盖伊奇把院子里的一个墩子挪到窗户下面，他站到墩子上，趴着窗户向室内张望，挂钟恰好挂在墙的右侧。多亏院子里耀眼的阳光，室内虽然稍显昏暗，但是，他还是看清了时间——12点45分。他掏出闹钟，拨动指针并上了弦，把这个滴答作响的东西放回口袋，然后下来把墩子挪回原处，一瘸一拐地走回家。

第 16 章

闹钟的恢复使谢尔盖伊奇的头脑恢复了秩序,他平静了下来,除了一个担忧:帕什卡有可能是那个向乌克兰士兵开枪的狙击手。谢尔盖伊奇无论如何都摆脱不掉这种想法,越想越像真的。不是吗?谢尔盖伊奇和帕什卡都住在由于战争而被上帝和世人抛弃的同一个村庄,他们的生活环境相同,住在相邻的街道,可是帕什卡的生活明显地比谢尔盖好许多。帕什卡家里有两个炉子,还有新鲜的面包、猪油和充了电的手机……这些都是从哪里来的?当然不是浸信会教徒们送来的,如果是他们送来的,那么他们给帕什卡物资的时候,也会给谢尔盖伊奇的。撇开食物不谈,电是怎么回事?他们不可能像分发面条或者糖那样把电输送过来,附近什么地方有电呢?只有到卡鲁谢里诺去,穿过帕什卡的院子、果园、菜园和田野,踩出一条小路。

谢尔盖伊奇的思绪突然从电转到他自己的手机上。他的手机在离他家不远的田野后面的某个地方，一个乌克兰士兵正在给他的手机充电。什么正在？早就充好了，只是等待机会还给它的主人。

谢尔盖伊奇回想起士兵彼得罗说的话，在果树园的树上挂一个白布条，表示他请求帮助。怎么，如果我不挂白布条，他就不把手机给我送回来吗？他苦笑着想。

他转念又一想，莫非彼得罗应该在狙击手的子弹呼啸之下冒着生命危险，穿过田野专程给他送手机来吗？如果他被打死呢？那是谁的过错？

谢尔盖伊奇的嘴角掠过一丝苦笑，他表情严肃而忧郁起来。他明白穿越白雪覆盖的田野需要付出生命的代价，那一个戴耳环的士兵就没有穿越过来。

窗外的光线似乎渐渐暗淡，仿佛太阳的能量被消耗殆尽似的。谢尔盖伊奇打开衣柜，愣了一会儿，他的眼睛盯着维塔利娜的蚂蚁图案的连衣裙。然后他打开另外一扇柜门，在一堆破布里翻找着，直到找到一块厨房用的白色毛巾。

他走出房间，来到果园。脚下的雪被踩得沙沙响，他在距离田野二百米的果园里找了一棵苹果树，把白色毛巾挂在树枝上。他转回身望着地平线，田野和天空的颜色相近，地平线几乎难以分辨。

他向田野方向走了大约二十步，回头看了看挂在树上的白色毛巾，深深地叹了一口气：从这个距离看白色毛巾几乎都淹没在苹果树和杏树的树丛里面了，彼得罗能看得到吗？他心存疑虑。

不过他说让我在树上挂块白布，那就挂吧，他想。他会看到的，他们有军用望远镜——比帕什卡的望远镜倍数大很多。

他回到屋里，开始准备简单的晚餐，小米饭。

吃饭时他不停看闹钟。闹钟现在占据了一个重要位置——在桌子中间的蜡烛旁边，发出抚慰人心的滴答声。这声音与家庭的宁静融为一体。宁静——犹如瓶壁很厚的大玻璃瓶，里面装了很多寂静之下的声音，如果把耳朵贴近瓶口，可以勉强听到——仔细谛听，总归听得到什么。

早春二月的寂静如此具象而细微，仿佛阳光下空气中的尘埃。过一个月，甚至不到一个月，他将把自己的蜜蜂大军放到寂静的山野里。以军事术语打比方的话，他的六箱蜜蜂不就相当于六个团吗？它们会被派往野生或者人工培育的花海里。一个蜂箱相当于一个团，或者一个兵营，不是吗？

谢尔盖伊奇想到这些笑了，他沉浸在对春天的遐想中。隔窗望着，黄昏笼罩，夜幕开始从窗口爬进室内，桌上的烛光跳动着，却难以驱散这团涌入的黑暗。

现在谢尔盖伊奇意识到他不只是坐在桌子旁，他是在等待彼得罗，等着他把充满电的手机带过来。养蜂人往炉子里加了些煤，然后走到院子里。他抬头看着星空，想象着彼得罗正穿过果园，从大门走进院子。他一定很累。

从乌克兰人的阵地到小斯塔罗格拉多夫卡村，步行走完这段距离可不是件容易的事，在雪地上跋涉，彼得罗肯定会很累的。对于子弹来说，这个距离不算什么，只要一上膛，子弹就飞来了。这不仅仅是一个艰难跋涉的问题，他还必须时刻保持警惕。毕竟，在穿越开阔地带的时候，任何事情都有可能发生。

如果他现在正在穿越田野，而在克鲁平家的菜园干草堆上隐蔽的狙击手正在向他瞄准，可怎么办？谢尔盖伊奇问自己。

这一猜测使他不寒而栗。

他急忙朝教堂方向走去，他在那里曾经发现狙击手隐蔽的地方。他抑制着自己的猜测，在黑暗和寂寥中快步走着，以免自己折返回去。

谢尔盖伊奇在克鲁平家的大门前停下脚步，他听了听。院内同样寂静，似乎跟他家没什么区别。但不能凭耳朵判断附近是否有狙击手，必须眼见为实。

他小心翼翼地打开大门，绕到屋后，到了果树园，在最后一排果树旁停下，仔细看着白雪覆盖的菜园，似乎看到了干草堆，黑暗中像是灰色的。当然，眼睛在黑暗中也可能看错，然后脑补出他们想象的东西。但是人们习惯于相信自己的眼睛，即使他们是半盲的，即使摆在他们面前的东西被自然或烟雾所遮蔽。

谢尔盖伊奇蹲了下来，他屏住呼吸，像鸭子一样摇摇摆摆地向克鲁平家的菜园边缘移动。他的右膝盖又疼了起来，但此刻他已经顾不上这个了。爬到狙击手的位置后，他如释重负地叹了一口气，狙击手躲避的干草堆上没有人，只有干草和雪地上扔着的空弹壳。

如果我找到了狙击手,而且那个狙击手不是帕什卡,该怎么办呢?谢尔盖伊奇顿时膝盖哆嗦起来。我应该对他说什么?请求他不要向那个士兵射击吗?就因为那个士兵是来给我送充了电的手机?噢,我这个傻瓜……我到底为什么要来这里?

谢尔盖伊奇觉得自己像个十足的白痴,他甚至不敢继续想下去。他一直被一幅恐惧的画面左右着,那就是帕什卡正在狙击手的位置上待命,他仿佛看见这位"童年的敌人"穿着高领羊皮大衣蹲守在那里。如果真的是他,就不用害怕了。毕竟是帕什卡。谢尔盖伊奇给他蜂蜜,还帮他装了新窗户,他怎么能不听他的话呢?他当然会听!是的,狙击手帕什卡会尊重谢尔盖伊奇的要求,把步枪放到雪地上,回到舍甫琴科街自己的家。也许他甚至很高兴不用在黑暗和寒冷中躺在干草上等待某个乌克兰士兵成为自己的射击目标。

谢尔盖伊奇回家,在火炉旁坐下,热气透过外衣温暖着全身。他缓了一下,这才脱下外套和靴子。终于回到舒适的家里,虽然这也不是多么了不起的事情。而且,这种舒适的环境并没有覆盖整个房间,就像烛光照射不到墙壁和角落。不过,墙壁和角落对他来说有什么意义呢?他已经习惯了舒适的范围,在火炉边待着,如果不是特别需要的时候,比如去拿放什么东西,他是不会走出这个舒适区的。

什么人敲了三下门。

"谁呀？"谢尔盖伊奇问。

门外似乎有回应，但声音不大，不太清楚。

但他能断定的是，肯定不是帕什卡。

他打开房门，是穿着迷彩服的彼得罗，肩上背着冲锋枪，脚旁放着一个背包。

谢尔盖伊奇向他点头，侧过身子，请客人进屋。

"怎么不发雪地伪装服？"谢尔盖伊奇问，"白色的更安全。"

"反正在黑暗中都是一样的，"彼得罗轻声说，"您这里发生什么事了吗？"

"没什么，"谢尔盖伊奇耸了耸肩膀，看着客人脱下军靴，"我刚刚煮了面条，再给你加个鸡蛋吧！"

"哦，我还以为您饿坏了呢……给您带了点吃的来。"士兵说。

"前天还真是挨饿了，所以我昨天到斯韦特洛耶去了，用蜂蜜换了鸡蛋。明天——有谁知道？请进，请进，到炉子旁边来暖和一下。"

彼得罗在炉子对面的椅子上坐了下来，穿着厚袜子的脚正好伸到火炉的玻璃门下面。

谢尔盖伊奇用叉子在煎锅底部抹了一些猪油，然后把面条扔进去，在上面打了一个鸡蛋。

面条在锅里沸腾，伴着咸鲜味弥漫全屋，彼得罗笑了。

谢尔盖伊奇一边用木勺搅和着面条，一边想：够两个人吃吗？

"想喝一点蜂蜜酒吗？"当士兵开始享用面条的时候，谢尔盖伊奇问。

"不喝，谢谢，但我不反对喝茶。"士兵回答。

主人把水壶放到炉子上。

"你们那里，虽然是战壕，伙食还可以吧？"谢尔盖伊奇重新坐下问道。

"伙食不错，"彼得罗抬眼看着谢尔盖，"我们也不是所有时间都在战壕里。那里的避弹所很好，占用了村里被废弃的小屋，什么都有，甚至还有澡堂。"

"啊，看来，是长期住了？"谢尔盖提出了一个双重问题。

士兵耸了耸肩膀。

"如果让我说，待在家里最好。他们答应给我五天假，让我去看看妻子和孩子。"

"他们叫什么名字？"谢尔盖伊奇兴致勃勃地问。

"妻子叫斯维塔，女儿叫哈利娜，儿子叫伊万。"

"多好的名字啊，"谢尔盖伊奇若有所思地想着，"我喜欢这些名字，孩子的名字是你自己起的吗？"

"不，我和妻子一起，我们当时都十分赞同。"

"幸运的是你和妻子意见一致，我们没有……"

"没有，什么意思？"

"给女儿选名字，我选的，她不同意。"

"现在她叫什么名字？"

"现在叫安热莉卡。一开始我给她选的名字叫斯维特兰娜。后来，她们离开了我，妻子把女儿的名字改成现在这个。"

"这个名字与您现在居住的地方不吻合，"彼得罗表示同意，"对于城里人还可以，那里谁都不去注意别人的名字。你们这里如此灰暗，在这么一个灰色的环境里，用这么个明亮的名字……"

"你知道吗，"谢尔盖伊奇既诧异又带着些许生气说，"灰色有时也是鲜明的。灰色有很多很多，我就能够给你说出二十种灰色。如果我有学问，就能够给每一种灰色定义自己的名称，就像他们是不同的颜色一样。况且我们这里也不都是灰色的，我的车库里有一辆绿色的日古利牌汽车。"

"没人抢吗？"这次轮到士兵吃惊了，不过他充满了善意。

"没有人抢，"谢尔盖伊奇回答，"村子里就剩下我和我的邻居帕什卡两个人了，帕什卡不会开车，再说了，他也不是罪犯。得感谢我父亲，他留给我了一辆带挎斗的轻型摩托车，我把那车卖了。是一个大老远从塔甘罗格赶来的买家，他用他的日古利车跟我交换的。"

"根本没有带挎斗的轻型摩托车！"彼得罗笑着说，好像他识破了主人孩子气的谎言那般得意。

"关于轻型摩托车，你知道多少！听说过维亚特卡200K吗？那个买主说这是古董，很稀有的，而且还能跑。我给你看看照片。"

情绪激昂的谢尔盖伊奇跳了起来，他走到餐柜前，打开右边最下面的柜门，拿出嵌花的大盒子放在地板上，掏出两本相册。他在第一本相册里找到照片，捧到桌上指给士兵看。

"就是这个，你自己看吧，我去沏茶。"

士兵吃惊地吸了一口气，说道："您说得对，从没见过这样的东西，它们肯定从没到过我们这一带。真是精巧的车啊！"

彼得罗瞥了一眼餐柜前的大盒子，盒子上镶嵌着不同寻常的图案。

"那里面是什么？也是相册吗？"他颇有兴趣地问。

"不是。"谢尔盖伊奇说。他弯下腰拿起盒子放回原处，然后关上柜门。

"多么漂亮的艺术品。"士兵赞赏说。

"是我亲手做的，这曾经是我的一个爱好。上学的时候，我还在区级的工艺美术比赛中拿过几次奖。"

"这很好，男人长了一双巧手，"彼得罗用羡慕的口吻说道，"我做木工活不行，但修自行车是没问题的。"

"你们那里，乌克兰情况怎么样？有什么新闻？"谢尔盖伊奇打断了他的话，语调流露出一丝疲倦，仿佛没有继续谈话的兴趣了。

"新闻？倒也没有什么新鲜的事情。他们不停地给城镇和街道重新命名，好像我们没什么可担心的。"彼得罗摆了摆手，"工作量太大了……还有蓄意破坏的。人们拒绝摘下原来的路牌，要求保留。另外一些人要求把旗子翻过来。如果是让我来决定的话，我认为首先应该改国名……"

"你想把国名改成什么？"主人对听到的话感到震惊，急忙问。

"改成什么？我不知道……我不是政治家……比如叫'乌克兰人民共和国'。"年轻人不太确定地说。

"'人民'两字可以不要，"谢尔盖伊奇摇头，"因为一提人民，那些乌合之众就会趁机钻到政权当局里来，就像顿涅茨克人民共和国的'佛地'（腹地）那样。你怎么没刮胡子？"

"我吗？"彼得罗反问，他用手指摸着脸颊，"我在等志愿者给我们送新的剃须刀。"

"你等等。"谢尔盖伊奇重新站起来走到餐柜前，拿着一个小盒子回来了。

"给，拿去用吧，电动的。虽然旧了点，像收割机一样好用，剃得非常干净。"

彼得罗从盒子里拿出一把红色的梨形电剃须刀，上面有刻着华丽金属字样的标牌：哈尔科夫。

"我也用不上了，"养蜂人告诉他，"反正没有电。"

"谢谢，我会还给您的。"彼得罗承诺着，他把剃须刀装进盒子。突然，他想起什么重要事情，眼睛一亮，说道："对了，那个躺在田野上的死者，被什么人收走了。可能是卡鲁谢里诺的'分离主义分子'干的，总之，死者不见了。"

谢尔盖伊奇哼了一声。

"是我收的尸体，"谢尔盖伊奇说，"我用雪盖住了他。可怜的家伙，他还在那里。"

"是吗？"士兵非常吃惊，"您太冒险了……如果有人发现，他们会朝您开枪的。"

"我是夜里去的，那时候大家都在睡觉呢。"

他们喝着蜂蜜茶。这时，谢尔盖伊奇想起自己的手机，问彼得罗是否已经充电。

"当然，早就充好电了，给您。"士兵说着，从外衣口袋里掏出充电器和手机，放在桌子上，"以防万一，这是我的手机号。"士兵说着，把一个纸条放在手机旁。"现在不用再挂白色布条了，可以发短信，如果有急事还可以给我打电话。"

"谢谢，"谢尔盖伊奇说，"你是个守信用的人，这对我们来说意义重大。你上路前，我们喝一点蜂蜜酒，好吗？这样路上就不会冷了。"

谢尔盖伊奇从士兵的眼睛里捕捉到他又想喝又担心的神情。

"来吧，不会一喝就醉的。我陪你喝，免得你以为酒里下毒了呢！我自己很少喝酒……"

"好吧。"彼得罗挥了挥手，对主人盛情难却。

谢尔盖伊奇拿出一瓶酒。

"给你用一个你从来没有见过的酒杯。"他说着，打开最上面的柜门，取出一只小小的水晶鞋形状的酒杯。"我和维塔利娜结婚时用它喝过酒，这是前岳母送我的礼物。"

谢尔盖伊奇给自己拿了个普通酒杯，他先给客人倒上酒，黄色的液体在水晶鞋里欢快地闪烁着。

"为尽快结束灾难干杯。"

"您是说战争吗？"士兵确切地问。

"是的！"

"干杯。"彼得罗点点头，用右手手指捏住水晶鞋的细高跟儿，就像抓着高脚酒杯的杯柱。他小心翼翼地把水晶鞋举到嘴边，犹豫了一下，想知道该把哪一部分放到嘴唇上。他把水晶鞋的后跟向下倾斜，让液体流到鞋跟，喝了起来。慢慢地品尝，享受着蜂蜜的甜香。

谢尔盖伊奇把客人送到菜园子的边缘。士兵刚走出十几步，谢尔盖伊奇突然想起那个狙击手的隐蔽点。他喊了一声，把彼得罗叫了回来。谢尔盖伊奇领着他沿着菜园的边缘来到克鲁平家，让他看看在那里发现了什么。

"这是前几天发现的，"谢尔盖伊奇说，"我想让你多加防备。"

刚才那个在谢尔盖伊奇看来还有些微醺的士兵，现在却完全清醒了。

"谢谢！谢尔盖伊奇！"他严肃而缓慢地说。

然后，他握了握养蜂人的手，径直从狙击手隐蔽点的位置走向田野——没有弯腰，没有低头，没有恐惧。谢尔盖伊奇望着他的背影，直至灰蒙蒙的夜色把他淹没。

晚上，养蜂人心绪宁静而愉快。他把士兵背包里的谷物和罐头食品放到窗台上，那里凉爽，老鼠也爬不上去。然后他往炉子里添了些煤，躺下睡觉。

第 17 章

谢尔盖伊奇无意中发现下雪了。在给闹钟上发条,吹灭蜡烛之前,他把脸贴在窗户上往外看,外面漆黑一片,他总觉得远处有人,隔着玻璃,似乎能听到若有若无的交谈声。当然,他也明白,雪越下越密集,他怀疑的人声,其实是雪花沙沙作响的声音。为了证实这一点,他打算要看仔细——不穿外套,只瞥一眼。他用力推开房门,新鲜的雪花飘然而进,门槛上刮出了新雪的痕迹,画出一个整齐的半圆形。

养蜂人立刻关上门并上了锁,然后检查门是否安全。如果不能确定外面是人声还是下雪声,他是无法入睡的。

他熄灭蜡烛,闭上眼睛,进入漫漫长夜。当他再次睁开眼睛时,房间冷飕飕的,窗外灰蒙蒙的,新的早晨降临了。

谢尔盖伊奇给炉子添了煤,把水壶放上去烧开水,他知道要过一会儿才能烧开。没有关系,他有很多时间,也有足够的耐心,煤也够用,足够他用到春天,如果需要的话,还能撑到夏天。他什么都有,尤其是时间。现在,时间为他自己所有,他的余生也是如此。

他回忆两天前给彼得罗看父亲和那辆带挎斗的轻型摩托车的照片,他觉得自己并没有好好看过这些照片。现在,喝茶的时候特别想看,就好像是可以配茶的甜点。为什么这么说呢?即便没有糖吃,但回忆能让生活变得甜蜜。这些照片都是很早以前的、和平时期的照片,是父亲二战以后到他在这次战争之前家里的照片,有维塔利娜和女儿的照片,有邻居的结婚照,还有他有去斯拉维扬斯克出席养蜂人大会的照片……

谢尔盖伊奇把两本相册放在桌上。他沏好茶,开始翻看相册,目光再一次停留在那辆正在俄罗斯某处飞驰的轻型摩托车上。一辆有趣的车,这是肯定的……难怪人们不相信有这种车型存在,带挎斗的轻型摩托车,它就像孩子的玩具。轻型摩托车相册的下一页是父亲和母亲的照片,他们岁数不大,但目光暗淡,已经很显老相。这是工作造成的,他们的工作都很糟糕,母亲在区医院当仓库保管员。她昼夜不停地检查床单和病号服的出库入库,患者治愈出院或者被送到停尸房,那些换下来的床单和病号服会送到她那里,再送去消毒、洗净、熨烫,然后再返回到库房,由她重新发给新来的患者。父亲一辈子喜欢轻型机械,但为了养家糊口不得不操作重型机械。有一次他甚至向谢尔盖伊奇坦白说,他害怕开那些笨重的卡马斯卡车,害怕会把人撞倒。"它们太大了，太笨重了。"他说。给他带来快乐的是那辆带挎斗的轻型摩托车，有时他会骑上它，飞奔到医院接妻子下班。他像大多数一生都生活在恐惧中的人一样离世：死于心脏病发作。他并不知道自己正在经历这一过程，因此这一次甚至没有时间感到害怕。幸好谢尔盖伊奇的父母没能活着看到这场新的战争，他们并排躺在被炸毁的教堂后面的墓地里，对他们头顶上发生的一切一无所知……

相册接下来的几页使谢尔盖伊奇心情愉快起来，那是出席养蜂人大会时留下的记录。照片里，置身于养蜂同伴中的他，如鱼得水。他们在河畔举行告别野餐，还有晚上的篝火晚会，他和两位室友，一位来自克里米亚巴赫奇萨赖附近的阿赫塔姆，另一位是来自白采尔科维的格里沙，三人玩得很开心。所有的参会者被安排在一栋公寓里，房间很小，但他们并不觉得局促，谢尔盖伊奇的笔记本上还留有他们的地址和电话号码……战争一结束，他就和他们联系，或者最好的是和他们见上一面，可能会有另一次大会。但谁会派他去参会呢？地区养蜂人协会？不太可能了。顿涅茨克的社团还存在吗？即使在，也不会是隶属于当地，而是"共和国"协会了，这意味着他不再是其中一员。当然，如果留在乌克兰的那部分地区选择马里乌波尔作为首都，那么那里可能会有一个新的社团。但谢尔盖伊奇既不在"共和国"的范围内，也不在马里乌波尔的管辖区里，他在灰色地带，灰色地带没有首都……

谢尔盖伊奇不禁黯然神伤。突然，有人大声敲门。

他吃了一惊，但他没有急于开门，而是先把相册放回原处——放入嵌花的大盒子，再关上柜门。

"怎么这么长时间才开门？"帕什卡进门时没有问候"你好"。

一个五十岁左右的陌生男子跟了进来。他穿着迷彩裤和一件黑色帆布夹克，还裹着一件人造皮毛或是羊毛的外套，显得格外地臃肿。

谢尔盖伊奇关上房门，带着迷惑不解的神情转向他的客人，他猜不出他们来访的原因。

"出什么事了？"他不理睬陌生人，严厉地问帕什卡。

"出什么事了？"帕什卡几乎是高兴地重复道，"谢尔盖，你从来不看日历吗？今天是二月二十三日！祖国保卫者日！我们是来一起祝贺的，我的意思是，你曾经服过役，不是吗？"

"是的，是的，"谢尔盖伊奇点头说，"开坦克的，但那是很久以前的事了……"

帕什卡手里多了一瓶伏特加酒，他进门时手里好像并没有酒，可能是刚从外套口袋里掏出来的。

谢尔盖伊奇把目光转向那位不认识的客人。

帕什卡介绍说："这位是弗拉德连……让我们一起庆祝吧，我们觉得没有你，只有我们两个人庆祝不大合适。"

弗拉德连长着一张圆脸，左脸颊上有一颗痣，胡子浓密但修剪得很整齐，他的夹克两侧的口袋鼓鼓囊囊的，好像每个口袋里都装了一个罐子。

客人似乎注意到主人对他衣服口袋感兴趣,于是从口袋里掏出两卷东西。"我们总不能空手而来吧?"他说着,环顾四周寻找桌子。

谢尔盖伊奇不得不拿出餐盘和刀叉,客人把两卷食物打开,是半熏香肠、面包和猪油。

"你有腌黄瓜和西红柿吗?"帕什卡一边问,一边把羊皮外套挂在他为自己选的椅子靠背上。

"有。"谢尔盖伊奇回应着,但他先去柜子里取出酒杯。

"谢尔盖,为了助兴,能让客人用那只水晶鞋酒杯吗?"帕什卡提议。

谢尔盖伊奇急忙转过身,用眼睛注视着帕什卡脸上狡猾的笑容。

"不能,"谢尔盖说,"那是结婚礼物。"

养蜂人把香肠和猪油切成薄片,把一个装满盐的研磨瓶放在桌子上,打开腌黄瓜和西红柿罐头。帕什卡斟满了三杯酒,举起酒杯说:"为苏联军队干杯!"三个人举杯一饮而尽。

"你又没当过兵,"谢尔盖伊奇一边嚼着香肠,一边转向帕什卡问,"怎么回事,为军队干杯?"

"我为我们的捍卫者干杯!为像他这样的人干杯!"帕什卡的目光指向弗拉德连。

弗拉德连点头表示同意帕什卡的说法。从坐下后他一言未发,这让谢尔盖伊奇很不舒服。毕竟,一个人不仅可以通过他的脸，还可以通过他的声音，或者至少是一首醉醺醺的歌来暴露他自己。难怪正常的聚餐喝酒都以唱歌结束并不是没有原因的。当然，他们还没有喝醉。

"您是从那边来的吗？"谢尔盖伊奇看着弗拉德连，指着窗外的某一方向。

"你的窗户不是朝那个方向，"帕什卡插话说，"他是从我这边看过去那个方向来的。"

"我其实是西伯利亚人，"客人终于开口说话了，"我是志愿来的，为了保卫你们。"

"是从西伯利亚来的？"谢尔盖伊奇若有所思地说。

"没错，"弗拉德连肯定地说，"那里每年这个时候更冷，但也更美。"

"更美吗？"谢尔盖伊奇问。

弗拉德连看了看帕什卡，后者领会了他的暗示，又斟满了酒杯。"让我们为胜利干杯！"他提议道。

"为胜利干杯！"帕什卡附和说。

谢尔盖伊奇什么也没说，举起酒杯碰了碰，像他们一样一饮而尽，然后用手指从罐子里捞出一根黄瓜，塞进嘴里。

"您的西伯利亚美在哪里呢？"谢尔盖伊奇把腌黄瓜嚼完，重新提起这个话题。

"也许只是战争的原因，"西伯利亚客人平和地说，"这里没有多少颜色，栅栏是灰色的，窗户上没有雕刻装饰的花窗……所有的东西看起来都很破旧。"

"这是因为战争，对吧，"帕什卡插话道，"等一切都结束了,这地方又会像以前一样漂亮了。"

"从来就算不上漂亮,"谢尔盖伊奇反驳道,"就是很正常,不需要太花哨。"

弗拉德连惊讶地看了看主人,然后把目光转向帕什卡,帕什卡再次倒上酒。

酒过三巡之后,谢尔盖伊奇平静下来,他对客人平和多了,也对这个突如其来的聚会泰然处之。他仔细品尝半熏香肠,已经很久没有吃到这样的美食了。

"曾经属于苏联的一切都变成了俄罗斯的,"微醉的弗拉德连向帕什卡解释道,他一直用眼角的余光瞥向谢尔盖伊奇,"那些没有成为俄罗斯的,今后也将会成为俄罗斯的。一切都会回到起点,回到起点……"

窗外夜幕降临,帕什卡从衣服口袋里掏出第二瓶酒。西伯利亚客人继续说着,谢尔盖伊奇已经听不进去了,他开始犯困。弗拉德连的声音让他觉得刺耳,帕什卡对西伯利亚客人讨好、谄媚的嘴脸惹他厌烦,他很想往帕什卡的脸上啐一口唾沫。

谢尔盖伊奇急忙打了一个哈欠,甚至没有来得及用手捂嘴。

"你们知道吗,"谢尔盖伊奇对客人说,"我真的感觉不舒服……也许你们可以到帕什卡家继续喝?"

"没有酒了。"帕什卡说。

"我给你。"谢尔盖伊奇说。

弗拉德连轻松地站了起来,好像没喝一口酒似的,他拍拍帕什卡的肩膀，帕什卡也站起来了。

谢尔盖伊奇递给他们两瓶酒，就是前些天他喝得酩酊大醉、头痛欲裂的那种酒。只是为了让他们马上离开，他想都没想，就把两瓶酒给了他们。

"见鬼了，谢谢你，真是好朋友！"帕什卡兴高采烈地说。他把酒瓶塞到外套两侧的口袋里，"多有趣呀，是不是，我带了两瓶酒来，又从你这里带回两瓶酒！"

谢尔盖伊奇几乎是推着他的客人出门的。他并没有看着他们走远，也许最多不过五秒，这足以使谢尔盖伊奇感到寒意已经消退了。

第 18 章

一大清早醒来,谢尔盖伊奇就开始魂不守舍。其实夜里他就一直被焦虑笼罩着。黎明前他醒过两次,每次都被同一个噩梦惊醒:梦里面,酒精中毒的他,浑身抽搐,腿脚痉挛,胃也在翻腾。有人把气泵喷嘴塞进了他的耳朵,拼命往里打气,他的头变得越来越大,几乎快要炸开。直到第二天早上醒来,他才意识到是怎么回事。他想起自己把两瓶冒牌的伏特加假酒给客人。昨天晚上分手之前,三个人喝了两瓶酒,帕什卡和弗拉德连已经喝得烂醉如泥,他们不在乎再喝什么了,但可以肯定的是,他们已经把两瓶假酒喝完,现在应该躺在地上,痛苦不堪——如果不是更糟的话……

谢尔盖伊奇找到了不久前装过假酒的空酒瓶,他闻了一下,当然是一股酒精味。但是酒精和酒精不同,有的酒精不过是让你上床睡一觉,有的酒精可能会把你送进棺材。

为了分散注意力,他做了荞麦饭,那个士兵恰好给他带来一块黄油,于是荞麦饭加上黄油和少许盐,这美味早餐让他使他的心情好多了!他吃饭的时候顾不上去想送给客人假酒的事情了。等早餐过后,他又像猫抓心似的,心慌意乱起来。他觉得对不起帕什卡。可是在帕什卡这样的人面前有什么错呢?他是个不诚实的坏蛋,从小就如此!时而欺骗,时而毁谤。他躲过了参军——说自己是扁平足,可这又不是什么大病。不过如果此刻他正因假酒而受折磨该怎么办?或者比这更坏。这将是谁的罪过?是他的,谢尔盖伊奇的过错!这样一来,不诚实的坏蛋将是他自己!

谢尔盖伊奇非常害怕,他很担心帕什卡的状况。至于弗拉德连的意外加入,他觉得是帕什卡的责任,是帕什卡把他领来的,他完全可以在这位西伯利亚人进门之前问一下自己,是否愿意招待这位不速之客。

"我得去看看他。"谢尔盖伊奇大声地对自己说,好像不这样,他是不会出门似的。

院子里覆盖了一层刚下的雪,新雪白得刺眼,他不得不沿着蜂房和车库,踩出一条新路。

他抬头看了看蜂房和车库的棚顶,上面的积雪很厚,几乎有膝盖那么深,比地上的积雪厚多了。

谢尔盖伊奇很担心棚顶陈旧不结实,他必须清除上面的积雪,一旦棚顶被压塌,汽车、蜜蜂都将受损。

帕什卡和他的客人被抛到脑后,谢尔盖伊奇拿了把梯子,爬上棚顶,用扫帚扫起雪来,但一点都不奏效,于是他换了把雪铲，这才把积雪铲了下来。谢尔盖伊奇就这么一点点地把两个棚顶的积雪清除干净，累得气喘吁吁。

干完活，他歇了会儿，缓过气来，这才急匆匆地赶到舍甫琴科街。

跨进帕什卡家院子的大门时，看到门槛上洁白的新雪，谢尔盖伊奇更加害怕了，整个上午都没有人离开过这所房子。

他走到门口敲了敲门。

屋内没有声响。他似乎闻到死亡的味道，内心一阵发麻。

这么说，我是孤身一人了——村里就只剩我一个人了，他心里不安地想。

但就在这时，门后传来了声音。他听到了脚步声。

"感谢上帝。"谢尔盖伊奇呼出一口气，感到一种前所未有的宽慰。

"发生什么事了？"帕什卡开了门，昏昏沉沉地问。

"没什么，"谢尔盖伊奇有点不知所措地说，"我只是担心，仅此而已……昨晚你们喝多了，不知道能不能走回家。"

帕什卡把他让进屋，他自己只穿着内衣裤，脸有些浮肿。

"头痛吗？"谢尔盖伊奇谨慎地问。

"当然了。"帕什卡嘟哝着，随手穿上一条暖和的运动裤。

"你的客人呢？"

"走了，有人打手机把他叫走了。"

"什么时候走的？"

"谁知道呢？夜里走的吧。"

谢尔盖伊奇看了一眼摆钟，摆钟锤马上就要停摆了，谢尔盖伊奇立刻跑了过去把钟锤调整好，回头瞥了帕什卡一眼。

"以后别再这么做了。"谢尔盖伊奇对他说。

"别做什么？"帕什卡问。

"不要带陌生人来我家。"

"为什么？你一个人不寂寞吗？你不喜欢认识新朋友吗？"

"这要看是谁，人和人是不一样的。"谢尔盖伊奇平静地回答。

"嗯，他是个好人，一个军人，是来保护我们的。"

"我不需要任何人来保护我，我能保护自己。"

"是吗？如果右面战区的人来了呢？"[5]帕什卡冷笑着说，"如果那些暴徒出现的话，他们会干掉你的蜜蜂，抢走你的汽车，如果你敢叫喊，他们会朝你脑袋开枪。该死的，他们可能会无缘无故地把你干掉——就因为你住在列宁街！"

"不要教我应该做什么！"谢尔盖伊奇反驳道，"既然你这么害怕，就让他们来保护你吧，我不需要。如果你再领什么陌生人来，我不会让你进屋的，明白吗？"

谢尔盖伊奇向桌下看了一下，发现那里扔着两个昨晚他给帕什卡的空酒瓶。

"你什么意思，不让进屋？"帕什卡难以置信地问，"带着武器的军人，你敢不让进屋？他们会破门而入的，只不过到那时候你已经不是自己人，而是敌人。如果发生了这种事情，你可不要哭着来找我。"

"你说的是什么人？那些到你家来的持枪傢伙？让他们见鬼去吧！你想为了他们把整个村子炸平吗？还是你已经加入到'保卫者'一伙了？"谢尔盖伊奇叫喊着。显然，早晨的焦虑和现在的愤怒交织在一起，于是他爆发了。"如果你要把他们带到村里来，就离我住的街道远点！"

帕什卡也气得瞪起眼睛来，"你跑到我家来，对我大吼大叫？如果你还没酒醒想要接着喝直说呀，我去拿瓶酒，我们坐下来喝。但如果你不想坐下，那就滚出去！"

谢尔盖伊奇没有回答。他站了一会儿，呆滞了一分钟，气得浑身颤抖。但随即，他突然感到疲惫不堪，几乎都站不稳了，只好在桌旁坐下。

帕什卡把谢尔盖伊奇的这个动作理解为同意喝酒，于是他到厨房去拿来面包、猪油和酒。

谢尔盖伊奇担心地看了看酒瓶，商标很不清楚，说明这是私酿烈性酒。

两个小时后，他趔趔趄趄地回到家里。往炉子里加了煤，上床盖上被子，打起盹来。但他并没有睡着，好像清醒了一些，脑子里嗡嗡叫，一直持续不断，他知道这是喝了私酿烈性酒的后果，只能忍受着。虽然头痛，但他仍然能思考，只是比平时困难和缓慢些。

他就不该去看帕什卡，鬼知道他为什么那么担心……谢尔盖伊奇把头转向一边，凝视着炉膛那扇被烟熏黑的玻璃炉门里面的火焰，立刻觉得温暖多了。真有意思，眼睛居然能欺骗身体呢，他琢磨着。

第 19 章

"那么,你能怎么办呢?"谢尔盖伊奇半夜醒来,当他意识到自己再也无法入睡时,喃喃自语道。

闹钟显示两点半,这意味着他已经睡了十二个多小时了!确实,在他恢复过来时,头痛耳鸣、膝盖疼痛这些症状都消失了。现在,他只是生自己的气,白白浪费了一天的时间,而这一切都因为帕什卡。

他很久没有像这样爆发了……也许已经五年了吧。之前,他只这样对妻子发作过,而她总是善于辞令地回怼他。

谢尔盖伊奇划了根火柴,重新点燃一支蜡烛。插在罐子里的蜡烛快要烧完了,在家里使用教堂蜡烛几乎没有任何意义,因为它们不够光亮,而且燃烧得比普通蜡烛快得多。但你不得不承认,这些他从教堂里找来的蜡烛确实营造了一种舒适的气氛,跟普通蜡烛相比,气味很不一样。当然,还是普通蜡烛更实用,但现在无处可买呀。

养蜂人在桌旁坐下，他已经完全没有睡意，而且还有点饿了，要知道他在帕什卡家喝了那顿"醒酒"的酒后没有吃任何东西。

谢尔盖伊奇切了一片士兵带来的已经变硬的面包，抹上黄油，撒了点盐。

回想起和帕什卡吵架的情景，他大声地说了句："真是个混蛋。"

嚼着面包的时候，他有了一个主意。现在他知道该如何打发天亮前的这段时间了。他要去做这个国家所有人都会做的事，只是他们不会在晚上这么做——但他会，因为现在是打仗的特殊时期。他不可能在白天这样做，因为地平线那边随时有人举着望远镜或瞄准器盯着这边呢。

他喝了杯蜂蜜热茶，穿上暖和的衣服，来到车库。他划着一根火柴，借着颤抖的火光，从工具箱里拿出了他需要的工具放进背包。背包是那个戴耳环的家伙的，既不太小，也不太大，正适合谢尔盖伊奇。当然，工具不是纸做的，光是拔钉钳就很重。

养蜂人的眼睛很快就适应了黑暗。他沿着门口的街道一直走到再也看不见教堂的地方。他走到第一排房子前面，那里有一条通往村子的土路，他找到了蓝色的街牌，上面的白字写着列宁街，他用拔钉钳把街牌起了下来，塞进背包。下一个街牌在六幢房子之后。他一直以为每所房子的围栏上都有标着街名的牌子，但不是……他有条不紊地沿着列宁街往回走，仔细检查着每一户的围栏，差点错过了一个钉在一所房子上的街牌。

谁住在这里呢？他疑惑地走进院子，是梅利尼丘科夫吗？

他用拔钉钳弯曲那头去起牌子，但这块街牌太结实了，显然是房主用了长钉子把它固定在墙上。谢尔盖伊奇花了大约五分钟的时间才把它弄下来，把路牌都弄弯了。

走到被炸毁的教堂前，他已经筋疲力尽了。背包里已经有十二块街牌，加上工具，已经很重了。

回到院子里，他掏出街牌，一摞一摞地排放在雪地上。他发出一声沙哑的笑声，但立刻把手举到嘴边。该死，他想，这才完成一半呢。

他走到帕什卡住的街道，从围墙上摘下六块标有舍甫琴科街字样的街牌。他再也找不到更多了，尽管这两条街道的房屋数量几乎是相等的。

起初，谢尔盖伊奇感到奇怪，不过很快找到了解释：列宁在苏联时期比舍甫琴科重要得多，全世界都知道列宁，而舍甫琴科仅仅是在这里为人所知。

就这样吧，他一面想，一面挥挥手，打消了顾虑。诗人是无害的，不像政治家……现在我要住在舍甫琴科街。

他先是在自家大门左边的围栏上钉上一个舍甫琴科街牌，然后又在这条街的起点把牌子换了上去，最后在离教堂最近的一栋房子前钉了一个街牌。

回到家，他看了看时间，四点半，离天亮还有最后一点时间。他又走到院子拿起锤子、钉子和列宁街的街牌，大步流星地再次向舍甫琴科街走去。他先是在帕什卡家大

109

门的两侧都钉上了列宁街街牌，甚至没有顾及锤子的敲打声会惊扰屋主。然后，他把剩下的十个街牌沿着帕什卡家的这条街道分发。当然，在这条街开始和结束的地方，他分别都钉了一个。帕什卡住的这条街的尽头毫无意义，就像所有苏联历史一样。那里只有倒塌的雅基尔集体农庄的牛棚[6]，以及在它们后面的一些早已被剥去了瓦片、窗框和许多砖块的建筑物。

做完这些，养蜂人高兴地回到家里。虽然两条腿咯吱咯吱地响，但右膝盖却没有痛，好像鼓励他这个夜晚没有让膝盖得以安闲似的。

第 20 章

一旦失去了原有的生活节奏，可能需要几天，甚至几周的时间才能回到正常的生活节奏中。

谢尔盖伊奇最近白天一直都处于昏昏欲睡的状态。他已经忘记了和帕什卡的争吵，也忘记了跟帕什卡喝完那顿"醒酒"酒之后头痛欲裂的感觉，但就是一直没精打采，整个生物钟被打乱了。起床的时候似乎还是清醒的，他到院子里取了煤回来，也没干什么，下一刻，闹钟就指到了正午时分，天气晴朗，阳光明媚，但他却只想躺下……于是，他躺下了。但刚一闭上眼睛，就有人敲门。

"谁呀？"谢尔盖伊奇用沙哑的嗓音很不满地问。

"你以为是谁？"是帕什卡的回答。

"你一个人吗？"主人问。

"嗯。"

谢尔盖伊奇把帕什卡让进屋后关上房门。他耸了耸肩膀，不明白为什么帕什卡流露出喜悦的表情。

帕什卡在炉子旁边坐下，把快要冻僵的手伸向火炉。他舞动着手指，好像在演奏手风琴似的。

"哎呀，什么风把你吹来的？"

"你什么意思？怎么啦？觉得很无聊，就想来看看我的朋友。"帕什卡笑着说，"你不介意吧？我不生你的气，我从来都没有生过你的气。尤其是现在你帮了我这么大的忙！真的，我怎么感谢你都不为过——为了我，你一晚上没睡觉……"

"你在说什么？"谢尔盖伊奇像看着一个疯人一样看着客人，不解地问。

"不，不，我很感激——我明白。"帕什卡试图寻找合适的词语来表达，"我的意思是，我很感激。别以为你冲我吼过一次，我就永远不会原谅你——我知道你不是那种记仇的人。但是'列宁街'——那真的很了不起！多么好的礼物啊……我受够了那个该死的舍甫琴科。"他说着，用一只手指划了一下自己的喉咙。

"哦。"谢尔盖伊奇说，他终于明白了帕什卡高兴的原因。

"喝茶吗？"

"当然，如果有蜂蜜的话。"

"这么说，你很高兴了？"坐下喝茶的时候，谢尔盖伊奇再次确认地问。

"当然！"帕什卡吃惊地回应，"怎么能不高兴呢？"

"我猜现在你是这里的'列宁主义者'了。"主人咯咯地笑着说。

"是的，当然不是你，"帕什卡轻声笑着回答，"你以前什么都不喜欢，现在也还是什么都不喜欢……但是，如果有人回到村里，要求我们把街牌换回来怎么办？那真是太遗憾了。"

"他们不会的，"谢尔盖伊奇自信地说，"全国各地都在更改街道名称，不仅街道，还有村庄和城市也都在改名，主要的是居民们都同意改名。你也同意，对吧？"

"绝对。"

"嗯，我也同意。我们可以进行投票，然后我们可以说这个决定是一致通过的，这样就正式生效了。"谢尔盖伊奇举起手。

帕什卡也迅速举起手，他笑了，露出一排不整齐的牙齿。

"那就这样吧，"谢尔盖伊奇说，"如果有人没出席会议，那是他们的错。政府回来后，我们会通知他们我们的决定。"

"看来我们应该为此喝一杯，不是吗？"帕什卡小心翼翼地提议。

"下一次吧。"谢尔盖伊奇严肃地回答，帕什卡立刻转换话题。

"米丘林巷呢？不变？"帕什卡问。

"为什么要改呢？"主人耸耸肩，"米丘林从未伤害过任何人，况且那里只有两户人家……"

"好，让它保持原样吧，我也不介意。"帕什卡说，"你的蜜蜂怎么样了？已经苏醒了吧？"

113

"其实，它们从来就没有真正睡眠！如果它们睡觉了，就会冻死。即使在冬天，它们也得保持温度——三十七度。它们给自己的蜂巢供暖加热，所以它们必须保持清醒。如果整个冬天我都在睡觉，我也会被冻死的……总得有人往炉子里加煤。"

"天暖以后，你打算把蜜蜂放到哪里去采蜜？在我们这边，还是去'乌克兰人'那边？"帕什卡问。

"他们想飞到哪里就飞到哪里吧。我把蜂箱搬到果树园里，然后就随他们了。"

"你应该把他们带到我的果园里，那里比较安静，田野里也有更多的花。"

"谢谢。"谢尔盖伊奇点点头，"等春天到了，就知道什么地方花开得更多了。"

这一次，他们友好地告别，谢尔盖伊奇甚至在门口同帕什卡握了握手。然后他走进蜂棚。

"记住啊，"他对蜜蜂说，"我们现在住在舍甫琴科街，同样的门牌号——三十七号——只换了一个街名。"

谢尔盖伊奇在那里站了一会儿，聚精会神地听着，他觉得自己听到了蜜蜂在寂静的棚屋里嗡嗡声。这意味着它们也听到了他的声音。一定是这样。

第 21 章

雪铲刮到冻结的冰层，发出刺耳的刮擦声，这是因为积雪已经被养蜂人笨重的靴子踩得很实了。新雪并没有积多厚，很容易清除，谢尔盖伊奇把雪堆到院子的边缘，朝着果园的篱笆处堆着。

当然，这样看起来是如此的徒劳、没有意义——有点像早晨的伸展运动。尽管如此，谢尔盖伊奇还是认为清扫新的积雪是一项工作，一项令他怀念的工作……不是那种需要挤着小巴去上班的工作，而是让你手痒想完成的工作。这样的工作是一种消遣，可以把人从无聊的情绪中拯救出来，甚至可以给你带来快乐，如果它目标明确——比如清除积雪。尽管谢尔盖伊奇实际上并没有真正清除冻结的积雪，只有到了春天积雪才能融化掉，但他仍一直在清除。

谢尔盖伊奇咧嘴一笑。他喘了口气，回想起自己曾经多么喜欢制作木盒子——用砂纸打磨，然后涂上清漆。多么精细的活呀……正适合冬天来做，就像针线活一样。桌上摆着工具、木工胶水和刨光的木板。窗外是秋雨、冬雪，甚至五月雷暴。当有人邀请他参加婚礼的时候，他带去了一份礼物：一个樱桃木盒子，盖子上镶嵌着两枚互锁的白桦木结婚戒指。这份礼物或许比不了上等的瓷器，也不如装在信封里的一百元乌克兰格里夫纳币值钱，但那是发自内心的祝福，每个人都很感激他——尤其是新婚夫妇……

他环顾了一下院子，出奇地安静，他想。

的确，周围鸦雀无声，仿佛是和平的气氛，甚至连远处都没有枪炮声。

谢尔盖伊奇把雪铲靠在篱笆上，走进了蜂棚。移开金属保护板后，他把耳朵贴到最近的蜂箱壁上。他感到箱壁在颤动，但没有听到声音。蜂箱壁就像耳膜一样，只能从里面通过耳膜的处理，使得这种颤动成为声音被传递出来。

"好了，好了。"他低声说着，然后直起身子，把那块金属护板放回原处，"过不多久你们就该工作了。"

他走出棚屋。

但是它们要飞到哪里去呢？他一边想，一边望着果园的方向，远处是果园和田野。

谢尔盖伊奇没有回答自己的问题，而是钻进了车库。他从墙上取下车钥匙，爬进了日古利牌车。他把双手放在冰冷的方向盘上，又一次想到了即将到来的春天。他是一个冷静、谨慎的司机——从不在冬天开车，只在天气暖和的时候才开车，现在他想象着春天到来了，他开着车驶出了院子,开到他新命名的街道上。

他插入钥匙,转动了一下,同时踩了一下油门。没有动静,一点动静都没有。

谢尔盖伊奇骂了一声,然后记起汽车电池还在屋里的炉子旁。电池就像人一样:暴露在极冷的环境中时,它首先会麻木,然后被冻死。

他从屋里取出那只沉重的箱子,打开车的引擎盖,把电池放了进去。这回发动机立刻启动了——声音很大。谢尔盖伊奇脸上绽放着慵懒而梦幻般的笑容。他心想,没有人能听到引擎的声音——不是因为他在车库里发动汽车,而是因为周围没有人。这声音传不到列宁街上帕什卡家;如果谢尔盖伊奇把车开到院子里去,那就可以,但是现在还为时过早,天气还没有暖和过来。无论如何,这台车的发动机就像一把铁锤抡起来就能砸东西一样,只要一打火,就能启动。谢尔盖伊奇关掉发动机,取下钥匙,一切恢复寂静,仿佛回到往日和平时期的美妙时光。

猛然,一阵几乎听不见的声音打破了宁静。

谢尔盖伊奇仔细听了一下。不,不是他想象出来的声音。声音很遥远,但不知何故很熟悉。呀,像是电话铃声。

他大步地向屋子走去,惊奇地瞪着眼睛:是他自己的手机在屋子里响着。这是三年来的第一次。

养蜂人冲进屋子,抓起手机贴在耳朵上。

"喂?"

"喂?"男人的声音,"您是哪一位?怎么称呼?"

"什么?"谢尔盖不解地问,"您找谁?"

"谁接电话都可以。您现在在哪里?"陌生人的声音冷冰冰的。

"我在家里。"

"什么地址?"陌生人追问谢尔盖伊奇。

"跟您有什么关系?"养蜂人问道,"您是不是疯了?还要问我的鞋码吗?带着您的问题消失吧。"

他挂断手机,可是还能够听到自己的喊声。他很激动,过了好一会儿才喘过气来,好像他一直在短跑似的。

他低头看了看手机,查看了一下通话记录,显示是私人号码。

"嗯。"他疑惑地说。然后他想,也许我应该打个电话给什么人?

他想起了自己的妻子维塔利娜。但他怀疑她会不会乐意接到他的电话,她可能会认为他需要她做什么。不……最好给别人打电话。也许打给帕什卡?但是他们从来没有给对方打过电话。既然可以走过去,为什么还要打电话?

然后他又想起在斯拉维扬斯克召开的养蜂人大会。他想到了克里米亚的鞑靼人阿赫塔姆,多么有礼貌的人……他自己不喝酒,但当其他人喝着蜂蜜伏特加嚼着煮香肠时,他会和其他人坐在一起。他从来没有碰过伏特加,他说伊斯兰教禁止喝伏特加,但他没有拒绝香肠。当来自白采尔科维的格里沙决定揭穿鞑靼人,告诉他吃的是纯肉时,阿赫塔姆笑着说:"你真的相信他们把肉放在香肠里吗?全是淀粉和荷兰食用色素！"在那之后，格里沙失去了食欲，而阿赫塔姆还在大快朵颐地嚼着香肠。如果我打电话给他呢？谢尔盖伊奇想。

养蜂人拿出他的笔记本，上面写着阿赫塔姆的电话号码和地址，他找到了号码，拨了过去。"您拨打的电话是空号。"手机里传来一个公事公办的女声。

"这是什么意思？"他惊讶地说。他又试了一次。

还是那个女人的声音，他没有听完就挂断了。

啊哈，谢尔盖伊奇想，俄罗斯人进入半岛的时候一定把所有鞑靼人的号码都改了。但帕什卡说，人们仍然会去那里的海滩，所以那里应该没有枪战。

谢尔盖伊奇变得沮丧起来。他厌倦了冬天，要是春天明天就能到来，温暖的阳光就将把屋顶的冰雪融化……

想到春天，养蜂人就想起了战前的某一个春天。他记得那年春天，村委会主席告诉他，午餐时间会有一位重要客人要来拜访他，准备在他的蜂床上睡一觉。主席警告谢尔盖伊奇不要再邀请其他人，于是养蜂人明白了客人是谁。他知道前州长已经决定从首都到边疆地区视察，自然，他会第三次来拜访谢尔盖伊奇。养蜂人很高兴，不仅因为前任州长是个慷慨的人。撇开慷慨不谈，由于他的直率和坦诚，这个人很容易接近。事实上，很难想象这样一个直率、善良的人是如何一路走到首都，进入政府高层的。谢尔盖伊奇就这样等啊等啊，午饭时间过去了，太阳开始西沉。大约四点钟的时候，来了一辆黑色吉普车——只有一辆，不像前两次那样有三四辆。谢尔盖伊奇感觉有点不大对劲。他走到院子里，遇到了一个穿着西装、肌肉发达的大块头，手里拿着一个塑料袋。

"对不起，"男子说，"计划有变。老板想来的，但接到了基辅的电话，有紧急情况，他必须回去。"

"发生了什么事？"谢尔盖伊奇担心地问。

"嗯哼，"这名助理回应着，"那里每天都有事件发生。老板让我把这份礼物带给您。"

来人把一个袋子递给谢尔盖伊奇，养蜂人瞅了一眼袋子，里面是一个鞋盒。

"如果您不介意的话，我想在蜂床上躺一小会儿，"男子说，"我从来都没有试过。"

"当然，"谢尔盖伊奇热情地说，"跟我来。"

他把那人领进果园，在蜂床的床垫上铺上一张薄床单，他本来是打算把这个床铺留给他期待的更重要的客人。州长的助理仰面躺下，他睁着眼睛，谢尔盖伊奇意识到客人感到不舒服，而且还有点害怕。

养蜂人笑了。他怕蜜蜂会蜇他的背，他想。

"您就在这儿躺一会儿，试着放松一下，"他礼貌地和对方说，"我就在屋里。"

"不，不要走。"那人恳求着。他松开了领带说，"我只待几分钟，只是想看看是什么感觉。"

果然，三分钟后他从蜂床上下来，此时蜜蜂嗡嗡作响。客人抖搂了一下衣服，虽然他起身的时候，身上并没有沾染任何东西。

吉普车驶离后,谢尔盖伊奇回到屋里,从塑料袋里拿出鞋盒。里面是一双令人惊叹的皮鞋,色泽如同珍珠母贝。他在地板上铺开一张报纸,把鞋放在上面,脚穿在鞋里像是在游泳:它们大了足足五个尺码。于是,他意识到这不是供人穿的,而是一个纪念品——这不只是一双相同的鞋,而正是他的客人穿过的那一双鞋。当谢尔盖伊奇将脚穿进去时,他听到了纸张的沙沙声。现在,他把手伸进鞋头,拿出了四百美元——每只鞋里各有两百美元!

那笔钱他没有花,连同其他积蓄一起夹在餐柜的一本书里。

养蜂人瞥了一眼放在餐柜里的十几本书,他很高兴自己想起钱的事。万一帕什卡来借书呢?谢尔盖伊奇可能会失去这笔积蓄了……帕什卡就是这样——如果他在书里发现了钱,他是不会承认的。他就是这样一个人。

第 22 章

一连五天相同的日子飞逝而过,就像一群乌鸦。如果不是乌鸦的叫声是他在那段时间里唯一听到的响亮声音,谢尔盖伊奇当然不会将这些宁静、单调的日子比作乌鸦。

他想,或许随着它们的叫声而来的会是春天。他徒劳地捕捉周围的世界,寻找其他声音。

好几次,他注意到屋檐有水珠滴落。不过,他不敢说这是真正意义上的解冻,因为太阳只是隐约可见,阴冷潮湿的风还在鞭打着脸庞。养蜂人会到院子里去,但不会在那里待太久——只是看看四周,然后就回到房间里。

在房间里有什么可做的呢?没有什么要紧的事。从床上到椅子上,又从椅子到床上,只是无尽的思考和回忆。但是他厌倦了回忆,无论是愉快的还是忧郁的回忆。就像每年这个时候的男人一样,他感到了酒的吸引力。幸运的是,谢尔盖伊奇意志坚强,他喝酒与众不同,他可以拿着一个小酒杯坐上整整两个小时，只看不喝。

"你应该生在巴黎，"注意到他的这个习惯，维塔利娜笑着评论说，"法国人可以在咖啡馆里坐上几个小时，只喝一杯白兰地。"

这是他们夫妇关系正常的时候。她怎么知道巴黎的事呢？一定是在电视上看到的或是在哪里读到的。她从没有到过国外，如果去白俄罗斯不算的话，她会去那里买便宜的香水和针织品。

奇怪，帕什卡有一段时间没来了。谢尔盖伊奇把思绪从前妻身上转移到他的敌人兼好友身上。他病了吗？养蜂人纳闷，也许我应该去看看……对于帕什卡，"敌人"这个词在谢尔盖伊奇的意识中已有变化。早已失去了当时的意义。他算什么敌人？当然不算！难道和敌人能够交谈、吵架、一起喝酒吗？能帮助敌人安装玻璃吗？要知道他说童年时期的敌人，这是无法逃避的！记忆是不能用橡皮擦去的！

谢尔盖伊奇想着，头脑中搜寻词汇，什么也没有想出来。在他头脑中的词汇量储备少而又少。当年应该多读书，而不是只顾着在集体农庄的院子里踢球。现在强迫自己读书，读什么呢？橱柜里的书他已经翻看两三遍了，有的书已经看了五遍了，如果不是更多次的话。不过，翻看书籍不是为了记住书中的情节和主人公，而是为了数一数夹在书中的钱。钱的数目三年以来没有变化。乌克兰币现在无法兑换，暂时失去意义，没有地方用。在斯韦特洛耶村，人们给他鸡蛋、罐头，都不收钱。那里的人都善良，看到你比他们更加困难，便立刻无私相助！

帕什卡到底怎么了？谢尔盖伊奇再次感到不安。也许，我应该去他家探望一下？

黄昏即将降临。尽管白天变长，但总归结束得还是早，只不过谢尔盖伊奇认为窗外的昏暗也不至于叫作夜晚。

养蜂人穿好衣服和靴子，在栅栏门前站了片刻，凝视着舍甫琴科街的街牌。

来到帕什卡家门口时，他又停下来，只见窗户里黑漆漆的，帕什卡要么在睡觉，要么是在外面闲逛。

谢尔盖伊奇看了看街道两端，寂静的黄昏笼罩在昏暗中。为了礼貌起见，他走到帕什卡家门前，敲了敲门，响声过后，恢复沉寂。

"他会在哪里呢？"谢尔盖伊奇一边喃喃自语，一边打量着门槛周围的积雪。

他顺着那条通向果园大门的小路望去。很明显，帕什卡去那里的次数比他上街的次数要多。

谢尔盖伊奇沿着小路走到菜园的边缘。这条小路一直延伸到田野里，延伸到沟里，一直往远处延伸，但是养蜂人没有再往前走。

他已经猜到，帕什卡经常去卡鲁谢里诺买面包和伏特加，但他从来没有让谢尔盖伊奇和他一起去。形形色色的弗拉德连们就是从那里过来拜访帕什卡的，也许他真的是在为他们效劳……

谢尔盖伊奇回到帕什卡家，把一个树墩挪到窗前，站上去向室内张望。室里的景象让他大吃一惊：钟摆垂在那里，几乎不动了。狗娘养的……谢尔盖伊奇在心里咒骂道，那样我们就会永远忘记时间了！

养蜂人从树墩上跳下来，急匆匆地跑到门口，抓住门把手晃了一下，但他不敢用力。

"他到底在哪儿？"谢尔盖伊奇生气地低声说。

谢尔盖伊奇开始焦躁不安。他快步走到菜园，看着小道、下坡和田野，二三十米外的地方黑暗笼罩大地。

"帕什卡！"他朝田野大声呼喊，"帕什卡！你在哪里？你在往家里走吗？"

冬天的空气发涩，声音在空气中好像苍蝇在果酱上那样被粘住似的。没有任何回声，没有任何响动！早春三月，可是冬天无论如何不想退去！

他再次回到帕什卡的房前，用力转动门把手，神经质地咬着下嘴唇。

"他在哪里溜达呢？"谢尔盖伊奇气呼呼地轻声说。

他用尽全身力气，使劲拽门把手，锁舌从卡槽里弹出来，门开了。

谢尔盖伊奇匆匆走进屋内，抓住挂钟的重锤往下拉，只见钟摆向上升起，重重地撞在挂钟木箱底部，发出了闷响。

"成功了。"养蜂人喘着气说。

回到门口，他想把门锁上，但锁头怎么也卡不上。于是他把树墩从窗下搬了过来，把门掩上，用树墩顶着。现在风是吹不开了，至于小偷——没有必要担心……

125

第 23 章

谢尔盖伊奇睡了大约三个小时。他把双手放在毯子外面，炉子烧得很热，就连厨房也暖和。他睡得很香，一阵响亮的敲门声把他敲醒了。

"谁？"他睡眼惺忪地问。

"开门！快！是我，帕什卡！"那个熟悉的声音在门外急促地喊着。

"有人追你？"养蜂人说着把让他让进屋里。

"不知道，没有回头看——不过他们入室偷盗——我想现在他们还在里面——我听到了声音！"

"入室偷盗？"谢尔盖伊奇说着，点燃一支蜡烛。

"为什么屋里这么热？"帕什卡问。

"偶然如此。"谢尔盖伊奇穿上裤子，习惯性地在汗衫外面套上一件毛衣，"发生了什么事了？"

"他们破门而入——不知道他们要找什么……食物，也许。"

此刻,谢尔盖伊奇的睡意消失了。

"门,嗯,怎么啦?"

"你什么意思,那又怎样?"客人瞪大眼睛,惊恐地看着主人,"他们可能会杀了我!你认为谁会在外面、在空荡荡的村庄里游荡?土匪。人的性命对他们来说一文不值。"

"嗯,"谢尔盖伊奇哼了一声,"我们去看看吧。"停顿一下,他提议。

"你疯了吗?我们最好等到早上再去吧。让我在这里睡一晚,好吗?"

"好吧,"谢尔盖伊奇表示同意,"睡沙发吧。"

谢尔盖伊奇熄灭了蜡烛。客人躺下,不到五分钟就打起呼噜。那是断断续续的、响亮的鼾声——就像喝了劣质的伏特加之后发出的那种鼾声。

第二天早上,他们起床去帕什卡家。谢尔盖伊奇抄了把斧子,以防万一。走着走着,他觉得应该带上彼得罗送他的手榴弹,那才是真正的武器,而斧头挡不住子弹……但他到底把手榴弹塞到哪里去了?也许滚到餐柜或者衣柜底下了?可是他把所有能想到的地方都找了个遍,都没找到,会藏在什么地方呢?

帕什卡家的房门仍用那个树墩挡着,只是树墩向侧面倒下了。

"嘿,有人吗?"帕什卡在门口喊道。他用脚踢开树墩,门开了。他又喊道:"里面有人吗?说话呀。"

沉默代替回答。一只乌鸦从头顶上飞过,呱呱叫着。

"没有人,"谢尔盖伊奇自信地嘟囔着,"即使他们闯进来了,他们还在里面干什么?"

帕什卡把门敞开,往里看了看,然后进了屋。谢尔盖伊奇跟了进去。

室内一切正常。餐柜的抽屉关着,厨房的门也关着——没有盗窃的迹象。

"再检查一下你的贵重物品,"谢尔盖伊奇说,"都还在吧?"

帕什卡冲进厨房,随手把门关上,以免客人跟进去。很快他就出来了。

"所有东西都在原处,"他困惑地说,"我就不明白了。"

"这里好冷。"谢尔盖伊奇说着,转过身来看着墙上的挂钟。

帕什卡往炉子里加了煤,然后在桌上摆上两只酒杯,倒了私酿的烧酒,还拿出一块猪油。

"这应该能让我们暖和起来。"他说。

"你知道,"谢尔盖伊奇喝了半杯酒后,内疚地盯着主人的眼睛说,"事实是……我撞坏了你的门——不小心。"

"怎么是你?"帕什卡惊愕地问道。

"我害怕,以为你出什么事了。到处都找不着你,到你家里,也不见你。透过窗户看到你的钟快要停了,我去拉门,把锁弄坏了。我进来把挂钟调好,用树墩顶上门。如果我不这样做,我怕你就不知道准确时间了……"

帕什卡把酒杯斟满。他张着嘴好像想说什么,但过了一分钟才说出来。

"你是个傻瓜,谢尔盖。我要准确的时间做什么?这太疯狂了——你记录着每分每秒,却没有注意到日子飞逝而过。你都不知道哪一天是二月二十三日,记得吗?要我说,日历才是最重要的。"帕什卡指着床上方右边的墙,"你看到了吗?我记录的是每一天,是日期,而不是时间。"

沉思了一会儿,谢尔盖伊奇觉得自己的确是个傻瓜。

"听着,我很抱歉,"他说,"我来修锁。我不知道我是怎么了……"

养蜂人一直在想着日历。他家里没有,无论是活页的、壁挂式的,还是台式日历。但是,日子毕竟比时间更重要……他又喝了半杯酒,然后走到帕什卡的床边。他仔细看了看日历,发现除了最后一个日期外,这张日历上所有的日期都用红铅笔划掉了。

"那么今天是二十八号?星期二吗?"

"已经是一号了。"帕什卡走了过来,跪在床上,拿着红铅笔,划掉了二月的最后一天,在格子里填上一个又粗又黑的"X"。

"三月一日!明白吗?"

"明白了,"谢尔盖伊奇低声说,"我再次表示抱歉。"

"见鬼去吧,"主人生气地回答,"我有备用锁,我自己能换。忘了告诉你一件重要的事。"帕什卡转过身坐在床上,弹簧床被压得咯吱咯吱地响。"后天会停火,就一天,为了邮政工作。"

"邮政？这是什么意思？"谢尔盖伊奇盯着他。

"就是他们所说的'邮政停火日'。他们会把邮件送到灰色地带的所有村庄。因为当地邮局已经停工了，现在邮局里收到的信件已经成堆了。这样一整天都会很安静。"

"可是已经安静一个星期了。"谢尔盖伊奇若有所思地说。

"你怎么了，耳聋了吗，谢尔盖？昨天早晨，你没有听见他们用迫击炮轰击梅尔科波罗多夫卡吗？"

"不，没听见。"谢尔盖伊奇承认，他把食指伸进右耳，好像是要检查它是否堵塞了，"可是梅尔科波罗多夫卡离这儿有十五公里……你真的能听到那里的炮击声吗？"

"你真走运"他挥了挥手说，"我也喜欢那种生活，什么都听不见、什么都看不见，不知道今天是星期几……"

第 24 章

"邮政停火日"那天,谢尔盖伊奇醒得特别早,他把闹钟定在早晨六点钟。天还没有亮,他起床用以前集体农庄装牛奶的大罐子打来冷水洗漱一番,原本白色的方格毛巾,随着时间的推移已经发黄,他用它擦干身子。为了纪念这个特殊的日子,他决定给自己煮两个鸡蛋当早餐。

火炉现在凉得比较慢,甚至在燃烧过的炭火熄灭后还有余热。炉子很快就能使房间暖和起来,因为春天的临近,房内保持温暖的时间更长了。

他往炉子里倒了半桶煤,二十分钟后,锅里煮鸡蛋的水就已沸腾了。谢尔盖伊奇一直在炉子旁看着,他又能去哪儿呢?到院子里去?尽管春天临近,待在院子里依然还会冷得发抖。正所谓春寒料峭,二月把寒冷带进它自己日历的尾声,三月的阳光并没有将院子里的寒气驱散。院子里的空气又冷又湿,一直吹到门边,室里的取暖是断不可停的。随着时间一天天过去，煤被消耗得越来越少了。

吃完早饭后，谢尔盖伊奇冒着湿漉漉、灰蒙蒙的晨气，径直走上街头。

帕什卡预料到谢尔盖伊奇的到来。

"想喝咖啡吗？"帕什卡直接问他的客人。

客人点了点头。

他们在桌旁一直坐到十一点，大部分时间都沉默不语，偶尔谈谈过去的事——当话题转到他们现在特殊生活时，谈话突然中断了。

这时，帕什卡收到一个短信，短信的声音让谢尔盖伊奇吓了一哆嗦，原来是两声丧钟的声音，这让谢尔盖伊奇想起躺在被炸毁的教堂废墟地上的那个钟。

"好吧，我们走吧！"帕什卡看完短信后说。

走到院子里，谢尔盖伊奇才发现，整个冬天，帕什卡为了防寒竖立起的羊皮大衣的衣领已经翻了下来。是的，春天真的来了，养蜂人这么想着。

"我们可能得等一等。"帕什卡回头看了一眼谢尔盖伊奇，说道，"现在他们刚到卡鲁谢里诺。"

"等等，卡鲁谢里诺属于我们的灰色地带吗？"谢尔盖伊奇吃惊地问。

"嗯，是的，在地图上是。但在现实生活中却是属于'顿涅茨克人民共和国'——无论如何，他们一定做了一些安排。也许他们付了钱。毕竟，每个人都想收到邮件，对吧？"

谢尔盖伊奇突然想到，他自己不需要任何邮件。他当然喜欢看报，但他已经十年没订报纸了。过去常常从电视上获取新闻，直到电视随着停电而消失。仔细想想，他其实也不需要新闻。这些新闻又能改变什么呢？尽管读报纸仍然是一种乐趣，帮助你从自己的烦恼中解脱出来……

他们走到前舍甫琴科街，现列宁街的起点，从那里有通向卡鲁谢里诺的大道。

田野上的雪尚未融化，因此必须用力眯着眼睛才能看到它们之间蜿蜒的土路。即使如此，也只能近距离猜测，因为土路略微凸起，两侧还挖有排水沟。此时，这些排水沟已成为遗迹，勾勒出土路的边界。

"你认为他们会来吗？"谢尔盖伊奇眼睛盯着道路问。

"为什么不呢？这里没有地雷或其他东西。"帕什卡回答。

谢尔盖伊奇沉默了。他眺望着地平线，知道那里到处都是战壕、防空洞、防御工事……当然，从他站着的地方看，用肉眼是看不见这一切的，地平线看起来和其他地方没什么两样。

"看，是车！"帕什卡高兴地用手指向那边，示意谢尔盖伊奇看过去。

的确，谢尔盖伊奇看到地平线处有一个小点在移动。

卡鲁谢里诺到小斯塔罗格拉多夫卡村距离不远，直线距离两公里,公路距离是三点五公里。但这条路实在太窄了，必须小心而缓慢地开车，以免滑到路边的沟里去。无论如何，在每年的这个时候，无论走哪条路，都不能开得很快：以殡葬车的速度前进是最安全的。大约五分钟后，谢尔盖伊奇才确定邮件正在向他们驶来——当然不只是邮件而是厢式货车,车身涂着乌克兰黄蓝两色国旗。在这里看到这辆货车很奇怪,尤其是从"顿涅茨克人民共和国"的方向开过来的——开始很奇怪,但后来却令人高兴,好像它带来的是和平,而不是邮件。但这样的交通工具真的能带来和平吗?这更像是坦克才能完成的工作……

"如果收件人已经不在人世了呢?"帕什卡问。

"退回啊。"谢尔盖伊奇耸了耸肩回答。他惊讶于"友敌"竟然不知道这么普通的邮政常识。

"立刻退回还是需要检查?"帕什卡问他。

"这我就不知道了,"谢尔盖伊奇摇头说,"他们可能会告诉我们。"

这时,他们看到了驾驶室上方的"乌克兰邮政"几个字。谢尔盖伊奇紧盯着这个词,又惊又喜,好像无意中进入了催眠状态。

货车停了下来,驾驶室里坐着两个满脸惊恐的家伙。司机打开车门。

"小斯塔罗格拉多夫卡村?"他问,手里拿着邮单。

帕什卡点头,"对。"

两个人都下了车。他们四个人绕到货车的后面。司机抓住焊接好的门闩从圆孔里提起,门闩发出了刺耳的声音。他打开右边的门,里面放着黄色的防水袋。司机把最近的一个拉过来,看了看它的标签。

"这是你们的。"他朝袋子点了点头,宣布道。

然后他伸手把下一个袋子拖到车门边上。

"这个要去斯韦特洛耶。"他说。

"什么——我们就一袋吗?"帕什卡失望地说,"包裹呢?"

"我们不收任何包裹,把他们全都退回去了。只收信件,因为里面不会夹带爆炸物品。请在这里签名。"

他说着,把那张纸递给了帕什卡。"在打叉的地方签名。"

帕什卡签了名。

与此同时,副驾驶拿出地图,查看通往斯韦特洛耶的路。

"你一直往前开,"谢尔盖伊奇告诉他,"当你开到了街的尽头向左转,然后在被炸毁的教堂前再向右转,继续一直往前开。"

突然,帕什卡对副驾驶产生了浓厚的兴趣。

"嘿,听着,有伏特加吗?"他问道,仿佛在对一位老相识说话。

司机和副驾驶仔细地打量着他,然后交换了一下眼色。

"你用什么来支付?"司机问。

"卢布。"

"一千卢布一瓶。"司机说。

"你不会把那些假酒卖给我们吧?"帕什卡说着,把手伸进裤子后兜,掏出一叠卢布。

"是我们自己喝的,"副驾驶说,"是在斯拉维扬斯克买的。"

帕什卡把钱递给他，那人从驾驶室拿出五瓶酒。

帕什卡把半升装的四个瓶子塞进外套：两边里外口袋各两瓶，谢尔盖伊奇没有注意他把第五瓶酒藏到哪里，只是发现他两手已经空了。

"还需要什么吗？"副驾驶关切地问道，"香烟？"

"不，谢谢，"帕什卡回答，"吸烟致命——伏特加刺激！"

"好吧，那就尽情享受吧。"司机点点头说。

他脸上所有的恐惧和冷漠的表情都消失了。显然，超出了这些邮递员的预料。现在开了个好头：卖出了五瓶伏特加！

帕什卡和谢尔盖伊奇目送着邮政车，直到看不见为止。

帕什卡举起了那袋邮件，显然很失望——要么是因为它太轻，要么是因为邮递员没有带来任何包裹。

"我们走吧，"帕什卡叹了口气，"到我家去处理信件吧。"

谢尔盖伊奇踩着邮政车的轮胎印走着，跟在帕什卡身后一两米的距离。想着今天这辆邮政车是今年第二辆经过他们村子的车，他心情是轻松平和的。随后他的思绪转向了今年到村子里来的第一辆车，那辆在一个冬夜造访过帕什卡的车，他想起了向帕什卡兜售一辆价格很便宜的、没有证件的外国汽车的人们。

不管怎么说，就正常的交通工具而言，这是今年的第一辆车，他自言自语道，把不愉快的回忆抛到一边，将注意力转回到邮政车上。等这一切都结束了，这样的货车每天都会开到这里,没人会注意到它。就像从前一样,人们看到太阳升起并不感到惊讶,是吧?那是因为太阳每天都会升起。意思是,人们欣赏它,但不会丢下一切,专门跑到菜园边上去观赏它,对吧?不,没有人会这么做。

"嘿,"他突然对着帕什卡的背影喊道,"你从哪儿弄来的卢布?"

"朋友们帮忙弄的,"帕什卡边走边回头说,"我帮他们,他们帮我!总得想办法活下来,对吧?"

第 25 章

帕什卡坚持要自己解开装信件的袋子。信件倒在桌上时发出神秘悦耳的刷刷声。信封上的字迹不同,地址却只有两个:列宁街和舍甫琴科街。只是寄信人并不知道村里的街名对调了,列宁街现在成了舍甫琴科街,舍甫琴科街则成了列宁街。

谢尔盖伊奇微微一笑,但立刻捕捉到不解的目光。

同时,帕什卡把清空的袋子折叠好。

"家里用得上。"他说着,转身把袋子放到了厨房。在那扇从不开着的门后面,藏着各种"家里用得上"的东西。

帕什卡回到桌旁,把落到桌子边缘上的信件收拢到桌子中间,把信封写着地址的那面翻了过来,严肃而认真地看着他的客人。

"我们按街道分,"他说,"你分你那条街上的,我分——自己街上的!"

谢尔盖伊奇点了点头。

帕什卡开始分信，把堆积如山的信件按"列宁街"和"舍甫琴科街"各一落。还有两封地址是"米丘林巷"的信单独放着。

谢尔盖伊奇一直站在一旁看着，而帕什卡仔细地审视着每一个信封，仿佛在努力回忆收信人的面孔。他想，分信的过程，让他感到愉快。

"嘿！"帕什卡突然叫了一声，转向客人，"你看我手里拿的是什么！"

他眨巴了一下眼睛，指了指手里的信说，"谢尔盖，跳舞吧！"

"你在说什么？"谢尔盖伊奇非常不满地问，"你怎么啦？"

"怎么了？有你的信！"他说。

"既然是我的信，就给我吧。"

"不，不行，你忘了吗？如果你想要那封信，就跳舞！你以前不是给皮斯顿奇克跳过舞吗？"

谢尔盖伊奇仿佛浑身被泼了凉水，他站在那里，眨着眼睛，回忆起往事。关于老邮差皮斯顿奇克的回忆从遥远的过去涌上心头——皮斯顿奇克，每天早上来送邮件的时候，已经喝得醉醺醺的。当然，他不会总是醉醺醺地出现，有时候他根本就不出现。这是他的常态。每次他来的时候，如果有收信人的特别邮件，他总是拒绝把信交给收信人，直到收信人跳舞。每个人都给皮斯顿奇克跳过舞，即使是被生活压弯了腰的老妇人……也许这是一件好事，每个人都需要锻炼，但不是每个人都自愿在早上锻炼。

谢尔盖伊奇还记得皮斯顿奇克的葬礼。那是发生在八年前的事了，邮递员和他的朋友维奇卡去钓鱼，他们开了一辆拖拉机，回来的路上拖拉机翻了。附近的田野起伏不定，有山脊，还有沟壑，这个地方不时会发生洪水。拖拉机就是在那个斜坡上翻车的，维奇卡活了下来，但皮斯顿奇克死了。村里所有的老妇人都来参加葬礼，她们哭了。然而，在年轻人看来，邮递员不过是个小丑和醉鬼，对于他的死，他们并不怎么伤心。新来的女邮递员伊拉（她来自斯韦特洛耶，经常骑自行车来）以她积极的态度和夏天低胸衬衫的穿着，立即赢得了所有人的好感，她让每个人忘记了死者……事实上，这大概是皮斯顿奇克出殡以来，谢尔盖伊奇第一次想到他，这还是帕什卡挑起的话题。

"你到底跳舞还是不跳？"帕什卡开始生气了，当然不是真的生气，而是像成年人对待孩子那样佯装嗔怒。

谢尔盖伊奇撇了撇嘴，他觉得自己像个白痴，那就像白痴一样跳个舞吧。他张开双臂蹦蹦跳跳，仿佛在一架听不见的手风琴伴奏下舞动起来。

"拿去吧！"帕什卡咧着嘴笑得下半张脸都歪了，他把信递给谢尔盖伊奇。

谢尔盖伊奇摆出一副对信件漠不关心的样子，把信放在桌边上，继续看着帕什卡分拣信件。

"嘿！"帕什卡停下手上的活，调皮地看着他的客人，

"看来你又得再跳一次舞了！"

谢尔盖伊奇叹了口气，又蹦跶了几下，从帕什卡手里接过两封信。

"拿着，这是赠品！都是你的。"

谢尔盖伊奇将三封信塞到了外套口袋里。

"好了，工作结束了，喝一点吧？"帕什卡提议。

他们各喝了一杯家酿烧酒，吃了一片面包和猪油，然后谢尔盖伊奇说了声再见，就带着一整包写给前列宁街居民的信件走了。

一回到家，谢尔盖伊奇马上往炉子里添上煤，然后就趴在桌子上，把每个信封上的地址都一一改了过来。他用紫色的笔把列宁街的名字全部换成了舍甫琴科街，这样做是为了让收信人取信的时候知道他们已经住在一条新的街道上，这样他们就可以把新地址告诉所有的朋友和亲戚。街道改名时不都是这么做的吗？

吃午饭的时候，谢尔盖伊奇觉得三月的这一天格外的漫长——也许是因为这一天里有许多重要的事情要做，也许是因为这一天是休战日。谢尔盖伊奇在院子仔细听了几遍，寂静得连乌鸦也都沉默了，他这才确信这一天是休战日。

养蜂人这才明白邮递员的工作并不轻松。他再仔细地把信件分类，这花费了他很多精力，而不仅仅是时间。然后他把信件从离教堂最近的数字大的门牌号开始，按照递减的顺序往下一封封信摞起来，装进袋子里。他心里充满了自豪感和满足感。这正是一个邮递员的工作，当他们从州或区里取回信件后，就是这么分拣的。

他穿好衣服，拿了门牌号四十以下的一包信件出了门。从街的起点开始，他把信件塞进钉在栅栏上的信箱里，或者是从门缝塞进屋里。他一边走一边觉得自己在向每一个邻居打招呼，他想象着自己仿佛看到他们，听到他们的声音。这使他心情沉重起来，因为他并不知道他们去了哪里，过得怎么样，但至少还有信在等着他们。战争一结束，他们就迫不及待地想回家了……就目前而言，他们的小斯塔罗格拉多夫卡村是幸运的。当然，教堂被炸毁了，反正没有人住在那里——那是上帝的房子，而上帝在每个村庄都有一两所这样的房子。是的，又有几枚炮弹落了下来，但只有一枚炮弹造成了破坏，其他一切都很好——几乎整个村子都完整无损，回来继续生活吧！

他把五封信塞进三十六号住宅后，回到自己的三十七号家里休息了一下。大约坐了十分钟，他拿起第二包信件再次走到街上。

当他执行完这些意外的邮政任务回到家时，黄昏已经降临，天色暗淡下来，院子里房屋的轮廓变得模糊。

闹钟显示差五分五点，谢尔盖伊奇给它上了发条，然后在炉子上放了一壶水。他准备煮荞麦饭。

他突然想听音乐，然后咧嘴笑着回忆起为了从帕什卡那里拿到信件，他是如何像个白痴一样连蹦带跳。这时他猛然想起自己的信件。他从外套口袋掏出信来，重新点燃两支蜡烛，跟先前那支插在一起。他把插着三支蜡烛的罐子拉近，在颤抖的烛光下，打开第一个信封。里面是一张新年贺卡："新年快乐，亲爱的谢尔盖！我们祝愿你智慧、健康、平安——愿这一切早日到来！你的维塔利娜和安热莉卡。"

他又读了一遍那一行行整齐、温柔的字迹。

要是早点看到这些就好了，他这么想着。想起两个月前的新年前夜是多么无聊——他只是坐在屋里，等着午夜，然后喝了一杯蜂蜜伏特加就上床睡觉了。他把明信片装回信封里，仔细研究起邮票上的邮戳："文尼察市，二〇一五年十二月十六日。"

谢尔盖伊奇重重地叹了口气，思想一片空白。

他拿起另两个封信，意识到也是维塔利娜寄来的。邮戳盖的是"文尼察，一个是二〇一六年二月十二日"，另一封信也是去年寄来的，日期是十二月。谢尔盖伊奇打开两个信封，其中一张是祝贺祖国保卫者日的卡片，另一张则是新年贺卡："新年快乐！祝你健康和幸福！如果发生什么事，来找我们！维塔利娜和安热莉卡。"

发生什么事指什么呢？谢尔盖伊奇问自己。

他没有找到答案。

我从来都没有向她们祝贺过，过了一分钟后，他这么想。但从这里怎么向她们祝贺呀？

他此刻注意到闹钟旁边放着的手机。

"打个电话？"他寻思着。

拿起手机，找到号码，好像无意中按了按键似的，他把手机贴在耳边。

"你好,"一个熟悉而亲切的声音如此清晰地在耳旁响起,"哪位?"

谢尔盖伊奇想说点什么,但是喉咙似乎被什么堵住了无法发声。他做了一个吞咽的动作,却无济于事。疼痛袭来,不是喉咙痛,而是心里痛。他挂断电话,用拿手机的手撑着桌子。眼泪夺眶而出,嘴唇也不由得颤抖起来,他强忍着,周围的一切变得沉重,连眼皮都抬不起来了,肩膀上仿佛压了块大石头。

养蜂人仿佛要被这无形的沉重压垮了,他垂下头。突然,右手紧握着的手机响了起来。它发出可怜的声响,好像受到了伤害,好像谢尔盖伊奇把它握得太紧了。

他久久地听着这铃声,听了好几分钟。然后他意识到手机已经挂断了,但铃声仍然在他耳边回响。谢尔盖伊奇就这样听着回声,直到回声也消失了,恢复了寂静。

第 26 章

三月的第三天,太阳像展示健美肌肉一样发出耀眼的光芒。菜园尽头的田野上出现黑色的斑点,那是积雪融化后大地伸展出泥土的肩膀。

那天早晨,谢尔盖伊奇两次来到菜园边缘。确切地说,他是去果树园,想看看树枝上的嫩芽长得怎么样了。菜园离果园最后的几棵树,也就是嫁接的杏树,只有一箭之遥。他走到那里,在园子旁的小路上停了下来,这条小路宽得可以走大车,甚至拖拉机也可以开到小路上。他望着从斯韦特洛耶方向沿田地右边延伸出来然后向日丹尼夫卡方向延伸的防风林。他在寻找那个戴耳环的死者,但是没有双筒望远镜他看不清楚,而且,那家伙躺着的地方还没有融化。防风林的树木为他遮挡了早晨的阳光。

当然,谢尔盖伊奇可以到帕什卡那里借用望远镜,但不知为什么现在他对死者的兴趣不如躺在雪地上时那么大了。尽管如此,养蜂人还是在心里同情他,每当他想起那个士兵和他的耳环时,他就变得闷闷不乐,痛苦不堪。

在三月的阳光下闲逛了一圈后,谢尔盖伊奇回到家里。他没有立刻关上门,而是把门开了一两分钟,让室内的空气与院子里的空气对流,这才把门关上并从里面上了锁。

进了屋,他脱下外衣和靴子,在桌旁坐下,然后拿出维塔利娜寄来的三封明信片,仔细地一遍又一遍地读着。明信片上字不多,他更多注意的是字迹,这比明信片上的贺词更有信息含量。他满怀柔情、面带微笑地看着三张明信片。这种柔情从何而来——他自己也感到吃惊。可能由于孤独。他知道前妻在经历了三年的战争之后,并没有忘记他,还代表女儿在贺卡上签名。

他仔细看着第一张也是最早寄的明信片上面的每一个字母。字迹工整、圆润、女性化——一点也不像他自己的笔迹。他写的每个字母都出格,不是向上就是向下,简直如同菜园后面起伏的田野。

第二张"祖国保卫者日"的贺卡上,维塔利娜的字迹有点不一样,好像写得很匆忙。这些字母都是矮矮的,一律向右倾斜。也许当时停电了,她不得不在烛光下匆匆写就?

第三张明信片如同第一封,字迹工整、字母圆润。只是觉得和第一封、第二封什么地方有所不同。谢尔盖伊奇更加仔细地看着。

"啊。"他笑了。

他明白了,在前两张明信片上,是维塔利娜替女儿签的名,而在第三张明信片上,是安热莉卡写下了自己的名字。他越看女儿的签名,越能看出她的字迹和前妻的不同,但在不一样的同时还有很多共同之处。字母"a",妻子和女儿写得完全一样,简直是双胞胎,而字母"e"则大不一样。

谢尔盖伊奇哼了一声,很高兴自己的这个发现。

这说明什么?他想,说明亲人之间不仅面孔、鼻子、眼睛彼此相像,就连某些字母的书写也有类似之处。

他把明信片靠在插着蜡烛的罐子前,明信片写字的一面冲着自己。他一边吃着午饭,一边不停地端详着明信片上的字迹。然后他决定也给维塔利娜写一张明信片。一个重要的节日即将到来——三月八日,国际妇女节!他要向她表示祝贺,并向她表明自己并没有消失,他还活着。

他从餐柜里拿出文件袋。这些文件中有他劳动竞赛奖的奖状、信件和明信片,他把它们跟相册一起放在那个盒子里,他记得曾经见过里面有空白明信片。

谢尔盖伊奇把文件都倒在桌上,翻了一遍,没有找到一张适用的邮政明信片。

他把目光转向两本家庭相册。他拿起一个,打开,看见怀孕的维塔利娜坐在长椅上。彩色照片给他带来了岁月静好的愉悦感。

他往前翻着相册。他的人生在他眼前一帧一帧地回放,一直到相册的开头一页,他的婚礼。

他要找的就是结婚照。他凝视着一张明信片大小的照片,照片上他和维塔利娜如此满意和幸福,好像他们喝饱了红菜汤。他们对着摄影师微笑着,仿佛准备把他吃掉似的。

谢尔盖伊奇把这张照片抽了出来。

我可以在照片后面写字,他这么想。

他拿出一支笔,又翻出一个笔记本,他用来记录电表数字的。他打算先练习一下,他已经很久没有用笔写字了。不能写错,就这一张照片,其他的,信封装不进去。

"亲爱的……"他写道——然后停下来,想了想。

似乎不太得体,不太适宜,沉默几年突然叫"亲爱的"……

他把这句话划掉,一分钟后,写上"尊敬的"。但他又停了下来。

为什么称她尊敬的?他想。当然,她是被人尊敬的,那是被同事们、邻居们尊敬,而不是被丈夫尊敬,而他恰巧还是她的前夫。丈夫应该爱她,也就是说:应该叫作亲爱的。前夫究竟该怎样称呼前妻呢? 也许他应该写两张明信片,一封给维塔利娜,他不妨称她为"尊敬的",另外一封写给女儿,他当然会称女儿为"亲爱的",因为她跟自己与维塔利娜之间的冲突毫无关系。

但是,谢尔盖伊奇又开始怀疑了。

不,这样不好,这看起来好像我在脑海里把她们分开似的。要知道,我们的家庭不是分裂成三部分,而是两部分,我和她们俩。也许有朝一日,这个家庭的两个部分会复合呢。

最后这个想法使谢尔盖伊奇激动起来。他站起来围着桌子走了两圈,手里拿着维塔利娜最后的那张新年贺卡,重新读了一遍。盯着明信片下方两人的签名,他有了想法。又坐了下来。

"亲爱的维塔利娜和安热莉卡",他写道,然后他想了一会儿,在这一行的开头加上了"我的"。

贺卡字不多,他用大字抄写在照片的背面。然后,他在信封背面写上了自己的名字,并写上了他的新地址"舍甫琴科街三十七号"。

谢尔盖伊奇咧嘴一笑,维塔利娜可能以为他已经搬到相邻的街道了呢……

第 27 章

将近傍晚,写好的照片贺卡已经装在信封里,放在桌上。没有邮票——最主要的是,村子里没有邮政服务。那辆乌克兰邮政货车已经开往斯韦特洛耶,不再返回。他们的路线是从灰色地带的这一端进入,从另外一端出去。如果谢尔盖伊奇请求那个驾驶员和副驾驶替他寄信,并给予报酬,应该是可以的。当时他没有想到要寄贺卡,如果不是因为维塔利娜的三张明信片,他也不会想到要给她寄贺卡……现在怎么办?怎么把信件送到"大陆"通邮的地方呢?

谢尔盖伊奇苦笑着,他脑海冒出"大陆"这个词,是源于一部表现苏联极地探险者的老电影。现在他离那里近得多了,那天,他两次眺望"大陆",确切地说,是眺望了那个方向——它就在那里,在山脊、在地平线后面。有人可能会说,地平线保护着"大陆"不受灰色地带伤害。但是,它为什么需要保护呢?灰色地带从来没有攻击过任何人，这就是为什么它是灰色的——因为那里没有发生什么事，几乎空无一人。而在灰色地带后面是另外一个地平线，也是武装警戒的。结果,这两个地平线用武力反对灰色地带。虽然双方对灰色地带都毫不在乎，但是他们又都想通过灰色地带进攻对方。如果，这一方或那一方撤出，那么灰色地带将成为"大陆"了……

如果我求彼得罗帮忙呢？谢尔盖伊奇想，他肯定能够把信寄出去的。

他想起彼得罗给他留下手机号以防万一，于是养蜂人找出号码，在手机上发了一个字的短信："来。"但他又立刻反思了一下，这值得吗？彼得罗穿越积雪融化后泥泞的田野跋涉而来，仅仅是为了帮谢尔盖伊奇寄一封信——一张"三八节"的贺卡……一路上他肯定在想到底发生了什么事。但能够发生什么事呢？远方，比斯韦特洛耶更远处炮火轰鸣，在这边，邮政停火日还没有结束，只是不再有邮政服务了。

午夜时分，谢尔盖伊奇已经上床躺下，正望着漆黑的天花板，此时有人敲门。

"你这里出什么事了？"彼得罗边进门边问。

他戴着保护脸和脖子的滑雪帽，身穿上一次的那件迷彩服，肩上挎着同一支步枪，枪口向下。

"还算平静，"谢尔盖伊奇回答，"有邮件来了。"

他穿好衣服，点上一支半截的蜡烛。烛光照亮了桌子、明信片、刚写好的信封，还有面对面坐着的两人的脸。

"你们那里有邮政局吗?"养蜂人问。

彼得罗点头。

"你能买一张邮票把信给寄出去吗?"谢尔盖伊奇说着,把信推到客人面前。

"当然可以。"士兵瞥了一眼地址,然后把信塞进外套的内口袋里。

"是写给妻子和女儿的。"主人解释,抑制不住地打了个哈欠。

"你们那里怎么样?平静吗?"他出于礼貌地问一句。

"如果轰炸猛烈,您能够听到的,"年轻人回答,"我不久后将要换防了,所以我们可能见不到了,我可能会被分配到另外的地方。"

"不会很远吧?"

"谁知道呢?"彼得罗耸了耸肩膀,"前线有四百多公里。我本想给你带来礼品的,但没有时间了。"

"什么礼品?"想起丢失的手榴弹,谢尔盖伊奇谨慎地问。

"好吧,告诉你吧,反正这份惊喜也泡汤了。我本想送你一桶绿色油漆,把围墙刷一刷的,那样你会快乐得多。"

"哦,这不重要了,"谢尔盖伊奇摆了摆手,"你没来的这几天,我把街名改了,挂上了新的街牌。现在这里不叫列宁街了!"

"叫什么?"

"舍甫琴科街。"

"太好了!"彼得罗笑了,表示赞同,"舍甫琴科比列宁强，他写诗。我小时候也写过诗，写得不好，太一般了。"

"你写的什么主题？"主人问。

"关于玛莎，邻居的小姑娘，我爱她。"

"彼得罗，知道吗，"谢尔盖伊奇压低声音，悄声地说，"我给你看一样东西，你从来都没有见过的。"

养蜂人从餐柜里拿出彼得罗熟悉的大木盒子，把它打开放在桌子上。

"这是什么？"彼得罗诧异地问道。

"我再点些蜡烛，亮一点，你就知道了。"

当房间变得明亮起来时，士兵探过身去看打开的盒子，看见了一双精致的大码皮鞋。

"你看，皮子亮吧？"谢尔盖伊奇也俯身看着盒子里的鞋，"用鸵鸟皮制作的，是前州长送给我的礼物。他过去常常到我这儿来睡在蜂箱上进行蜂疗，以恢复体力。"

"为了这双鞋你专门制作了大木盒子？"士兵不解地问。

"这是鞋盒。"谢尔盖伊奇纠正他。

"难道睡在蜂箱上真的对健康有好处吗？"士兵转了一个话题问道。

"那是当然！"谢尔盖伊奇向他保证说，"我不记得用蜜蜂治好了多少自己的病痛……夏天我都睡在蜂箱上。蜜蜂的颤动对神经起到良好的作用，能让你焕发青春。如果秋天之前你能被派回来，一定到我这里，我给你准备蜂床。"

"我一定来。"彼得罗承诺。

"我想带着蜜蜂离开这里一段时间。你说走哪条路更好？更容易走？"谢尔盖伊奇出乎意料地提出这个问题。

"走哪一条路更好？"彼得罗大声地重复着，"对，走地雷少的那一条路……您可能得经过卡鲁谢里诺，到'顿涅茨克人民共和国'的检查站，然后是零号检查站，最后到我们的检查站，这样您就出去了。"

"但那就是……他们在的地方，对吧？"谢尔盖伊奇吃惊地问。

"对于他们来说，您是自己人，'顿涅茨克人'。您无法穿过我们的阵地。如果绕道经过斯韦特洛耶和格努托夫卡，您还是得向右转，朝戈尔洛夫卡去。最好还是经过卡鲁谢里诺。"

谢尔盖伊奇回想起乌克兰邮政的货车就是经过卡鲁谢里诺到达他们的"灰色地带"，这说明士兵说的话靠谱。

他们一直坐到半夜一点半，每人都喝了一杯蜂蜜酒，然后彼得罗打算离开。谢尔盖伊奇想送他到菜园边上，但客人坚决不让。"我不会有事的。"他肯定地说。然后突然咕哝了一声，把手伸进外套口袋，掏出一盒火柴递给主人。

"我总不能空手来呀。"说完，他快速地向果园大门跑去。

第 28 章

"三八节"过了之后,日子飞快流逝。在这之前,时间缓慢得像瞬间牌胶水从软管里往外慢慢腾腾地挤出一样。

谢尔盖伊奇已经把夏天穿的旧鞋找出来了。他发现一只鞋的鞋面和鞋底之间有一处裂缝,他拿出一管瞬间牌胶水,往裂缝里挤出最后一滴胶水把鞋底粘合上,还在上面压上壶铃。他把壶铃从厨房拎到房间,这才几步,就感到胳膊疼痛。

"年老不是福。"他嘟囔着,立刻又不满意地撇了撇嘴,对自己的话表示不同意。

四十九岁并不老,他想。就养老基金而言,我可能是残疾人,但在我步入老年之前,我还有很长的路要走……

但随后他哼了一声,对自己这种意想不到的乐观情绪感到惊讶。他想知道,是什么驱使自己从一个极端走向另一个极端?他将自己的情绪不稳定归咎于三月八日,这一天他一直在想着前妻和女儿。他甚至决定在下次见面时请求妻子的原谅，或者以书面形式请求——原谅他反对他们女儿的名字。他做出这个决定不是出于良心的压力，而是受到愉快的回忆的影响。他回忆起的第一件事是邂逅维塔利娜。工会委员会给了他一张去斯拉维扬斯克尤比列伊内疗养院的证。他们告诉他，虽然疗养院不治疗尘肺病，但一旦入院，当地医生肯定会发现他患有其他符合他们诊断的疾病。他们也确实这样做了，开出了一大堆的治疗方案——大部分都和泥疗有关：在腰部涂抹泥巴，盐浴，水疗按摩。于是他去了水疗诊区，立刻注意到那里几乎全是女人，只有几个男人。这群正在接受治疗的女人立刻对他产生了兴趣。晚饭后，她们在主楼的院子里等着他。"你叫什么名字？"她们开玩笑地问。他告诉了她们，这时她们纷纷说出了自己的名字：玛莎、伊拉、斯维塔，还有——突然——维塔利娜！谢尔盖伊奇怔住了，他盯着这个不同寻常名字的女人。她的眼睛也很不寻常——灰绿色的——她的小鼻子很直，眉毛像箭一样。"作为一个男人，你应该请我们喝香槟。"其中一位女士开玩笑说。为什么不呢？他跑到商店里，拿了两瓶红色的阿尔乔莫夫斯克酒回来。傍晚时分，他们一起到盐湖去泡澡，用塑料杯喝香槟。在落日的余晖中，他意识到维塔利娜是在场最有趣的人，在各个方面。

　　他和一个从赫尔松来的心脏病患者住在一间高级双人病房。室友在谢尔盖伊奇要离开的前两天回家了，所以维塔利娜搬了进来。他们把两张床并在一起，当然，木床框隔在中间很不舒适，但这不妨碍他们在一起度过了两夜。这是谢尔盖伊奇一生中最美好的两个夜晚。他立即向她求婚。她问他到疗养院治什么病。在得知医生没有发现比轻微心绞痛和关节问题更严重的疾病后，她同意嫁给他。直到告别时，他才想起问她做什么工作，原来她是房管处的调度员。

那个将三月一分为二的夜晚，已经降临到村庄，降临到谢尔盖伊奇的庭院。

那天早上他很早就给炉子添了煤，与其说是为了取暖，不如说是为了做早饭和烧开水沏茶。到了晚上，他又加了些煤，还往炉子里添了从果园捡回的树枝，这样炉子就能更快地升温。燃烧的木头比煤散发更多的热量，它燃烧得更快。

谢尔盖伊奇把斯韦特洛耶的娜斯塔西娅赠送的猪肉罐头打开，用勺子舀出一些放在锅里，把水烧开。然后他想到了自己储存的食物正在减少，他要么再去斯韦特洛耶，要么向彼得罗请求人道主义援助，要么就坐着等浸信会的人——也许他们会再来？

猛然，他的思绪被巨大的爆炸声打断，爆炸声很近，威力很大。窗户震得哗啦哗啦作响，好像玻璃要从窗户框里掉下来似的。

谢尔盖伊奇跳了起来，走到离他最近的窗户跟前往外张望。外面一片漆黑。他用手碰了碰玻璃，它还在震颤。

一定是附近什么地方被炸了……

谢尔盖伊奇走到门口,环顾四周,什么也没有看见。爆炸声已经平息了,只是耳朵里还嗡嗡作响。

"明天早晨再去看吧。"养蜂人决定。

急什么?现在能够看见什么?重要的是炮弹没有落到他的院子里,也没有落到邻居的院子。否则,窗户玻璃早就粉碎了。

他毫无食欲地吃了晚饭,然后上床睡觉。他怎么都睡不着,一直到深夜才迷迷糊糊地入睡。

睡梦中他听见汽车发动机的声音和男人的说话声,然后是敲门声。声音越来越大,直到把他叫醒。他起床,摇摇晃晃地走去开门。

"谁呀?"他问。

"是我,帕什卡!"

刚一开门,两个穿迷彩服的壮汉就闯了进来,他们连沾满泥水的靴子都没有脱。帕什卡跟在他们身后,待在门口。他面色阴沉地站在那里,咬着嘴唇,沉默不语。

谢尔盖伊奇跟在他们后面。他们打开餐柜、衣柜,其中一个跑进厨房。

"你们找什么?"谢尔盖伊奇喊道。他还没有完全清醒过来,他被这莫名其妙的情景弄得十分恼怒。

一个男子回到走廊,拿起谢尔盖伊奇的靴子,仔细检查了鞋底。然后他走到门口,打开,蹲下来,把靴子浸在泥里。提前靴子走回室内。

"有白纸吗？"他冷淡地问主人。

"没有。"谢尔盖伊奇低声回答。

男人看了一眼衣柜，隔板上有毛巾和床单。他从里面抽出一个白色枕头套铺在地上，把肮脏的靴子底印在上面。另外一个人蹲下，用手电筒对准枕头套上的靴子印记，仔细研究。

"不是，"那个人说，"不是他的脚印！"

"到底怎么回事？"谢尔盖伊奇再次问。他感觉这莫名其妙的危险即将过去。

"穿上衣服，"第一个人看着他说，"跟我们走一趟，协助我们。"

房前停着一辆黑色进口汽车。两名男子钻进车里，一个坐在驾驶室，另一个坐在副驾。坐在副驾的那名男子摇下车窗，向谢尔盖伊奇和帕什卡喊着："你们直接到那里去！"汽车朝教堂方向开去。

帕什卡走在前面，谢尔盖伊奇跟在后面，踩得脚下的泥泞吱吱作响。"到底出什么事了？"谢尔盖伊奇又一次问。

"狙击手沃夫卡被炸死了。"帕什卡边走边说。

"沃夫卡是谁？"

"就是弗拉德连，他从鄂木斯克来。弗拉德连是代号，实际上他叫沃夫卡。"

"啊——"谢尔盖伊奇拖长声音说，"直接命中,是吗？"

"不是，他们在他的藏身处埋下了地雷。他昨晚躺下的时候，地雷就爆炸了，就这样。"

159

五分钟后,他们来到停在克鲁平家大门前的黑色汽车旁。穿迷彩服的男子们在院子里站着,其中一个人从一捆黑色塑料垃圾袋上撕下来几个。

"这个给你。"他把一个垃圾袋递给伙伴。

"这个给你,这个给你,去吧。"

帕什卡拿着垃圾袋走到房后,谢尔盖伊奇拿着垃圾袋看了看。

"垃圾袋太小了。"他不满意地说。

"快去吧,装满后再给你一个。"

狙击手的藏身处已经变成了一米深的弹坑。周围碎弹片、碎石块、碎尸体混杂在一起。

谢尔盖伊奇看了看弹坑的四周。在果园附近,他发现了一只靴子,上面露出一条腿,一直伸到脚踝,一根骨头从鲜血模糊的肉里伸出来。他想呕吐。他转过身,本能地向相反的方向走去。走了二十多步便停了下来,他看了看脚下,黑色的土地油乎乎的,青草从土里钻了出来,幼嫩、纤细的草苗,还不能够覆盖整个黑色土地。

他又走了两步,目光落在一只人的耳朵上。耳朵眼儿朝天,血迹已干。他站住了。

谢尔盖伊奇看着自己的手,干净的手掌和手指,他不愿意用自己干净的手指去捡这些碎尸。他环顾四周,看看是否有人在监视他。帕什卡和另一名身穿迷彩服的男子在花园里搜寻,而开车的那个留在院子里。

谢尔盖伊奇蹲下来,用手抓了一把泥土搓着,然后他才用沾满泥土的脏手把那只耳朵捡起来,扔到垃圾袋里。

"结束吧。"那个人在院子里喊道。

谢尔盖伊奇往垃圾袋里扔了几个土块,看上去很满的样子。不然的话,垃圾袋只装一个耳朵,未免太空了。

他回到院子,帕什卡和另一个男子也回来了,他们的垃圾袋装得满满的,用蓝色的绳子捆着。

"够了,"开车的那个男人用冷淡的目光扫了一下两个满满的垃圾袋和一个半满的垃圾袋,"装到车上吧。"

他们把垃圾袋装进后备厢,穿迷彩服的两人在自己的座位上坐下。帕什卡出其不意地钻进后座。

"我们一起走吧。"帕什卡向谢尔盖伊奇说。

"到哪里去?"养蜂人吃惊地问。

"到卡鲁谢里诺去,去买点东西。"

"不,我不去,"谢尔盖伊奇嘟囔着,"我有事。"

"你要买点什么?"帕什卡非常有礼貌地问。

"面包、意大利面,还有一公斤米……"

"我不能买太多,我得步行走回来。"帕什卡警告他,然后砰地关上了车门。

汽车在教堂前向右转去。

谢尔盖伊奇往家里走着,他的脑子里一片寂静。他想知道外界是否也如此寂静,但他立刻意识到并非如此。这是战时的寂静,你不需要竖起耳朵就能听见远处的轰鸣声和撞击声,这些声音从很远的地方传来。从斯韦特洛耶那边,甚至更远的方向。

第 29 章

就在当天夜晚,谢尔盖伊奇把闹钟调好,在罐子里点燃了两支蜡烛,这个时候,帕什卡又来了。当养蜂人打开门时,吓了一跳,帕什卡没有穿平常穿的羊皮大衣,而是穿了一件红色外套,这件外套对他来说太大了,笨拙地挂在他的身体上。

"你这是穿的什么呀?"谢尔盖伊奇吃惊地问,然后他的目光从外套转向客人手提的购物袋,里面两个白面包伸了出来。

"这些家伙得到了人道主义救援物资,他们决定分了!我恰好没有春天穿的衣服,只有旧皮夹克和风衣。他们从库班拉来了一车旧衣服,他们要不了这么多,我看这件外套不错,好像是给神职人员穿的,你看背后有一个白色的十字。"

帕什卡转过身,好让谢尔盖伊奇对红色衣服后背上的十字表示称赞。

"是的,看见了,脱靴子去……"谢尔盖伊奇说。他会意地点了点头接着说,"我们吃点什么吧。"

"这是个好主意,"帕什卡表示赞同,"我回来后只在我家待了一会儿,就直接到你家来了。"

谢尔盖伊奇从袋子里拿出两公斤意大利面、一包小米和两条面包。

他在厨房的橱柜里找了个地方放这些食物,然后盯着他在斯韦特洛耶用蜂蜜换回来的最后两个鸡蛋,剩下的面条也不多了——事实上,也许够两个人吃。

回到房间,他在煤火上添加些干树枝,烧水准备煮面条。为了让房间亮堂些,他还点上两支蜡烛。

"帕什卡,你听我说,"他专注地注视着客人说,"明天或者后天我要带着蜜蜂离开这里,可能一直到八月才回来。"

他说完后,沉默许久。

"到哪里去?是去文尼察市吗?"沉默了一两分钟后,帕什卡回过神来问。

"不是,去比较近的地方,去没有枪击的地方,把蜜蜂放出去。"

"那么,这里就剩下我一个人了?"

"怎么会是一个人呢,在卡鲁谢里诺你不是有朋友吗!"

"是的,曾经有一个,在我们村被炸死……而其他的都是笨蛋,要么'你好,兄弟!'要么'滚开!'让我们为沃夫卡喝一杯,好吗?也就是弗拉德连。有什么吃的吗?"

谢尔盖伊奇默默地拿来蜂蜜酒，摆上酒杯。把面条放到水烧开了的锅里。

"愿他安息。"说着，帕什卡举起自己的酒杯。

"愿他安息。"谢尔盖伊奇附和着，喝了半杯。"我把钥匙给你留下，"在礼仪性地停顿后，谢尔盖伊奇说，"你能照看这个家吗？"

"有什么好照看的？"帕什卡向四周看看，"真的没有什么好偷的，特别是你要把车开走。"

听到这话，谢尔盖伊奇有一点委屈，他决定给帕什卡一个惊喜。

"我给你看一样东西，"他意味深长地说。他把鞋盒放到桌子上，打开漆得精美的盒盖。"看看吧。"

帕什卡弯下腰看着鞋盒，嘴角上的不解变成了微笑。

"是什么材质做的？鳄鱼皮吗？"帕什卡用手指兴奋地摸着皮鞋问。

"鸵鸟皮。前州长赠送的，战争前他在我的蜂房里睡过觉，你知道的。"

帕什卡点点头，"说明你的邻居们没有撒谎。"他小心翼翼地从鞋盒里拿出一只皮鞋。"我可以试一试吗？"

"可以，就是号码特别大，等等，我拿一块小地毯垫一下。"

谢尔盖伊奇没有找到小地毯，他拿来一条毛巾铺在地上。

帕什卡把皮鞋放到地上的毛巾上，一只脚伸到皮鞋里。

"嗯，号码并不特别大呀。"帕什卡说。

"你穿多大号码的鞋?"谢尔盖伊奇吃惊地问。

"四十四码,我有扁平足,鞋号得大一点。我能在房间里走一走吗?"

"可以。"

客人小心翼翼地绕着桌子转了一圈,不时地低头看他的脚,或者更确切地说,看他的鞋子。然后他坐了下来,脱下鞋子,塞回盒子里。"来,以防万一,交换一下手机号。"谢尔盖伊奇提议。

"我以为你的手机没电了呢?"

养蜂人咬着下嘴唇,生怕说出不该说的话。

"是的,我要在那边充电,"他停了一下说,"你把你的号码给我写下来。哦,还有一件事,我会开车经过卡鲁谢里诺。你的'兄弟们'会让我过去吗?"

"怎么会不放行呢?你最好担心乌克兰检查站,我想你需要一张通行证才能通过那里。"

"通行证?"谢尔盖伊奇愣住了。

"要么是通行证,要么你们好好商量。也许他们会因为你的地址和护照让你通过?最重要的是,不要害怕他们——捍卫你的权利!如果他们对你出言不逊,就还击他们。但要知道什么时候停下来,留意他们的手。如果有人伸手拿枪,赶紧闭嘴道歉!说炮弹轰炸让你神经紧张。"

第 30 章

深夜,火鸟飞入谢尔盖伊奇的梦乡。它们呼啸着飞来,转瞬之间又飞走了。整整一群。他从右侧向左侧翻了个身。就在这时,从很远的地方,也就是梦里那些鸟儿飞去的地方——传来了一声巨响。响声刚一平息,更多的火鸟又闯入他的梦境,从他闭着的眼睛旁呼啸而过。然后是更多的轰鸣声,但并不是那么遥远。这一次的轰鸣声,把谢尔盖伊奇的床摇晃得厉害,像是在顿涅茨河上划船时,旁边一辆摩托艇飞快驶过,船被浪打得摇摇晃晃那样。

谢尔盖伊奇睁开眼睛,从梦中小心翼翼地向黑暗的房间里张望。有什么东西在某个地方作响,但他不能确定这响声是从哪里发出来的,因为他介于梦和现实之间,但似乎更接近梦的状态。

又响起一阵呼啸声,声音更闷。这次是在头顶上方,整个房子都在颤抖。

谢尔盖伊奇吓得胆战心惊,他抬头看了看天花板,但看不见。一片漆黑。毕竟,已经是深夜了。

接着传来了轰鸣声,只不过比他梦中的声音更大,感觉更近了。

他下了床,穿上衣服,摸了摸桌子上的火柴,点燃一支蜡烛。

房屋从上到下又震动了一下,震得谢尔盖伊奇刚要迈出的左脚不得不停了下来以保持稳定。

他走到窗前,窗子开了一条缝,一股夜的湿气吹到他脸上。接着,一声新的呼啸声从窗缝里传进来,似乎是从上面——从天空低处来的,然后和风一起从窗户飞进了房子。谢尔盖伊奇想,一定是风把房子从里面吹得发抖,好像要把它吹胀似的。他关上窗户,房间里安静了下来。

养蜂人光着脚穿上靴子,走出门口。那里又是可怕的呼啸声和轰鸣声混杂交织,把他吓得动弹不得。鸟鸣声又一次从他的头顶掠过,朝着菜园飞去。几秒钟过后,响起了新的轰鸣声。

"这是怎么回事?"谢尔盖伊奇回头向后看了看那些看不见的火鸟飞来的方向,是从卡鲁谢里诺发出的射击?他想着,但马上又否定了自己的这个想法。如果商店还在营业,他们怎么可能在那里开火呢?不可能。也许是从梅洛万纳亚发出来的,那里已经没有人居住了。

谢尔盖伊奇神情紧张起来,他突然意识到自己正朝着果园走去。仿佛是两条腿不由自主地把他引向那里,丝毫不受他的思想控制。走到菜园边上才停下。眼前的景象使他目瞪口呆：躲藏在山脊后面的日丹尼夫卡，一道红光从地面升腾到天空，不断地有新的火光闪亮，每次的火光之后便是巨大的轰鸣声。

风，吹拂着他的脸。是出奇的暖风，好像刚从炉子里冒出来似的。它带着一股烧焦的糕点的味道，或者是没有及时从烤箱里拿出来的其他东西的味道。又一次，一声沉重的呼啸声从他的头顶飞过。

也许是替狙击手沃夫卡报仇的，谢尔盖伊奇这么想。

他摇了摇头，有些惋惜。他已经习惯了远处偶尔传来的轰鸣声。但显然那已经是过去时了。

他垂头丧气地拖着沉重的步子回到院子里，走到蜂棚前。在他看来，木板墙似乎在颤抖。他把手掌贴在一面板子上，这面板墙确实在震动。他打开门，耳边传来一阵焦急的嗡嗡声。成千上万只蜜蜂在黑暗的棚屋里飞来飞去，拍打着墙壁。有几十只立刻飞出了门，飞到了院子里，一只蜜蜂撞在谢尔盖伊奇没刮胡子的脸颊上。

养蜂人砰地关上门。

"蜜蜂也都吓坏了。"他低声说着，却没有什么办法可以安抚蜜蜂们，他没有办法使它们安静下来。

于是，作为一个理智的、没有翅膀的动物，他回到了房子里，坐在桌子旁，等待轰炸结束。这花了他很长时间——大约四个小时。黎明初现，一切都平静下来，恢复了正常。只有晨鸟不知什么原因不肯歌唱。

夜里的隆隆声还在谢尔盖伊奇的耳边回响。他从枕头底下拿出手机,给彼得罗发个短信:"活着?"

过了一两分钟,他收到回复,还是这两个字,只是删除了问号。

"感谢上帝。"养蜂人长出了一口气。然后开始收拾东西。该走了。

第 31 章

这一次，准备上路的过程异常缓慢和困难，尽管谢尔盖伊奇在收拾行李方面是老手，然而，准备好了总会还有要准备的。如果现在是和平时期，他要去疗养院，那么他的旅行袋在十分钟内就会拉上拉链——任何疗养院的护士都会给他打高分，因为他选择物品很熟练，包装也很仔细。在路上携带的任何物品、任何衣物都必须是最实用的。谢尔盖伊奇很久以前就学会了这个前提，有几次它导致了意想不到的后果。更确切地说，有时使那些不太了解谢尔盖伊奇或偶然认识他的人对他产生一种错误的印象。例如，在某个疗养院待到快结束的时候，他可能会发现他只穿了带来的 T 恤，这意味着他的三四件已经配好领带的正装衬衫，都叠得好好的放在行李包里面（谢尔盖耶奇不喜欢花里胡哨的领带）。因此，在逗留的最后几天，他早晨穿一件衬衫，配上领带，午饭后再穿另外一件。有一次，在那里逗留的最后一天，当每个人都在道别并祝愿彼此身体健康时，他竟然换了四件不同颜色的衬衫。那天晚上，晚饭时坐在他旁边的女士忍不住告诉他，在过去的二十四天里，他最善于掩饰自己的本质了。她没有详细解释，因此谢尔盖伊奇回到家后一直在琢磨自己的"本质"是什么，他很想解开这个谜，但从来没有得到答案。

现在，未来——无论是近期还是远期，没有任何疗养院可期待，所以担心各种干净的衬衫毫无意义。但是他的日古利汽车容量很大，因此不必限制携带物品，也不用担心旅行包已经装了一半了还要想"我忘了装什么了呢？"此外，就如这次发生新的轰炸，你永远不会知道下次炸弹会不会落到三十七号的屋顶上，让没有带走的一切都化为灰烬。

三件毛衣、两条裤子、一双防水靴子、一捆袜子——从毛袜到夏天穿的袜子、围巾、钓鱼穿的帆布外衣（不像中国制造的那样暖和，但防水）。这些物品很容易装到大旅行袋里。但他首先放到旅行袋子底层的是从餐柜里拿的两本书：夹着美元的尼古拉·奥斯特洛夫斯基写的书[7]和夹着格里夫纳纸币的《战争与和平》。

谢尔盖伊奇发动汽车，发动机在长时间不运转后恢复了活力，而养蜂人用一根管子从一个铁桶里往三个油桶装满了汽油。

当把绿色汽车从车库开到院子时，天空落下雨滴。谢尔盖伊奇仰望天空，雨水直接打到他的眼睛里，落在他的嘴唇和舌头上，他觉得有一点咸味。仿佛这不是雨，是上天的眼泪。仿佛上天在为他、为谢尔盖伊奇哭泣。因为上天也不知道他是否还能回到这里。如果回来，是什么时候？如果回来，这里的一切还和他离开时一样吗？

随着雨点的声音，谢尔盖伊奇环顾四周——墙壁、树木和栅栏，他审视着自己的小世界。在这个世界里，他经历了所有的烦恼和问题，日复一日，夜随一夜。所有这一切——树木、栅栏、门、窗——到目前为止如同堡垒一样保护着他，像他的一件防弹背心。这些年来，他的想法却相反，他一直认为是他保护了自己的房屋、自己的院子、自己的世界。不，他错了。此刻，当他离开的时候，他醒悟到这一点。

他关掉了发动机——汽车发动好了。现在需要安装平板拖车，它直立地靠在车库的墙上。然后他会为上路准备好蜂箱，把蜂箱关严，以免路途中蜜蜂飞出去。需要把蜂箱一个接一个地搬到拖车上，盖上防水布，以防雨淋，然后把它们绑牢。哦，可别忘了装上十几罐蜂蜜。要知道，蜂蜜也是钱，与钱有共同处，甚至比香肠或衣服更为实用。香肠、衣服价值不同。蜂蜜，无论是荞麦蜜，还是百花蜜价值非常稳定，像美元一样。

雨没有停，只是静静地滴着。这对在路上的蜜蜂非常适宜。如果天气再暖和些，他就得在夜里开车了。蜜蜂往往会被路途的颠簸弄得烦躁不安，导致蜂巢里的温度上升。如果蜂巢内部太热，他们可能会死亡——尤其是室外也很热的时候。但现在气温在十度左右徘徊，雨虽然温暖，但仍有降温的作用。总之，对于出行最为适宜。

谢尔盖伊奇把车停在了帕什卡家门前。他进去把自己的钥匙交给他的这位友敌。帕什卡坚持要他的客人在离开之前喝点茶，他还举起一杯更烈的酒要为谢尔盖伊奇的旅途干杯，但被谢尔盖伊奇拒绝了。最后，帕什卡说服谢尔盖伊奇让他送邻居一程把他送到这条街的尽头，在向卡鲁谢里诺拐弯之前下车。他穿上那件背后有白色十字架的红色外套坐上了车。到了拐弯的地方，帕什卡要求再送一小段路程。他无论如何都舍不得告别。

谢尔盖伊奇小心翼翼地把车开向弯道，不时回头看那辆拖车。

"汽油储备够吗？"上车后，帕什卡问。

谢尔盖伊奇点点头，"够的。"

在一个在斜坡处，谢尔盖伊奇停下了车。

"下车吧，不然你得穿过泥泞一路走回去了。"他对帕什卡说。

帕什卡叹了一口气，看了看下雨的天空，不情愿地从汽车上下来。谢尔盖伊奇也下车，与帕什卡面对面站着。

"你应该把红色外衣染成其他颜色，或者把它弄脏一点。"他说着，朝那件红外套点了点头，"不然的话你肯定会挨枪子儿的，你是整个地区唯一的亮点。"

帕什卡低头看了看自己的红色外衣，不高兴地噘起了嘴唇。显然，他喜欢这件衣服。

"那么，告别吧。"谢尔盖伊奇伸出一只手。

帕什卡眼里含着泪水。他举起右手，迎着谢尔盖伊奇的手，然后抬起左手，他们像男人那样拥抱，紧紧地拥抱在一起，然后立刻松开手。

"你要好好保重。"谢尔盖伊奇说着，朝村子点了点头，村子似乎正透过菜园和花园俯视着他们。"我在厨房的窗台上放了一罐三升的蜂蜜，是给你的。好了，那么，就这样吧。"他坐上车。车慢慢地开走了，拖着装有六个蜂箱的拖车。泥水溅满了车轮。

帕什卡红色外套背后的白色十字架越来越远，渐渐地看不见了。帕什卡正走在回家的路上，他低着头，也许是由于孤独一人使他感到悲伤，也许是由于道路泥泞每迈一步都要格外小心。

第 32 章

卡鲁谢里诺被远远地留在后面。不知是有生活的气息，还是一片死寂？那些院子似乎空无一人，但是，谢尔盖伊奇分明在一个院子里看到还晒着洗过的被单，在风中飘荡。

谢尔盖伊奇沿村子的边缘缓慢行驶，以免惊扰拖车上的蜜蜂。挡风玻璃上的雨刮器发出一种令人昏昏欲睡的吱吱声，雨点在玻璃上滴下来，他随着雨刮器的吱吱声打了个哈欠——突然，一个穿迷彩服的男人从一个旧公交车站后面走出来，用步枪指着开近的汽车。

谢尔盖伊奇急忙刹车，在距离男人还有二十米远的地方停了下来。困倦早已抛到九霄云外了。

开始了，谢尔盖伊奇痛苦地想，等待穿迷彩服的男人向他走来。

但那个人用手势命令他把车开得近一些。

谢尔盖伊奇听从命令，然后把车窗摇开。

"你从哪里来？要到哪里去？"那人问。

"从小斯塔罗格拉多夫卡村来，放蜜蜂去。"谢尔盖伊奇回答，他指了指拖车。

"还运了什么？"穿迷彩服的人笑着问。

"还运了什么？我是要回来的，我住在这个村。要出示护照吗？"

"不，不用，我认得你，"那人挥了挥手，"只是没人可以说说话。"

谢尔盖伊奇恢复了勇气，"请问一下，去扎伊采沃走哪条路最好？"

"朝乌格列戈尔斯克方向走，进城之前向右转，然后一直走，经过一些矿井你再问问。昨天村子里有一辆车去那里领退休金，早知道的话，你可以跟他一起走，该有多好啊。"

我要是早知道？谢尔盖伊奇一边想着，一边沿着一条柏油路驶离卡鲁谢里诺。怎么可能早知道呢？直到昨天我才确定今天要出发，不知道明天我将在哪里呢……

开了一小时的雨路后，雨停了，天空晴朗起来。矿区的矿渣堆隐约出现在远处，谢尔盖伊奇停下车来，走到拖车旁，他把耳朵贴在蜂箱上，温暖的箱壁因蜜蜂的嗡嗡声而颤动。

两天的路程对蜜蜂来说太遭罪了，他本应该加速行驶的，但不能开得太快，沥青马路坎坷不平，三年没有修了。

他还是加快了一点速度。沿着公路向右延伸的是一些工厂的废墟，这些工厂不是自行废弃的，就是遭到战争破坏的。左边是废弃温室的锈迹斑斑的框架。

不,这不是战争的错,谢尔盖伊奇意识到。战争以前就废弃了……

很快,路边的残骸变得稀疏了,养蜂人看到左边有一座白色砖墙、蓝色圆顶的教堂。教堂后边是一个湖,湖岸边站着一个人,手里拿着一根钓竿。渔夫凝视着经过的绿色日古利车,然后又把目光转回浮标。

谢尔盖伊奇突然产生了一种奇怪的感觉——仿佛他在一部电影里开着车,周围的一切都是虚幻的,像是预先录制好的,只有他一个人是真实的,不是电影里的角色。

他摇了摇头,甩掉这愚蠢的感觉。可是突然又冒出一个更糟糕的想法,一下子又陷入了痛苦之中——他把闹钟忘在家里了。他昨天晚上给闹钟上发条,这意味着闹钟还能走两天,然后它会停下不走了。在他回去之前,没人上弦了,因此,房屋里没有了时间。也许让帕什卡去给闹钟上发条?不,他根本不在乎时间。他所关心的只是划掉日历上的日子,该死的时间……值得打电话让他去上发条吗?但那样的话,他就得每天都这么做……不,他不会仅仅为了给时钟上弦而去那所房子,即使他答应这样做。当然,担心时间是愚蠢的。当有人记录时间,依赖时间时,时间就会起作用;如果没有人在乎时间,那么时间也会停止并消失。

又驶过一座教堂。这是一座红砖砌成的教堂,马上消失在后视镜中了。前面是两个新的锥状矿渣堆,其中一个顶端已经变平了。

他回想起过去是如何被关在笼子里下到矿井里的往事，反复想起自己工作的危险和无意义。劳动安全检查必须不断进行，但在矿井里，人们能期望什么样的劳动安全呢？这一切都无从谈起。但在每一个煤矿管理局都有技术安全监督员，所有的矿主会把他当贵宾招待，像亲兄弟一样喝着伏特加，把他当亲人那样道别。所以他每次出差都有两种味道：苦和甜。大家相互欺骗和互相拥抱。欺骗似乎是迫不得已，醉醺醺地拥抱在一起——矿工们则一直盯着他，眼睛里带着疑惑，有时是担忧的目光，仿佛在说："你不会把我们给毁了吧？"

时间流逝。道路时而偏左、时而偏右。五层楼房的建筑一栋栋在眼前掠过，私人住宅深藏在灰色围墙里面。偶尔出现一个没有窗户的建筑物或者现在是一片废墟的房屋旧址，谢尔盖伊奇并不打算一探究竟。他没有分散注意力，只是用眼角余光掠过所经之处。现在路上车多起来，但都是像他这样的便宜汽车，再也没有一辆是战前那种耀眼的外国进口车在路上超车飞奔了。

天色渐近黑暗，前面车辆亮起了刹车灯，开始减速，他也踩下了刹车。又走了一百米左右，只见地面立着涂成黄色的混凝土锥形柱，让车道收窄。这就是为什么每个人都小心驾驶，尽量不让他们的车碰到水泥柱。他也小心翼翼地开车，车速和匆匆赶路的行人差不多，他目不转睛地盯着路面，从眼角瞥见了穿着迷彩服、挎着步枪的军人。

其中一个男人看了一眼谢尔盖伊奇的日古利车后面装着蜂箱的拖车，按下对讲机上的通话按钮，把对讲机贴到嘴边。

谢尔盖伊奇不喜欢这样。他目不转睛地盯着后视镜，看着那些全副武装的人，他们似乎还在看着他的车。

十分钟后，养蜂人的不祥预感应验了，一个胸前挂着步枪、穿迷彩服的人做个手势，命令养蜂人把车开到路边紧急停车带。那人走到车前，打开驾驶座一侧的门，往里看。

"到哪里去？"他冷冰冰地问。

路上的疲劳和恐惧使得谢尔盖伊奇无法集中注意力。

"运送蜜蜂。"迟疑地回答。

"运到哪里去？"

"乌克兰。"

"他们为什么需要你的蜜蜂？"穿迷彩服的人回头看着拖车，"他们有他们自己的，不是吗？"

"我从灰色地带来，小斯塔罗格拉多夫卡村。"谢尔盖伊奇开始清晰地解释，"我们那里经常遭到射击。如果我在家里把蜜蜂放飞，它们可能会被炮弹吓得飞走。那我就会失去他们的。"

"啊哈！"穿迷彩服的人笑了，好像很高兴听到了一些新鲜事似的，"就是说，蜜蜂害怕爆炸，是吗？有意思。你有证件吗？"

"有！"谢尔盖伊奇把手伸进外套里面的口袋。

"不用，没必要，看得出你是自己人。留给那里的'乌克兰人'看吧，他们可能不会让你带着蜂箱过去。你的蜜蜂也有证件吗？"

谢尔盖伊奇变得困惑起来。

"没有……还需要这样的证件吗？"

"谁知道呢？"那人耸了耸肩膀，"嘿，有烟吗？"

"我不抽烟。"

"好吧，走吧，也许你能在今天赶到。"拿着步枪的男人说道，他以平静的语气结束了谈话。

谢尔盖伊奇松了一口气，开动汽车，重新回到变窄的主路上。很快，水泥柱消失了，但又走了不到两公里，他遇到了一排汽车。汽车旁站着的人们，三五成群，看着前方，闲聊着什么。

他下了车，走到他前面的塔夫里亚车司机跟前，问道："怎么回事？排队出去吗？"

正在抽烟的司机转过身来。

"是的，是的，一排车队是离开的——那一排是进来的。"

那人向谢尔盖伊奇详细解释了排队通过的细节——如何检查文件、海关检查等等，还告诉他设有优先通道。

"二等残疾人能够享受优惠吗？"谢尔盖眼里闪出希望的光芒。

"也许能，"那人想了一下说，"所有残疾人都放行，你去试一试吧。"

谢尔盖伊奇回到车里，开车绕开长队，开了大约三百米，看到了较短的车队。

"运的是什么商品？"顿涅茨克的海关人员问道。两个圆脸的男人，红着眼睛，要么是因为喝了伏特加，要么是因为缺乏睡眠。

"不是商品。是蜜蜂。"

"那些蜂箱里除了蜜蜂什么也没有，嗯？"其中一个男人狡黠地斜眼看着问道。

"你们可以检查呀！"

"我们会看的。"那个斜视人坚定地回答，然后他们一起走向拖车。"那我要解开绳带吗？"谢尔盖伊奇有点不耐烦地问，因为他很累。"还是你们先听一听？"

其中一个海关人员把耳朵贴近蜂房，听到了声音。

"嘿，是在嗡嗡叫。"他回头看了一眼自己的搭档。

"去，把每个箱子都听一遍吧。前三个可能有蜜蜂，其余的可能是违禁物品。"

小伙子把六个蜂箱挨个听一遍，然后他们就走了，留下谢尔盖伊奇一个人。

检查护照拖了十分钟。一个坐在小窗口里面穿着迷彩服的男人接过护照，在电脑上抄写了什么。然后拿着护照出去了，这引起谢尔盖伊奇的不安。不过，不安是多余——护照还给他了。谁也不能说这是一种特别敌对的方式，也不能说这是一种特别友好的方式，就是一伸手，把护照摆在小窗口的工作台上。军官没有再看养蜂人，而是把目光投向了排在他后面的人。

当零号检查站的乌克兰士兵看到载着蜂箱的拖车时，他们交换了眼神。"你们所有人为什么都往外运送蜜蜂呢？"

其中一个士兵问谢尔盖伊奇。

"所有人?"养蜂人问,"我一个人呀。"

"你是今天第五个运送蜜蜂的人,"士兵说,"只是他们的蜂箱更多呢。"

"哦,也许他们是健康人,而我是残疾人,你知道的,二等残疾,"谢尔盖伊奇说,"我是尘肺病,咳嗽。"

他使劲地咳了几声,听起来不太有说服力,连他自己都觉得很尴尬。

"好啦,我知道什么是尘肺病,我是从卡尤托沃来的。请出示通行证。"

"通行证"这个词从谢尔盖伊奇耳边略过,因为他瞬间回想起自己开车经过卡尤托沃。这个地名他很喜欢,他在那里看见一个锥形矿渣堆和矿井塔架。

"通行证!"士兵重复了一遍。

这一次养蜂人听到士兵的话了,他变得紧张。他剧烈地咳嗽起来,声很大,好像想向他本人证明尘肺病的确存在似的。

"我不在那里居住,"咳嗽完后谢尔盖伊奇说,"我从灰色地带来,我们村在卡鲁谢里诺附近,叫小斯塔罗格拉多夫卡村。"

士兵疑惑地看了看养蜂人,然后把目光转向同伴,把护照递给他。另一个人翻看护照,找到居住地的印章,拿起对讲机。

"瓦尼亚,查一下小斯塔罗格拉多夫卡是否在顿涅茨克人民共和国。"他对着那个看起来有点像肥皂盒的黑色小装置说,然后立刻把目光锁定在养蜂人身上,"你为什么要经过顿涅茨克和卢甘斯克地区?"

"你们的彼得罗告诉我的,他说这条路线安全些。"

"是啊,这样更安全。"第一个士兵咕哝道。

"'我们的彼得罗'又是谁?"第二个士兵突然问道。

"他是你们军队的,乌克兰人,他经过田野到我家做客。"

"他姓什么?"

"不知道……但他来自赫梅利尼茨基。"

"怎么,他一个人到你们的灰色地带去?"

"是的,一个人,他还把我的手机拿去充电,还给我留下了他的手机号。"

那个严厉的士兵要求谢尔盖伊奇把手机给他,连护照一起拿走了。另一个士兵命令他把车开到路边紧急停车带以便为下一辆汽车让位。

谢尔盖伊奇的情绪一落千丈。头脑里漆黑一团,此刻他才感觉到已经黑天了,很晚了。武装检查站的场地因为多辆汽车的车灯,加上自身照明,倒是很亮。排队的汽车数不清楚,车灯仿佛长蛇延伸到远方,他自己正是从那个远方来的。

谢尔盖伊奇走到蜂箱旁,把耳朵贴近蜂箱,蜜蜂的叫声听起来疲惫、绝望。他紧张地朝刚刚那个士兵走的方向看过去,恰好那个士兵走了回来,一副倦态,把护照和手机还给了他。

"走吧,"士兵说,"下一个检查站给他们出示这个公文。"

谢尔盖伊奇把护照和手机放在外套口袋里,把公文折成四折也塞到口袋里,以免弄皱或磨损。

"谢谢。"他说,并且用目光寻找另外一个士兵,想和他告别。

但没有找到他。

停在迎面而来的车道边上的汽车,都已经关上了车灯。汽车旁边的人们原地徘徊着,有的在低声交谈着,有的在玩手机。而他,谢尔盖伊奇,则小心翼翼地在自己的车道上行驶,没有加速,把那些由于战争而被迫漂泊的人们远远抛在后面。大约十分钟后,他超过了最后一辆车,前面是一条空荡荡的路,只有他那辆日古利车的灯光照亮着前方。没有车跟上来,他的后视镜里没有车灯。谢尔盖伊奇打开他的远光灯,感到一种奇怪的、几乎是喜悦的兴奋。他仿佛还很年轻,突然冲进了空旷、自由和生活,冲进了他还不知道的边界和危险。

虽然他明白这种年轻的、几乎是兴奋的快乐是虚假的、无法实现的,但他还是从中得到了安慰,相信一切都会好起来的。什么顿涅茨克人、乌克兰军队都置之脑后,远方的和近处的轰炸声也都已经消失,离开了一场他没有参加的战争。他只是偶然发现自己卷入了这场战争,是的,他曾是战争的居民——这是一种不值得羡慕的命运,但战争对人类来说比对蜜蜂要容易忍受。如果没有蜜蜂,他哪儿也不会去,他会可怜帕什卡,不会抛下他一个人。可是蜜蜂完全不明白什么是战争，蜜蜂不能像人类那样从和平切换到战争，然后再切换回来。它们必须被允许去执行它们的主要任务——这是它们权力范围内唯一的任务，是自然和上帝指派给它们的：收集和传播花粉。这就是为什么他必须走，把蜜蜂带到一个安静的地方，那里的空气中逐渐充满了盛开的花草的甜蜜，在那里，花草的大合唱很快就会有盛开的樱桃树、苹果树、杏树和金合欢树的加入。

谢尔盖伊奇打了一个哈欠，下意识地看了一下速度表，然后减慢了车速。

下一个检查站只用三分钟就放行了，他们只是看了看他的护照和发给他的那张公文，再也没有检查站了。但后来他又停了两次车，因为看见有道路检查的警示标志，那里也顺利通过。两个小时后，车灯照亮路旁的几个大字："你已进入扎波罗热州。"这句话并没有什么特别令人高兴的——它们并没有表示要实现什么秘密的童年梦想什么的——但是这个标志一过，谢尔盖伊奇的眼里就涌出了泪水，仿佛有一个沉重的负担从他的肩膀上掉了下来。他瞥了一下速度表，踩了一下刹车。"不要着急。"他对自己说。他用疲惫的眼睛盯着空荡荡的道路，远光灯照亮了道路，道路两边种着杏树——这是乌克兰南部司机们通常的旅伴。过两三个月，只要不是太懒，或者没有别的礼物给孩子，在回家的路上司机们都会停在杏树旁。他们会下车，从草地上捡起成熟的橙色杏子——装在袋子里或纸板箱里，或许还迫不及待地放入嘴里一颗。

第 33 章

早晨和煦而明亮的阳光照进日古利车的车厢。谢尔盖伊奇昨天晚上把车停在路边,坐在驾驶座上睡着了。如果不是因为阳光,他会一直睡下去,尽管他的姿势很不舒服(他没有把座椅向后放倒)。

一辆卡车轰隆隆地驶过,后面跟着的一辆公共汽车彻底地把养蜂人吵醒了。

他下车环顾四周,除了田野和道路,别无其他。

他往油箱里加了一罐汽油,用手指按了按因睡姿不好而僵硬的腰,又检查一下拖车,然后立刻坐回方向盘前,继续赶路。

半个小时后,一个路标提示:梅利托波尔向左,韦塞莱直行。他更喜欢韦塞莱,不仅因为名字的含义——"快乐",而是看见前面的厢式货车和载重汽车都向梅利托波尔方向行驶。既然他们都向左转,那么他只好直行。过了岔路口后,对面车道上迎面来了一辆一匹灰马拉着的马车。一个长相平平的庄稼汉坐在马车上，身后有三大桶牛奶。谢尔盖伊奇笑了，他选择的路是对的。

他开始仔细观察周围的环境。越过田野，乡村房屋的屋顶忽明忽暗，依次闪烁着。在左边很远的地方，一座教堂的圆顶闪闪发光。这便是美好的生活：井然有序，稳定、恬静、从容不迫……在右边的地平线上，隐约可见一片小树林，从那里进入一条土路。

谢尔盖伊奇把车开向土路，汽车开始颠簸，他只好减速。土路干硬，每一个小土包都能够把汽车颠得跳起来。

谢尔盖伊奇把车开到小树林，树林被维护得很好，可以野餐，有一张粗糙的木桌和两条长凳，还有一个垃圾坑，旁边是一片生过篝火的灰烬。这是一片松树和白桦树林，在它们的后面，他可以辨认出几棵高大的橡树。

他喜欢这个地方。他又向前开了一段路，把野餐桌抛在后面。他在一棵橡树下停车，赶紧到拖车旁，把耳朵贴在其中一个蜂箱上。

"再坚持一小会儿。"他低声地说。

他从蜂箱上解开固定绳带，掀开塑料薄膜，把最边缘的蜂箱向外移动留出空隙，以便双手能够把蜂箱搬下车。他吸足了气，要把蜂箱从拖车上举起来，停了一瞬间，他明白了——他一个人不可能把蜂箱移动到任何地方去。手上的力气不知到哪里去了，锁骨痛，肩膀疼，他不得不把蜂箱放在原地。

没问题,他想。只是需要休息一下,再试试,也许能行。

他沿小树林转了转,看着适合点篝火的松树和桦树枝。他想立刻从后备箱里拿出铁三脚架和烧水用的吊钩,还有行军水壶。但他马上又想到蜜蜂,还是应该先把蜂箱从拖车上卸下来。但他一个人做不到,需要帮助。

他卸下拖车,从后备厢拿出一个二十升的空塑料水桶放在车厢后座上,开车返回到沥青道路上开了几公里,看到了远方教堂的圆形屋顶闪现。他很快找到了通往教堂的路,原来是沥青路,不是土路。谢尔盖伊奇转向这条道路。

正如他所预料的那样,道路是通向村庄,只不过它似乎是从另一头进入这个村庄的,首先看到的是墓地,然后是教堂,再然后才开始看到带菜园和花园的房子。

看到十几座新坟墓,上面覆盖着花圈和鲜花。说明这个村庄要么很大,要么这里的居民去世异常频繁。

几分钟后进入一个圆形小广场,一座白色的房屋引人注目,牌匾上写着:娜佳杂货店。这家小店的右边,公交车站遮阳篷下的长凳上,坐着两个男人。再往右边是一条小巷子,沥青路表面像罗西斯基奶酪——坑坑洼洼的。

谢尔盖伊奇把汽车停在公交车站和杂货店之间的空地上,锁好车,向两个男人走去。

"你好!"他看见他们每个人手里都拿着一瓶打开的啤酒。

"你好。"其中一个人回答。

"我需要帮助。我得从拖车上把蜂箱搬下来,"他解释说,"不远,就在公路那边。我用蜂蜜作为报酬。"

那个刚才回答问候的人摇头。

"我们不能帮。"那人说。

"是因为等公交车吗?"谢尔盖伊奇问,主要是想把谈话继续下去,他希望通过交谈,他们会客气一些。

"不是,我们在等人。从市区里开来的汽车晚上才有。"

"我会开车送你们回来,给你们每人送一公斤蜂蜜。"

第二个人一直没有说话,用懒洋洋、冷冰冰的目光看着谢尔盖伊奇。他喝了两口啤酒,眼睛一直盯着这个陌生人。

"是来探亲的吗?"第一个人瞥了一眼车牌号问。

"不是。"

"是难民?"第一个人继续问。

"什么难民?我从灰色地带来。让我的蜜蜂躲开轰炸,好好休息。"

"啊,是这样,前些天有三个难民到我们这里来。"第二个人突然说话了,声音尖细,像小学生似的。这和他那饱经风吹日晒、饱经乡村生活侵蚀的脸一点也不相配。"在他们开始偷盗前,我们一直忍耐。后来警察抓住他们,把他们押送到什么地方去了。"

"我不是难民,我也不会在这里待太久的。"谢尔盖伊奇说着,心里有些不舒服。

我为什么要为自己辩护?他想。然后他用一种干巴巴的、公事公办的语气问道,"有水吗?有给水龙头吗?"

"没有,"健谈的那个人回答,"去商店问问吧。"

他默默地点点头,从车里取出塑料水桶朝杂货店走去。

这是一家普通的乡村商店：面包、食品，一个玻璃门的冰箱里摆着黄油、奶酪和香肠。柜台后站着一个围着头巾的圆脸女人。她平静地注视着刚走进商店的顾客，没有询问。

"您是……娜佳吗？"谢尔盖伊奇尴尬地问了一句。

"娜佳去世了。现在老板是她丈夫，我是售货员。"

"哦，对不起。"谢尔盖伊奇重重地叹了一口气，"我能灌满水吗？"他举起水桶给她看。

"可以加满的,但你也可以买。"女售货员和善地告诉他。

然后她拿起塑料桶，消失在后面的房间里。

养蜂人平静地查看柜台上的货物，隔着玻璃，他看到里面摆满鱼罐头和肉罐头。

出于习惯，他在货架中寻找蜂蜜，罐装蜂蜜的价格通常会增强他的自信心。和普通顾客不同，他喜欢商店卖的蜂蜜涨价。但他在这里没有看见蜂蜜。

女售货员从后面回来，绕过柜台把装满水的桶子放在他的跟前。

"这水可以直接喝，"她指着桶子说，"这是从井里打出来的。"

"谢谢。"谢尔盖伊奇说着，转身朝门口走了几步，忍不住脱口而出，"这里的男人都很奇怪。我向他们寻求帮助，他们宁愿坐在那里喝啤酒，也不愿意。"

"是在公交汽车站那里的吧？"女售货员问他。

他点了点头。

"你真是会找人，"她毫无恶意地笑了笑，"这两个人只知道晚上喝伏特加，早晨喝啤酒，这就是他们的全部乐趣。"

"也许，你知道住在附近的人，谁能提供帮助？"

"你到底需要什么样的帮助？"

"我带着蜂箱来的，离这里有六公里的路程，在树林旁边的一个空地上。可是我一个人不能把蜂箱从拖车上搬下来，需要一个人的帮助。我会用蜂蜜作为酬金。"

"我们没有蜂蜜了，"女售货员扫了一眼店里的货架，若有所思地说，"我们这里之前有一个养蜂人，但他把自己的蜂蜜卖到敖德萨去了，他说那里能够卖出大价钱。如果我帮你，你给我多少蜂蜜？"

谢尔盖伊奇没有料到这番交谈会使事情出现转机。他抖动着干枯的嘴唇，仿佛在心里盘算着数目。

"我给您三公斤，"他叫道，"我开车送你去那里，再把你送回来。我可以等到商店营业结束。"

"为什么要等？"女售货员耸了耸肩膀，用手整理一下彩色的头巾，把淡褐色的头发遮盖起来。"最好马上就走，趁公交车开来之前。在这之前不会有顾客的。"

他们默默地行驶，对于谢尔盖伊奇来说，有一个女人坐在他旁边的副驾驶座位上有点奇怪——她和蔼可亲，圆脸，有一双灰色或灰蓝色的眼睛。她穿着一件长及膝盖的外套。上车前，她把头巾换了一种样式，这样她看起来就不再像售货员了。

"您叫什么名字？"谢尔盖伊奇吞吞吐吐地问。

"加利娅。"

"我叫谢尔盖。我们很快就能处理完的,也就是三两下的事情,然后您就可以回去了。"

当他们把第一个蜂箱从拖车上搬下来的时候,谢尔盖伊奇对她的力气之大感到吃惊。蜂箱好像变得没什么分量了,这意味着加利娅承担了它的大部分重量。他们把蜂箱搬到谢尔盖伊奇选好的地方,其余的蜂箱也都很容易地搬了下来。六个蜂箱像棋盘上的棋子一样排列:在靠近树林的空地上,三个一排,每个间隔约两米,另外三个在这一排的三个蜂箱之间的缝隙前几米也排成一排,这样所有的蜜蜂都能看到大致相同的风景。

谢尔盖伊奇从后备厢拿出两罐一升的蜂蜜。

"这里正好是三公斤,"他朝罐子点了点头,然后他若有所思地眯起眼睛,"也许,您可以再拿一些去卖?"他问,"我这里还有。"

"嗯。"加利娅不置可否地说。沉默片刻,她接着说,"对呀,为什么我不在杂货店里代售您的蜂蜜呢?您总得想办法养活自己,不是吗?"

谢尔盖伊奇点点头:"你打算把蜂蜜卖多少钱?"

"每公斤七十格里夫纳怎么样?"

"当然可以,"谢尔盖伊奇同意,"你要多少?"

"好吧,先来十公斤吧——我们看看卖的情况如何。"

谢尔盖伊奇第二次从娜佳杂货店所在的村子回来,这一次,他已经吃饱了——足够的面包和香肠,还喝够了井水。他怀着平静而温暖的心情回想这一天——现在是最后的几个小时了。用蜂蜜交换杂货店的食物是件令人愉快的事。他无法选择足够的食物来平衡蜂蜜的价格，所以加利娅告诉他，他现在在店里有了信用额度，就像在银行一样。那跟钱一样好使！确切地说，是五百六十格里夫纳——只要他愿意，他随时都可以来杂货店兑换食物。这样的信用就像打开冰箱的钥匙。一种不寻常的——确切地说，是被遗忘的——稳定的感觉席卷了他，驱散了那天晚上压在他肩膀上的疲劳。他放松了下来，脑子里仍然回响着蜜蜂的嗡嗡声。他在蜂箱旁的草地上坐了不下半个小时，先看看这个入口，然后又看看那个入口，看着蜜蜂们飞出来，四处张望，短暂地飞过，探索新的环境，在漫长而痛苦的旅程后安抚自己。那一天，它们的嗡嗡声似乎变了，变得安静了一些，就像人的心脏一样，跑完步后怦怦狂跳，但当跑步者停下来时，又逐渐恢复到正常的节奏。

黑暗笼罩大地、笼罩谢尔盖伊奇和他的蜂箱，还有小树林。那是一片又沉重又潮湿的黑暗。养蜂人点燃篝火，放上铁三脚架，把装满井水的水壶挂在吊钩上。他决定在睡觉前喝点茶。

他还决定在车里度过第一个晚上。的确，后备厢里有一个帐篷，但它被放在一堆其他东西下面。他明天早上再把它支起来。这一夜他还会像在路上一样度过。他把驾驶座椅尽可能向后倒，正好贴在后座上。他很快就会入睡的——如此劳累，怎么能不很快入睡呢？

第 34 章

蜜蜂嗡嗡的叫声弥漫在四周,悦耳动听。

阳光下,养蜂人梦见自己躺在果园的蜂箱上一张干草垫上。他梦见自己正在睡觉,从蜜蜂身上吸取能量和力量,以便可以单枪匹马盖房子或者拿把铁锹就挖出一个池塘。他梦见自己睡得香甜而警觉,心心念念他的采蜜者们。

他觉得鼻子上有什么东西,还没有等举手去摸,他已经睁开眼睛醒了。阳光下浅浅睡意的轻薄外壳很容易挣脱掉,如同雏鸡从蛋壳里挣脱出来一样,醒来便是新的一天。他意识到是一只蜜蜂,疲倦得一动不动。他仔细一看,发现那不是一只工蜂,而是一只雄蜂。雄蜂有巨大的眼睛和比普通蜜蜂更好的视力,但它们只看它们需要看到的东西。

谢尔盖伊奇用手把蜜蜂从鼻子上轰走,蜜蜂落到草地上。他左顾右盼,努力把昨天晚上和今天早晨的事情拼凑在一起,但意识却依旧是模糊的。当他在草地上坐起来时,他意识到自己是在蜂箱旁边的一个睡袋里醒来。虽然恍惚，他记起了自己是如何在夜里从车里钻了出来，一边揉着疼痛的腰部，一边把睡袋从后备厢里拿出来。他记得，这需要把帐篷拉出来，因为睡袋被放在了帐篷下面。

谢尔盖伊奇从睡袋出来，把睡袋捆一下放在草地上。然后他在蜂箱和拖车中间搭起了帐篷。他把睡袋卷起来放进帐篷，还从汽车的置物箱里找出一幅圣·尼古拉显灵者的圣像。他在帐篷最左边的角落为那幅神圣的彩绘纸板指定了一个地方，在它前面放了一个装有蜡烛的罐子。接着，他给快要熄灭的篝火添了些新柴火，把水壶装满。

谢尔盖伊奇不慌不忙地吃着早餐，在蜜蜂银铃般的欢叫声中细细品尝着食物。他把用蜂蜜跟加利娅交换来的面包和香肠切成大块，以便大快朵颐一顿。他惬意地嚼着那块又厚又软的三明治，他一边咀嚼着，一边想到他现在已经开始了一种新的生活，平静的、春天般的生活。在阳光下，在树丛中，离人群不远，离他的蜜蜂很近，当他咀嚼着食物的时候，蜜蜂还在辛勤地工作。它们为他工作，它们几乎没有要求任何回报——只要爱和关心。他爱他的蜜蜂，他有足够的经验和丰富的养蜂知识，当然，也无微不至地照顾着蜜蜂。事实上，他可能比大多数养蜂人更上心。毕竟，他整个冬天都在担心他的蜜蜂，保护它们不受战争的伤害，不受爆炸声的干扰，不受寒冷的侵袭。无论是在思想上还是在现实中，他都保护着它们，但最终，他几乎无法控制外部环境对蜜蜂的伤害。

早餐后，他把后备厢里的东西全都搬下来，放到地上。他慢慢地开始整理自己的东西。他把一袋厨房用具搬到帐篷里，然后把一升的和半升的蜂蜜罐摆在草地上，数了数，看来他随身带了不少"甜蜜"的货币——以公斤计的。然而，换算成钱的话，并没有那么多。即使是这样，他的报酬也是钱，而不是香肠和面包。但在他看来，一切都很好——比原来预想的要好得多——真的没有理由担心了。毕竟，春天已经如火如荼，天气也热了起来，所以他不必为取暖钱发愁了。与此同时，蜜蜂正在这片区域侦察并确定它们的飞行路线，它们没有什么可担心的，除了飞出去采蜜。

过了一会儿，谢尔盖伊奇发现自己想再去村子里看看。起初，他还在脑海里列了一张购物清单，大部分是各种谷物，他盘算着每种各买一公斤，这样他就可以做粥了。但后来他开始怀疑，与其说是想买东西，不如说是想看看商店里的那个女售货员。为了打消这个念头，他计算了一下这趟往返需要花费的汽油钱。当然，没有多少钱，但是他不能用蜂蜜支付油钱，如果可以，汽油也非常昂贵。谢尔盖伊奇放弃了出行的想法，他决定第二天再去。明天奶酪和香肠将会吃完，也需要买新鲜面包了。

养蜂人平静下来，把在车上用来盖住东西防止窥视的旧床单取下来摊开，躺在上面，打起了瞌睡。

晚上，暮色降临，除了蜜蜂的嗡嗡叫声，谢尔盖伊奇还听到另外一种声音。声音从小变大，谢尔盖伊奇不得不站了起来。在小树林的另一边、在他来时的那条路上，一辆摩托车的前灯闪烁着。

谢尔盖伊奇皱了一下眉头,走到篝火旁,那里的草地上有一把斧子。深更半夜什么人还在四处游荡呢?

与此同时,车灯穿过树林照向土路,直奔谢尔盖伊奇的蜂箱、帐篷和整个营地上。发动机的轰鸣声盖过了蜜蜂的嗡嗡声。

当车灯直射着谢尔盖伊奇的时候,他躲闪了一下。然后,突然,车灯灭了,引擎安静了下来,寂静中传来加利娅的声音。

"谢尔盖!是你吗?"

"嗯,是我。"他说着走近她,尴尬地把斧子藏在背后。

篝火在燃烧,火光四射,养蜂人看见加利娅把一个袋子放到地上,放在她的脚边。

"我想我应该给你带些煮土豆。你可能只剩下面包,别的不多了。"

"谢谢,"谢尔盖伊奇感激之余带些惊讶,"没想到,没有想到有人……"

他把旧床单挪到篝火旁,他们俩坐在上面。加利娅拿出用旧外套裹着的一包东西,打开包裹,递给谢尔盖伊奇。

"里面有一把勺子。"她告诉他。

谢尔盖伊奇打开锅盖,是一锅还热的、涂了大量黄油的土豆。他找到了勺子,贪婪地吃着。边吃边想着加利娅的善良,想着她的关心,她下班后还给他带了热腾腾的食物。

"你一个人生活吗?"他突然问。

"是的。"她回答,眼睛一直盯着篝火。

197

"没有丈夫吗?"

"有过。他死了。"

很好,谢尔盖伊奇想,但没有说出来。然而,这样的想法又让他感到羞愧,他眯起眼睛看着坐在身边的女人,好像要看看她是否听到了这个不光彩的想法。

他们沉默了大约三分钟。

"商店怎么样了?"他问。

"还和平常一样,"她耸了耸肩膀,"面包不够卖的,但现在买香肠的人少了,因为涨价了。"

"为什么面包不够卖的呢?"谢尔盖伊奇问,"是军队征用了吗?"

"不是,是我们故意少进货,以免剩下的扔掉。我宁愿让来晚的人失望。"

"是的,"谢尔盖伊奇表示同意,"如果你想要面包,必须在早上起床去买。"

"过去就是这样……老太太们还是大早晨就来买面包,她们把面包都买完了,不买香肠。"

接下来的沉默持续了更长的时间。谢尔盖伊奇不想打破这种沉默。因为此时,伴随着噼里啪啦的、不引人注目的篝火声,还有蜂箱里几乎听不到的蜜蜂翅膀的合唱,这使谢尔盖伊奇感到十分惬意。他不愿意用言语,哪怕是悄声细语来引起这位不期而至的、关心他的来人的注意。而她,似乎也很享受这种沉默。这意味着,不管她在想什么,都能听到这美妙的音乐。

第 35 章

在吃了三顿简单而温馨的摩托车送餐后,加利娅说明天不能按计划送饭了。这最后一顿丰盛的蒸火鸡肉排特别打动谢尔盖伊奇,他馋肉很久了。加利娅说并不是不愿意,也不是因为劳累,而是因为她计划中的菜品送不过来——她想做红菜汤。当"红菜汤"这几个字眼从她嘴里蹦出来时,谢尔盖伊奇才明白她的意思。

他们像往常一样坐在篝火旁的床单上。加利娅默默地坐着,他正狼吞虎咽地吃着面条和肉排,这时她突然提起第二天晚上的事。她的声音在半明半暗的夜色中听起来是那么动听,仿佛脱离开她本身独自漂浮着,像某个童话中的情景。谢尔盖伊奇像听音乐那样听着她说的话,"红菜汤"一词,把音乐变成了语言。

"别担心。"他说,以为加利娅是在为明天不来送饭说明原因。

"我说的不是这个意思。"她的声音变得柔和一些,仿佛在那一刻,她的对话者变成了一个孩子,必须更温柔地对待他。"我是想你也许愿意到我家来?邻居杀了一头小牛,我从他们那里买了一块肩肉。我打算加些豆子小火慢炖——我会时不时地跑出商店回去看着它……"

"好呀,为什么不呢?"谢尔盖伊奇微微吐了口气,满脸憨笑,坦率而愉快地说。

加利娅等他吃完面条和肉排,才慢慢准备启程回家。轻型摩托车的轰鸣声在远处渐渐消失。谢尔盖伊奇熄灭了篝火,爬进帐篷,钻进睡袋,很快就睡着了。

第二天晚上,他比约定的时间早到村里。去的时候,他把没电的手机和充电器带上。

小卖店开着门,但已经点灯了,从两扇装有护栏的窗户透出家庭式的灯光。

他把车停在了商店和公交车站之间的老地方,然后走进了商店。加利娅正和两个女人说话,两个女人都穿着大衣,其中一人穿着短大衣,而另一人穿着长大衣。

"你们想要哪种香肠,犹太人牌的,还是布鲁西洛夫斯基牌的?"加利娅问她的女顾客。

"都不太肥吧?哪种更新鲜?"其中一个女人回答。

"真的能够'醒酒'吗?"第二个女人问了一个谢尔盖伊奇不明白的问题。

"当然了,里面含有嫩的刺荨麻叶。"加利娅向她保证。

"我买一罐。"

"需要购物袋吗?"

"我自己带了。"

她们把商品放到自己的手提袋里走了。

"啊!你来得真早!"加利娅对谢尔盖伊奇说。

"我没有什么可做的,蜜蜂也都很好。"他的目光掠过柜台,停在加利娅右边整齐排列的半升装蜂蜜的罐子上。其中一个罐子上贴着的价格标签上写着:"醒酒蜂蜜。七十六格里夫纳。"谢尔盖伊奇仔细看了看蜂蜜,发现里面有绿色的碎屑。

"这是什么?"他问,"是别人托你卖的蜂蜜吗?"

"不,这是你的蜂蜜,"她微笑着说,"为了好卖我把蜂蜜再加工了一下,把嫩荨麻叶用开水烫了一下,捣成碎末放到蜂蜜里,这特别吸引人……"

"为什么说它'醒酒'?"养蜂人困惑地问。

"我不是说了吗,为了吸引顾客,不久前我买了一本书《如何营销》,从中学到很多知识。你想读吗?"

"不用,"谢尔盖伊奇摇头,"我对卖东西不感兴趣。"

"明白了,"她理解地点了点头,"可我要是不卖货,就没法活下去。书里写着各种不同的规则,其中有一条是'不要把商品当作简单商品去卖,而是把它当作人们喜欢买的东西!'也就是说,给商品附加新的功能,增加买主对商品的兴趣。例如,人们不只是买香肠,他们还买有助于减肥的香肠。明白吗?"

"我不经商。"谢尔盖伊奇很有礼貌地不想继续这个话题。尽管他的脑海中立刻浮现出一个问题：他的蜂蜜的价格是不是有点高？但是，在价格方面，加利娅知道得更多，由她决定吧，她有经验。

"我带你去我家吧，你可以在那休息等我回来，还可以看电视。"女售货员建议道。

他们走到她家，不远。她打开门，打开走廊的灯，匆匆回去工作。

谢尔盖伊奇独自一个人留在陌生人家，有些不知所措。他站在那里，倾听房屋内的声音。后来脱下鞋走进客厅，房间非常宽敞，他打开吊灯，房间的清洁、人为制造的"温馨"氛围使他感到迷惘。两面墙壁上挂着深红色的壁毯，地板上铺着一块大地毯，在右边的角落里，一台笨重的电视机放在一张看起来很不结实的咖啡桌上，小桌腿向外倾斜，以增加稳定性。餐桌上铺着一块红桌布，桌子中央放着遥控器。餐具柜几乎和他自己的一模一样，旁边放着一个带镜子的衣柜。也就是说完全熟悉的摆设，只是多了地毯。

谢尔盖伊奇坐下，手放在台布上。突然他闻到红菜汤的香味，顺着香味，他来到了厨房。

煤气炉旁边立着负责提供燃料的红色煤气罐。炉上是一口大的搪瓷锅，红菜汤用小火煮着。谢尔盖伊奇打开锅盖，一股奇妙的香气扑面而来，充溢在他的鼻孔里，使他的思想平静下来。

他把锅盖放回到锅上，离开灶台。他舔了一下干燥的嘴唇，回到房间，找到插座，开始给手机充电。

等了一刻钟后，谢尔盖伊奇打开手机的"短信"，看见一条短信，是彼得罗发的，只一个词："活着。"

希望他没事，养蜂人想。他再次点击"回复"，输入"活着"这个词，加上一个问号，发送了信息，然后回到了桌子旁。大约五分钟后，手机发出声，有人回应了。"活着。"谢尔盖伊奇念着，点点头，松了一口气。

加利娅的红菜汤让谢尔盖伊奇震惊。里面有干牛肝菌，还有豆子和小牛肉。他不慌不忙地吃着，偶尔抬头望着她。这是他们俩第一次一起吃晚饭，从前都是晚上在篝火旁他吃着她送来的饭，她在旁边坐着、看着他。

加利娅拿出一瓶酒助兴。他们没有碰杯，随意喝着，喝了半杯。加利娅还剥了几瓣大蒜，放在瓶子和一盘盐旁边的碟子上。他们轮流吃这些蒜瓣——他先拿一个，蘸着盐放进嘴里，然后她也这么做。

没有交谈，似乎没有必要说话。喝过第三盘汤，谢尔盖伊奇觉得已经饱了。虽然他想，为了使女主人高兴，第四盘也能够喝下去。如果她再让他喝，他不会拒绝的。但是加利娅喝了两盘后就开始打哈欠了，并且抱歉地看着他。

"我有点累了，"她说，"今天太忙……"

"好，我马上就走。"谢尔盖伊奇从桌旁站了起来。

"但你现在不能开车了——你已经喝了酒……"

"你们村里有交警吗？"他严肃地问。他看了一眼桌上的酒瓶，已经空了。这意味着他们每人喝了半升伏特加。

"在村子里没有。在通往主路的出口，有时候有。你最好留下过夜吧。"

他留了下来。加利娅关掉了所有的灯,他发现脱衣服和上床是那么容易,连他自己都很惊讶。更让他惊讶的是,他感觉到了她的身体的温度。

她是认真的,谢尔盖伊奇想,把脸转向她。

她双手搂着他的肩膀,把他拉向自己,然后一下子就把他拉到自己身上,热辣辣的身上。他顺从、爱抚地满足她的欲望,在她的动作、接触、抚摸中享受奇特的快乐和轻松。

后来,爱的能量消耗殆尽。当加利娅用手把他从自己身上轻轻推到床单上时,他觉得浑身发热。他躺在她的身边,右手温柔地抚摸着她的腹部。

几小时后,谢尔盖伊奇在黑暗中醒来,焦急地、小心翼翼地爬下床,踮着脚尖走出卧室。他从地板上捡起手机,查看了一下时间:四点三十分。谢尔盖伊奇想起没有人照看的蜜蜂。他关心的恰恰是蜜蜂,而不是拖车和其他物品,那些比蜜蜂更容易偷走。使谢尔盖伊奇担心的是蜜蜂,因为没有蜜蜂,他的生活的意义,他离开小斯塔罗格拉多夫卡村的意义就没有了。意义如果消失,他就会陷入一种毫无意义的状态。他一想到这样一种他以前从来没有过的处境,就感到害怕。他把裤子、衬衫、毛衣和袜子从卧室里拿出来,在客厅里穿好衣服,在走廊里穿好鞋子。然后,他把手机和充电器塞进外套口袋,紧紧攥着车钥匙,小心翼翼地关上了门,离开了这所殷勤好客的房子。

第 36 章

谢尔盖伊奇在帐篷里被冻醒了。他伸手去摸毯子,却碰到了外套口袋,原来他穿着外衣就睡着了,也没有躺在睡袋里,而是睡在睡袋上面。他没有睁眼,一只手伸进外衣口袋,摸到带着体温的手机,他停住了,仿佛渴望它的温暖能让自己的手热乎起来似的。

他走出帐篷,来到车旁,发现车门开着,他关上车门,然后转向蜂箱。就在那一刻,他听到了嗡嗡的声音,似乎什么人在昨天晚上把他的听觉系统关闭了,此刻又重新打开。世界开始嗡嗡作响,绵密而不引人注意,这声音与蜜蜂的动作相互配合,它们轻松地从出口飞出来,几乎没有重量。他习惯地观察其中的一只蜜蜂,它从出口飞出来,飞到半米左右的上方,然后向广阔的田野飞去。

谢尔盖伊奇平静下来。他生了火,把水壶装满水,挂在三脚架的吊钩上烧着。他想到了加利娅。回想起昨天的夜晚，香喷喷的红菜汤，鲜嫩的小牛肉，还有彼得罗发来的信息，最重要的两个字："活着。"

然后，他小心翼翼地回想起他是如何在加利娅的卧室里脱下衣服躺上床的——仿佛有人要窥视他的思想。他回想起她那热乎乎的身体和有力的双手，当然也记得自己的逃跑。虽然他立刻在脑海里把"逃跑"这个词删除，但他也找不到另外一个词代替它。于是，他抛开这个词，转而往另一个方向思考着。他很高兴自己可以随心所欲地思考，而不必屈从于内心的冲动。他想加利娅可能会生气，自己这样不像一个成年人的行为，不是吗？从女人的被窝里静悄悄地走了，连再见都不说。

我必须道歉，他下定决心。我怎么解释为什么要走呢？因为担心我的蜜蜂，我没有看护东西的狗，没有人照看我留在那里的东西和蜂箱……她能够理解的。

她的确能理解他。十二点，他带来蜂蜜和三支教堂里的蜡烛作为礼物去找她，他没有别的东西可以作为礼物的了。就在店里，只有他们两个人的时候，他吞吞吐吐地向她解释——但她用理解的微笑阻止了他，并让他放心。

"回家里吃午饭吧，还剩红菜汤，我一会儿就去。"她把钥匙递给他，"拿着这个，你自己切着吃吧，剩下的放到冰箱。"

谢尔盖伊奇接过钥匙和熏香肠，缓慢地向加利娅家走去。

迎面走来一个熟悉的面孔，起初，他被这种熟悉的感觉吓了一跳，但他很快想起了这张面孔，这是那个拒绝给他提供帮助的两个男人之中的一个。

当他们擦肩而过的时候，谢尔盖伊奇向那人点头，那个人也点了点头，却没有放慢脚步。

他觉得今天加利娅的房屋很温暖，他脱下鞋和外套，拿着香肠直接走到厨房。他打开煤气罐上的阀门，点燃了一个炉子，从冰箱里拿出昨天的红菜汤，放在炉子上。

十分钟后，加利娅回来了。

他俩坐下吃午饭，好像他就住在那儿似的。这次他们没有喝酒。

"你那里一切都还好吧？"她一本正经地问。

谢尔盖伊奇点了点头，把嘴里的肉嚼完。

"水用完了，我需要再装一桶。"

"好，去吧，去装满它。"

"水桶在车里。"

"那就把车开到大门口，这样你就不用提那么远了。"

午餐后，他们一起喝茶。谢尔盖伊奇在面包上抹了很厚的一层奶油，好像没有吃饱似的。

"你从这里还要到哪里去？"加利娅突然问。

"什么时候？秋天吗？"他问她，不等她回答，他说，"回家。"

"回家？"她惊奇地说，"怎么，你以为到那个时候战争就能够结束吗？"

"未必，"谢尔盖伊奇叹了口气，"但是我得回去照看我的家……"

"你种了什么吗?"她问。

"没有,"他若有所思地盯着她说,"我不再种任何东西了。我害怕。菜园子里可能会落下没爆炸的炸弹,埋下地雷。你知道地雷有多容易埋在地下吗,上面盖着土,你看都看不见。在斯韦特洛耶,那是一个离我们不远的村子,有个可怜的老笨蛋在他的园子里乱逛,结果把自己炸死了。他们斯韦特洛耶的人很固执,一直在园子里种东西。"

"太可怕了,太可怕了,那你为什么要回去?"

"不知道,那是家,总要回家的……我就是这样的人。如果我不是这样,早就住在文尼察市过着安稳的日子了。"

"文尼察市?"她巧妙地附和着,"可是你怎么能够去那里呢?那可不是你们的小村庄啊。"

"我的前妻住在那里,和我的女儿在一起。她们在战争爆发前离开了我。她也想回家,但是不习惯乡村生活……"

"她再婚了吗?"

"谁知道呢,"谢尔盖伊奇耸了耸肩膀,"就算她结婚了,也不一定通知我。"

在加利娅洗碗的时候,谢尔盖伊奇打开电视找到新闻频道。

"办理生物识别护照的队伍在早上五点就开始了。"电视播音员播报道。屏幕上显示,在一座有着大窗户的现代化办公楼前排起了蛇形的队伍。

出于对排队等候的人们的同情,谢尔盖伊奇关上了电视机。

"发生了什么事？"加利娅从厨房里张望着。

"没有什么好看的，"谢尔盖伊奇回答，"政府像从前一样折磨着人们，只不过，现在又加上战争。"

第 37 章

夏天的来临延缓了时间的流逝。大自然中出现更多的声音，清晨鸟儿唱得更加嘹亮了，但蜜蜂振动翅膀的蜂鸣声没有被淹没。在谢尔盖伊奇看来，这些声音不仅证明蜜蜂的存在和健康，也证明他的存在。要知道，他不仅是养蜂场的主人，也是蜜蜂合法利益的代表。当然蜜蜂的兴趣只有一个——采蜜。谢尔盖伊奇像对待人一样对待蜜蜂，他认为蜜蜂们内部的规则——工蜂和雄蜂之间的关系、所有琐碎的日常，都是蜜蜂们自己的事，与他无关。唯一与谢尔盖伊奇有关的是蜜蜂意外死亡或者蜂王消失。不过，感谢上帝，在这方面一切顺利。蜂后的生存、繁殖和死亡都是由自然决定的，它们将指挥棒传给了出生在同一个蜂巢中的接替者。谢尔盖伊奇只需关注蜜蜂的健康，驱赶和消灭那些想入侵的黄蜂，还有就是采集蜂蜜、蜂蜡和蜂花粉。这便是他生活的意义，这比工作更有意义。他只需要用金属刮刀打开蜂箱，提取蜂蜜倒进罐子里，其他的大部分工作都是由蜜蜂们自己完成的。它们从来没有问过他做什么或怎么做，它们不需要他的建议，也不需要得到他的允许。

加利娅声称蜂蜜有"醒酒"功能的这个销售行为，在附近几个村子里被证明是成功的。钱开始在他汽车储物箱里多起来，他不得不用一把小钥匙锁上这个"钱包"。这让他对未来更有信心了。只要三天没有见面，加利娅就会骑着轻型摩托车来营地看他。当然她不常来，因为他设法一星期到村里去两三次，把水桶灌满，在加利娅家里吃晚饭，储备茶叶、香肠和奶酪——不再使用早已用完的蜂蜜信用额度换取这些食物。在售出第一批蜂蜜后，加利娅开始用现金提前付款再从他那里进货。但这并没有把他们的关系变成一种商业关系，他们保持着热情和友好的关系。加利娅绞尽脑汁摸索并找到了他们关系最适当的距离，既不能让他感觉到她太黏人，又能够从她热恋的男人那里获得情感和肉体上的满足。养蜂人没有反对这种关系，他本可以接受更多，但是他们之间建立的这种半独立的平等状态使他完全满意。他们没有住在一起，他的帐篷或者她的家里。他一个人住在自己的营地，蜂箱所占的土地及其周围的地方临时属于他，他没有必要离开自己的地盘。对他来说，走得太远或太久是不合适的。毫无疑问，加利娅明白这一点。她明白是明白,不过有时还是向他表露自己内心的愿望，那就是谢尔盖伊奇和他的蜜蜂一起搬到她这里，他搬进她的家，蜜蜂住在她的花园里。

当蜜蜂开始用蜂蜡封住蜂巢时，谢尔盖伊奇开始担心了，他没有带摇蜜的机器。他让加里娅帮忙，找那个把蜂蜜卖到敖德萨的当地养蜂人来帮忙。结果证明那是个正派的人。几天后，他乘坐一辆平板拖车，带着他的摇蜜机来到谢尔盖伊奇的营地，他兴致冲冲地窥视着蜂箱，并帮忙提取蜂蜜——总共将近一百公斤。谢尔盖伊奇付了现金，而不是蜂蜜，因为在同行之间用蜂蜜支付显得可笑。那人只收五十格里夫纳——"汽油钱。"他说。临别时，他和谢尔盖伊奇握了握手，热情而又同情地望着他。他没有问这个外来的养蜂人的个人生活，显然加利娅一定告诉了对方他的基本情况。

晚上，谢尔盖伊奇独自一人坐在篝火旁的床单上，和他的新蜜蜂和老蜜蜂待在一起。他从后备厢里拿出蜂蜜酒、塑料杯和手机。天色已经黑了下来，这使得篝火显得更亮了。他给自己倒了半杯蜂蜜酒，拨打帕什卡的电话。不知为什么，他认为"不在服务区内"——电话从这里不可能通到他们的村庄。但嘟嘟嘟三声之后，咔哒了一声。

"怎么，是你吗？"帕什卡吃惊地用沙哑的声音问道。

"是的，是我，你在哪里？在家吗？"

"是的，在家看电视。"

"怎么，供电了？"谢尔盖伊奇喊道。

"不，我这是在跟你开玩笑。没有电。"帕什卡安慰他，"一切和从前一样，就是炮击的次数更多了。"

"向哪里炮击呢？"

"猜猜看？互相对射。在夜里，有时炮弹飞得很低，肉眼都能看见……特别可怕……然后，在另外的方向爆炸！"

"明白了，"谢尔盖伊奇叹了一口气，"你最近去看我家了吧？"

"你不在家，我去做什么？"

"嗯，去看看一切都还正常吗。"谢尔盖伊奇感到不快，提醒说。

"嗯，别担心，"帕什卡回答说，"一周前我去过了，一切都很好，什么都没坏，就是有老鼠的味道，现在村子里没有猫。"

"你打开门通通风。"

"要么很晚，要么很早，在空气新鲜的时候去开窗通风，现在白天大部分时间都闷得要命。下次我去通风吧，没问题。我一直想去斯韦特洛耶的废弃采石场游个泳。"

"你疯了还是怎么的？"谢尔盖伊奇大喊，"他们会开枪打死你的，照顾自己吧，好吗？我的餐柜底下有姜味的伏特加，就在文件后面。拿去吧——都是你的了。"

"谢谢，"帕什卡回答，"我已经没有喝的了。卡鲁谢里诺有了新指挥官，他来自库班，特别严厉。卡鲁谢里诺的朋友们现在也不敢来，我也不敢去……你什么时候回来？"

"我这里一切都好，"谢尔盖伊奇说，他立刻感到内疚，"蜜蜂很好，蜂蜜也卖上了好价钱。我还要再待一段时间，我回去时给你带些东西。"

"好吧。不过别在外面待太久，听见了吗？"帕什卡恳求道。

这次电话让谢尔盖伊奇很难过。他似乎期待着更多的消息——要么是更多的消息,要么是帕什卡对他想打电话一事感到高兴。但他没有收到任何消息,没有听到任何喜悦。无用的对话,显然帕什卡生他的气了。他过得很艰难,独自一人,头顶上是飞来飞去的炮弹,没有人可以说话。

我应该给维塔利娜打个电话,一分钟后谢尔盖伊奇这么想着。

但手机已经装进口袋里了,养蜂人不想再把它拿出来。

第 38 章

早晨,谢尔盖伊奇被那熟悉的轻型摩托车的轰鸣声吵醒了。

他从帐篷里爬出来。像往常一样,天空乌云密布,没有一丝太阳的影子。

"我给你煮了两个鸡蛋。"加利娅把手提袋放在已经熄灭的篝火旁的草地上,里面显然不止两个鸡蛋。

她从蓝色保暖外套的口袋里掏出火柴盒(谢尔盖伊奇从来没有见她穿过这件外套),然后又从地上捡起一些细树枝,用一根火柴就熟练地点燃了篝火。她又开始从手提袋里拿出一个包裹,把它们放在一张报纸上。

她的忙碌感染了谢尔盖伊奇,他开始往水壶里加水,又到树林里去捡一些粗树枝加在篝火上,做完这些,他又到帐篷里拿出卷好了的床单,铺在习惯坐的地方。

煮鸡蛋还热着,这让养蜂人回想起他的斯韦特洛耶之行，他踏着冰雪覆盖的道路到娜斯塔西娅那里用蜂蜜换了二十个鸡蛋。此刻，加利娅把香肠三明治、切片奶酪、一盘草莓和两个火柴盒都摆在报纸上了，一个火柴盒装的是盐，另一个装的是白糖。

他们一起吃着早餐，加利娅不时地看手表。

"你赶时间吗？"养蜂人问。

"七点刚过，我有货要进。我得赶回店里。"

"送的是什么货？"

"早晨送香肠、牛奶，中午送鱼罐头和酒类。"

"蜂蜜卖得怎么样？"

"卖得好着呢，我现在可以从你这儿拿几罐，省得再跑一趟。"

"好的，"谢尔盖伊奇点点头，"谢谢你给我介绍了那个养蜂人，我本来打算开车去他那里去取摇蜜的机器，可是他开车送来了设备，还帮我一起摇了蜂蜜。"

"是的，他人不错，"加利娅附和着，"就是有一点贪心，但现在不贪心怎么能够活下去啊。对呀，你怎么不给我打电话？"她突然问道。

"我只是……我是说，我……我做不到，"谢尔盖伊奇承认，"我真的不擅长打电话，所以我才不敢给你打电话，甚至不敢给我前妻打电话。我试过了，但没有用。我打电话给家里的朋友，但结果很糟糕——一场愚蠢的对话。如果我真的有什么重要的事情要说，那么也许……"

"是的，"加利娅表示同意，"无论如何，当你和一个人在一起的时候、面对面的时候，交流会更好，而不是把话憋在心里面。"

谢尔盖伊奇注意到水壶冒着热气，便站了起来。他抬头望着天空，仿佛想从这缭绕的蒸汽中追踪未来命运似的。

实际上他关心的是天空的乌云。他想可能要下雨了，即使这雨现在不下，午饭前肯定会下的。

加利娅准备回家，养蜂人帮忙把两罐一升装的蜂蜜放在袋子里，用橡胶带把袋子固定在她的摩托车后备厢上面。他还把手机和充电器一起给她，让她在小店充电，他答应午饭前去取。

终于在十一点左右下起了雨，但雨很小，连火都浇不灭，更不用说蜜蜂了。当然，气温确实下降了一点，所以谢尔盖伊奇从行李里翻出一件毛衣，还有一顶橙色的帽子，上面有"矿工足球俱乐部"几个字。他把帽子拉到耳朵下面，免得被毛毛雨打湿了。突然，他想照照镜子——但是他到哪里去找镜子呢？他的目光转向汽车。他坐在方向盘后面，调整了后视镜，以便能看到自己。他瞥了瞥后视镜里的自己——似乎太老了，头发蓬乱地从帽子下面伸出来，好像一个流浪汉……

雨点打在挡风玻璃上的声音越来越大，谢尔盖伊奇发动了汽车，打开雨刷，在刺耳的音乐声中向商店驶去。

加利娅给他一块新鲜的肉肠，大量的甜茶和两公斤的蜂蜜钱。

"你们村里有理发店吗？"他边说边把充了电的手机塞

进口袋。

"没有，我们村里没有，在韦塞莱市有好几个店。就在高速公路旁，右侧有好几幢五层楼，里面就有一家，开车十五分钟。"

"有洗澡的地方吗？"谢尔盖伊奇的声音里流露歉意和腼腆，"也许，韦塞莱也有澡堂吧？"

"要什么澡堂呀？"加利娅居高临下地看了他一眼，"我家有热水器，你可以在我家洗澡。"

淋浴的邀请使谢尔盖伊奇兴奋起来，他赶忙计划着。

"太好了，太好了——我现在开车去理个发，然后再回来洗澡！"

"好的，快去吧，"加利娅微笑着，"今天是什么日子，你的生日吗？"

谢尔盖伊奇摇了摇头。

大约二十分钟后，他看见路边有一块牌子，上面写着"韦塞莱"几个字，还有两个牛头的盾形纹章。前面是几幢五层高的楼房，右侧的第一栋不在大街上，而是在平行的小街上，他毫不费力地找到了一家理发店。里面没有顾客，一位穿着蓝色工作长衫的苗条年轻女子坐在美甲桌旁，听到门开了，她的目光从平板电脑上移开。

"您需要洗头吗？"他在理发椅上坐下后，姑娘问。

"不用了。"谢尔盖伊奇回答。

"您喜欢什么样的发型？"

"短一些的，不需要梳理的就行。"

姑娘开始理发。八分钟后,谢尔盖伊奇在眼前的大镜子里看到自己全新的形象,他很满意,除了脸颊和下巴上凹凸不平的胡茬。

"需要刮一下脸吗?"年轻的理发师猜到了他的心思。

顾客点头同意。

走到街上,谢尔盖伊奇精神焕发,似乎变年轻了。他的脸颊因为喷了古龙水而感到热辣辣的,他的后颈也痛得很厉害,那个年轻女人也用剃刀刮了那里,还喷了一个绿色瓶子里的液体。他甚至有点不好意思,因为这一切——理发和刮脸——只花了三十格里夫纳。

回到车里,发动了引擎,他想,不对,大老远来到市里,却只刚到郊区。他决定开车兜一圈,熟悉一下这个城镇。

养蜂人把车开到大路。他经过一座镀金圆顶的木结构教堂,还经过了一家银行,一家超市闪过,超市的名字很有趣,叫"瓦库拉"。很快,他就开到了城镇的另一端,然后返了回去。

不到一个小时,他就从头到脚干净利落地坐在加利娅家的桌旁。一把房门的钥匙放在桌布上——加利娅又一次毫无顾忌地把钥匙交给了他,仿佛他是她的丈夫。她把钥匙递了他,让他在家等她下班回来,并答应回家后做一顿晚饭。加利娅的手脚很麻利,这是一位很称职的女主人,做的每样东西都是又好吃又快——除了红菜汤,她花了足够多的时间来做红菜汤,因为匆匆忙忙可是做不出好喝的红菜汤的。

每次都是这样：当他在她家里的时候，总是忍不住要想她。确实有很多事情需要考虑。她总是提出了一些简单易懂的理由，让人反思。女人总是比男人更发人深省。

是的，她是一个好女人，谢尔盖伊奇想。很会做饭。她一个人住在这里，过这种毫无意义的生活，没有男人，太不公平了……但是她长得太普通了，就连她的名字也很普通——加利娅，对于我来说，和她在一起的生活太平淡了。

这些念头使谢尔盖伊奇想起了另一张面孔，他的前妻维塔利娜。他想起了她的衣着，想起了她对文尼察市的抱怨，想起了他的家乡，想起了他们在一起的生活。突然间，前妻的行为中曾经激怒过他的一切都浮现在他的脑海中，这一切就像一个孩子的滑稽动作——在多年之后，这些滑稽动作会引起父母怀旧的微笑。

谢尔盖伊奇叹了一口气，打开电视机，试图排解自己的思绪。他找到一个没头没尾的侦探连续剧，看着剧中的英雄们互相追逐和厮杀，他头脑平静了下来。他在枪声和刺耳的刹车声中等待着，最后加利娅回来了。

晚饭前和吃饭时，加利娅都没有表达谢尔盖伊奇所熟悉的那个愿望。这使他有些吃惊。她喜欢他的新发型，用手掌抚摸着他的平头，抚摸着、笑着，直到他生气阻止了她。后来她追问他是否喜欢市中心？看见雕像了没有？到过哪些商店？

为了讨加利娅高兴，谢尔盖伊奇对韦塞莱市大加赞扬，还补充说"那里的人都很友好"。其实他指的不是所有居民，而是那个年轻的女理发师。

"是的,我们的人都很友好。我们这里和那里都不错。村里大约有三十个人在韦塞莱的食品机器制造厂工作,也许还要招人,他们正在扩大规模。"

她滔滔不绝地赞美了市中心整整五分钟,当然也没有忘记夸自己的村子,直到谢尔盖伊奇从桌边站起来,示意要离开时,她才不说话了。在那一刻,她的脸上露出了困惑,她一定以为他会留下明天早晨再走。显然,任何一个女人都会认为,一个男人在一个女人家淋浴以后,会在这个女人家过夜的。

谢尔盖伊奇却相反,他感谢她的热水和晚餐,像一个家庭成员那样热情地告别。他说了句"下次见",走出了屋子。

绿色的日古利汽车就停在大门旁边的篱笆外,黑夜使人们难以分辨汽车的颜色。一片漆黑,反射着即将满月的月光,还有远处偶尔闪现的暗淡的微光。从附近街道某个地方,传来了响亮的谈话声。两个人在争论足球。谢尔盖伊奇听到了"迪纳摩"一词,他伸手摸了摸头,看看自己是否还戴着那顶橙色的带有矿工足球俱乐部字样的帽子。他一边摸索着帽子,一边在嘲笑自己,因为他清楚地记得,来之前把帽子扔进了帐篷。

汽车开到杂货店门口时,一个举着手的身影出现在车灯里。养蜂人猛地踩住刹车,汽车一个趔趄,他的胸部撞在方向盘上。

他气呼呼地下车,准备狠狠地揍那个想往车轮下钻的白痴。

那个破坏他情绪的人比他矮，而且站都站不直。

"送我去韦塞莱吧，兄弟。"那人请求说。

"我可以把你送到高速公路上。"谢尔盖伊奇说。他的愤怒变成了怜悯，对一个醉汉生气毫无意义。

"没有人会在那里接我……"

"我送你，谁付汽油钱？"

"汽油钱？"那人重复了一句，"怎么，你没有钱吗？你是'顿涅茨克人'，不是吗？"

谢尔盖伊奇非常惊讶。

"上车吧，"他想了片刻说，"我送你一程。"最后那句话从他嘴里说出更像是威胁。

那人没有发觉这一细节，他扑通一声坐在副驾驶座位上。

"谁告诉你我来自顿涅茨克？"他问。他们已经离开村庄，把教堂和墓地远远抛在身后。

"大家都知道，"乘客耸耸肩，"你很会讨女人的欢心，一切都很顺利。我的朋友克里姆，他追求加利娅一年多了，毫无结果，可是你刚一来——她立刻就成为你的女人了！你在顿涅茨克没有女人吧，是不是？"

乘客打了个哈欠。

"你为什么这么说呢？"谢尔盖伊奇问，"如果我从那里来，就意味着我不是好人？"

"有谁知道呢？"乘客说着，他摆了摆手。

"如果我是坏人，为什么要送你到韦塞莱去？我根本不需要到那里去。"

"听着,我没有说你不是好人,我说你是'顿涅茨克人'……"

乘客打了个哈欠,把头歪到肩膀上,打起盹来。

上了高速公路,转向韦塞莱市,车多了起来,对面开来的汽车车灯很是刺眼。刚进入市区,他就看到今天理发的五层楼里灯光明亮。于是他停下车,轻轻地把乘客推醒。

"我们到了。"他告诉对方。

乘客抬起头,朝挡风玻璃看了看,然后转向他。"再开远一点,好吗?你知道超市在哪儿吗,瓦库拉?"

谢尔盖伊奇咧嘴一笑。这种巧合是编不出来的,早上他在加利娅的建议下来这里理发的,现在他晚上又回来了,像出租车司机一样,给当地的一个醉汉提供接送服务。

养蜂人把他的乘客送到超市。分手时,醉汉给了他一个惊喜,他付了十格里夫纳的汽油费。

"你叫什么名字?"谢尔盖伊奇一边从车里爬出来,一边问那个人。

"阿廖沙。"他转向谢尔盖伊奇说。后者更仔细地端详他的脸,一张普通的脸,看得出早晨刮过胡子。

"阿廖沙,我不是顿涅茨克人。我是从灰色地带来的。你明白吗?我在矿上干了一辈子,没有杀过任何人,也没偷过任何东西。"

"你为什么要跟我说这些?"阿廖沙耸了耸肩膀,"我什么也没说……这是他们,"他指了指背后,"这是他们说的……还有电视上也……"

谢尔盖伊奇不慌不忙地往回开着车。他在想加利娅、她的村庄和村民们,他现在知道了,他们一直在议论他。

迎面而来的汽车前灯十分刺眼,他生怕自己错过转向回村子的土路,一直握着方向盘,凝视着前方。

第 39 章

夏天的一周过去了。这一周充满蜜蜂翅膀振动的合唱、慷慨的阳光和三次与加利娅的会面，当然还有每次都精心煮的红菜汤。她煮红菜汤不怕花费时间，小火慢炖，汤里放了白色的芸豆，芸豆入口，先是在牙齿之间爆开，然后融化在舌间。那天晚上的晚饭只有红菜汤，当然，她做得很好，配上黑麦面包、伏特加和大蒜。那天是星期五的一个晚上，谢尔盖伊奇在加利娅家里开始感到很舒服。他突然感到害怕。他害怕再有两三次这样的晚餐，他就不再想回帐篷了。每天晚上，透过薄薄的睡袋和橡胶帆布底，粗粝的土地硌得他的肋骨疼痛。他悄悄地在加利娅家住下来，无须征求女主人的同意。他知道她想要什么。她对他的这种欲望是合理的，合乎自然法则，所有生物都愿意成双成对地生活，除了蜜蜂和它们的同类。

他们俩坐在桌旁，窗外是单调的雨声。雨点好像故意敲打玻璃，令人不安，好让谢尔盖伊奇留下来和加利娅过夜。事情就是这样发生的。他没有像以前那样,因为担心蜜蜂而在夜里突然醒来,而且雨水也起了作用,因为他知道雨水会让蜜蜂们待在蜂巢里。蜜蜂不喜欢下雨,所以他们会在蜂箱里发脾气。下雨的时候养蜂人最好不要往蜂箱里偷看——很容易被蜜蜂蜇。蜜蜂生气还因为下雨妨碍他们工作。

第二天早上,谢尔盖伊奇也没有急着赶回去,早饭后,加利娅请他到地窖里去帮忙。谢尔盖伊奇沿着一段混凝土台阶走了大约两米深,来到一个拱形天棚下一盏不太亮的电灯照亮的空间。

按照女主人的要求,他把三个空木桶从一个角落搬到另一个角落,并把三个也是空的木箱搬到院子里。他再次下到地窖,意识到她其实并不需要他帮忙,她自己完全可以毫不费力就完成这一切。就是说,她只想让他看一看她的地窖吧?一定是……

他的猜想在他再次下地窖时被证实了:在昏暗的灯光下,他看到一个空木架子上放着一个瓶子和两个玻璃杯,里面装满了一种深色的液体。

"樱桃酒,"加利娅甜甜地说,"去年我酿造的。你尝一尝。"

他们一人倒了一杯甜酒,一饮而尽。加利娅热烈地拥抱他,把她那樱桃味的嘴唇凑到他的嘴边。养蜂人没有反抗,他回敬了她的拥抱,紧紧地搂住她。不知为什么,他突然为她感到难过,仿佛有人要伤害她。

"你真冷静,"她贴在他的耳边低语,她的呼吸是温暖的,"和你在一起我会很开心的。"

第 40 章

一个淅淅沥沥下雨的清晨，谢尔盖伊奇听到熟悉的摩托车的响声。他从帐篷里探出头张望，一定是加利娅送早饭来了，他想这样的天气他们不可能在篝火旁吃早餐，应该在帐篷里一起吃了。

加利娅把轻型摩托车停在树下，跑向帐篷。谢尔盖伊奇给她腾出地方，疑惑地看着她的手，她手里什么都没拿，没有袋子，也没有包裹。

"我们必须九点钟赶到！"她急促地说道，"维奇卡·萨莫伊连科在顿巴斯被打死了……我们要去迎接他。"

"你这是什么意思？迎接——不是被打死了吗？"

"你没在电视上看过吗？西乌克兰人是如何迎接死者的？他们在路边跪成一排，我们比他们差吗？"她喘了一口气，解释说，"全村都出动了！"

"如果全村出动……"谢尔盖伊奇温顺地点了点头回答着。

大约八点半，加利娅带着养蜂人冒着雨到了指定地点，高速公路的转弯处。他们把轻型摩托车停在杏树林里，在一棵杏树下躲了一小会儿雨。湿漉漉的草地上落满了从树上掉下的熟透了的杏，谢尔盖伊奇捡起两个完好无损的杏，用手擦了擦，递给加利娅。她接过熟透了杏，顺手掰成两半，杏核自然脱落，蹦了出来。

"真甜。"加利娅舔着嘴唇，含情脉脉地看着谢尔盖伊奇。

几辆汽车从村子方向开来，停在路旁。谢尔盖伊奇环顾四周，开始焦虑起来。穿着深色外套和披风、打着雨伞的人们，从村子的方向和市区方向成群结队来到这里——如果不开车的话，这路途可不近呢。谢尔盖伊奇回想起，沿着这条路往前走，有通往其他村庄的标志，或许这些人不一定都是从韦塞莱市来的。

他感到不安和寒冷，这似乎和这场雨没有关系，因为雨并不凉。

"接下来做什么？"他问加利娅。

"什么接下来？"

"我们迎接死者以后做什么？"

"我们会去墓地，举行葬礼仪式，下葬、丧宴，葬礼常规的流程。"

加利娅轻声细语地说着，她温柔、悦耳的声音比语言更能够使谢尔盖伊奇安心。但是好景不长。三个披着黑披肩的女人站在他们避雨的同一棵树下，其中一个人向加利娅和谢尔盖伊奇投去敌意的一瞥。

养蜂人避开她们的目光，但依然能够感觉明显的敌意。周围的人越来越多，人们三五成群地站着，或者也有独自一人的，所有人都目不转睛地盯着那条大路，也就是谢尔盖伊奇不久前来的方向，现在是死者来的方向。

"也许我们就不出席了吧？"养蜂人转向加利娅低语道。

"我们还是去吧，最多半个小时，整个院子都用帆布遮盖着的。"

谢尔盖伊奇哀叹一声，这是他第一次在这里产生了如此疏离的感觉，他觉得自己是如此的格格不入。此时这里已经聚集了几百人，他们彼此都认识，他们也认识这个最后一次回到他们身边的人,他将被隆重地安葬在故土。而他，谢尔盖伊奇，与这一切毫无关系。养蜂人不希望自己的出现破坏他们的哀思——毕竟，朋友或熟人的死亡会引起各种各样的情绪。对他来说，待在帐篷里，靠近那些因为下雨而发怒的蜜蜂会更好些，他已经不习惯这种大规模的集会了。和帕什卡一起在一个废弃的村子里待了三年，他明白了一个人即使周围没什么人，也不会有什么不好的结果。相反，这种近乎孤立的状态可以帮助一个人更好地了解自己，了解自己的生活。但现在，他被数百个陌生人包围着，他们因长期生活在同一个环境中而相互联系。对于他们来说，他是什么人？有什么用？

站在道路两旁的人们开始把雨伞收了起来。谢尔盖伊奇感觉到迎接死者的人群里一阵骚动，一个动作——或者更确切地说，一种兴奋的表情——浮现在人们的脸上，那些成群的或独自躲在树下的人们,纷纷走到马路边上。加利娅拽了拽谢尔盖伊奇的袖子。

"我们走吧。"她低声说。

谢尔盖伊奇朝大路望去,那些站在高速公路拐弯处的人们已经开始跪下,他们动作非常缓慢,与平时在教堂里跪拜不同。在教堂里,人们是在神父一声令下统一跪到木地板上。

他和加利娅在通往村子的路边停车坪边上停了下来,离拐弯处大约五十米远。他们对面是一排满脸湿漉漉、愁眉苦脸的男男女女。其中一个人戴着一顶从夹克上拆下来的绿色帽兜而非帽子,他已经跪了下来,他两旁的女人们也都跪下了。

谢尔盖伊奇愣住了。他仍然站着,虽然他左面的加利娅已经跪下,右面一个大约十五岁的男孩子也已跪下,男孩身旁跪着的一定是他的父母,都很年轻。

"跪下吧。"加利娅催促他。

但养蜂人转向灵车开来的方向,一辆深绿色的"救护车"——老式小型货车在路上缓慢行驶,后面跟着几辆土黄色的吉普车。谢尔盖伊奇盯着那辆"救护车"看,它在拐弯处几乎停了下来。

加利娅用手紧张地揪了一下谢尔盖伊奇的裤子。他咬着嘴唇,为什么要和他们一起下跪?而且是跪在泥地上?很久很久以前,当他还是孩子的时候,每次因为在学校里打架受到父亲惩罚,他都要下跪,他还曾经在教堂里跪过几次。只有弱者才会跪下。在教堂里，每个人在上帝面前都是软弱的——这是有道理的，即便如此，他也不喜欢教堂里的下跪。

"谢尔盖！"加利娅紧张而愤怒的声音从下面传到他的耳边。

谢尔盖伊奇又沉重地叹了一口气，跪在加利娅身边。他意识到有几双眼睛正充满敌意地注视着他。对面马路的目光冷漠得像一把叉子刺向他，就连右边的那个男孩也神情严肃瞪着他。紧接着那辆绿色的小货车开了过来，人们都低下头，目不转睛地盯着地面。谢尔盖伊奇也低下头。他瘫软着，感到全身的力气都消失了，仿佛上帝那只肌肉发达的手从背后推了他一把，把他摔倒在地。他瘫倒着，成了一个无名小卒，失去了姓名，也失去了骄傲。

他想起三年前有人在卡鲁谢里诺的公交车站写的一句话："没有人能让顿巴斯屈服！"

好吧，那帮混蛋终于做到了，他自言自语道，但立即摇了摇头，他被自己的这种想法吓坏了，这种想法对他来说是如此的陌生和危险。

我怎么了？这里的人们如此悲伤，他一边想，一边审视着水坑里自己的倒影。倒影中阴云密布、黑暗、阴郁——就像今天的天气，太阳拒绝温暖和照亮人类世界——拒绝或者无能为力。

那辆老式货车缓缓地向村庄驶去，包括谢尔盖伊奇在内的所有人都在看着它离去，他们并不急于站起来。谢尔盖伊奇注视着通往村子的道路，男人、女人和孩子们都跪着不动，在载着死者的灵车驶近时大家才低下头来。

时间凝固了。没有人注意到雨已经停了，但乌云并没有散开，跪在湿漉漉道路两旁迎接灵车的人们开始走动起来。有的人追随着灵车径直朝村子的方向走去；有的人站起来，拍拍身子，或是去树下取回自行车、摩托车，或者不慌不忙回到车里，坐上日古利或是莫斯科人汽车，准备上路。

谢尔盖伊奇急忙站起来，他把加利娅扶起来。她充满同情地看了谢尔盖伊奇一眼，但什么也没有说。他们回到杏树下取车，她脸上的表情是忧郁的。他又找到了一颗熟透但完好无损的杏子，拿起来擦了擦，递给加利娅，但她摇了摇头，于是他自己吃了起来，嘴里充满了发酵的甘甜滋味。

"我不去了。"吃完杏之后，谢尔盖伊奇果断地说。

加利娅点了点头。大约五分钟后，当汽车车队开始上路向着村子方向开去时，她也骑上轻型摩托车离开了。

谢尔盖伊奇沿着高速公路往韦塞莱市方向走着。一辆公共汽车开了过去，后面跟着两辆卡车，车辆呼啸而过，令他感到压抑。只有当他走上通往蜜蜂所在的小树林的土路时，周围的环境才变得安静起来。独自一人走在这条通向田野的土路，感觉真好。这是他的路——通往他和蜜蜂们的临时住处，这里没有其他人，也不应该有。

他想象着数百人顶着一张张湿漉漉的、阴沉的脸，沿着沥青路向墓地和教堂走去，想象着加利娅低着头和他们走在一起。这让他感到疼痛，好像他躺在沥青路面上，因为某种未知的罪孽，被每个行人故意踩上一脚似的。然后被扔到几百英尺下的地方。

第 41 章

帐篷最左边的角落里供奉着圣·尼古拉显灵者的圣像，圣像前点着来自教堂的蜡烛。在路上的时候，这张明信片大小的圣像，被他安放在车子前面的储物箱里。大雨打在柔软的帐篷顶上哗啦作响，谢尔盖伊奇抬起头来，仔细聆听这令人心烦的雨声，随即又把目光投向了圣像。卡片里蓄着大胡须的显灵者在烛光照耀下熠熠生辉。

养蜂人陷入了悲痛之中。他徘徊在家乡街道尽头的教堂废墟中，徘徊在邻居们逃离后空无一人、死气沉沉的房屋中，徘徊在米丘林巷米季科夫广场附近的一个大弹坑周围。这是从列宁街到舍甫琴科街的最短路线，即使在街道改名之后也是如此。接着，与帕什卡的分别和前往卡鲁谢里诺的景象又相继浮现在记忆中。通往卡鲁谢里诺的路上，他小心翼翼、战战兢兢地开着车，后面挂着装满蜂箱的拖车。

烛光微弱，被雨水打湿的帆布对着火焰散发出潮湿的气息，把昏暗的光留在了角落。但也正是因为圣像只有卡片大小，在烛光中，他的脸比养蜂人的脸更清晰可见。

谢尔盖伊奇尝试着把他的悲伤集中在那个阵亡士兵萨莫伊连科身上。除了他在顿巴斯被害的事实之外，对他一无所知。他的思绪很快跳到士兵彼得罗身上，他带着一枚手榴弹来到他家中。然后他又想起那个戴耳环的士兵，他已经在田野上被埋了半个冬天，双方都不愿意为他收尸下葬，这本来是一件体面的事。他还回忆起来自鄂木斯克的狙击手被炸死的情景，那个狙击手在克鲁平家的菜园边上给自己建了一个隐蔽点。养蜂人摇了摇头，叹了口气。他拿出两个杯子和一瓶酒，把一个杯子倒满，放在圣像前。他在第二个杯子里倒了一点，自己喝了下去。

"愿他灵魂安息吧。"他低声说。

他似乎听到回声，他的低语好像又重复了一遍——起初在背后，然后在右边。他用适应了黑暗的眼睛谨慎地环顾四周，然后又转向蜡烛。

蜡烛的火焰越来越短。很快，枯黄的烛芯滑落到烛台的边缘，靠在烛台壁上，黄色的火苗逐渐熄灭了。接着，他不由自主地想到了那个他不认识的萨莫伊连科。

谢尔盖伊奇开始想象他，但在他脑海中出现的只是一个穿着制服的士兵，躺在地上死了——没有脸，没有胳膊。那个士兵躺在刚铲完雪的黑土上。养蜂人仿佛看到小草穿过泥土，舒展的小草把青翠洒向广袤的大地，遮蔽了黑暗。那个士兵也消失了，和长在他身上的草融为一体，变得难以辨认。

谢尔盖伊奇铺好了睡袋,熄灭了蜡烛。

他闭上眼睛,回忆起跪在路边的情景——无穷无尽的人群,其中有他自己,还有加利娅。

为什么这样?他想,他不是什么英雄,也不是航天员……

他回想起很久以前的一场葬礼,一位同乡的尸体被从阿富汗战场上运回村里。那天全村的人都来了。墓地上有很长的悼词,很多人讲话,但没有人跪下。每个人都站着,只有死者的母亲想要趴到墓穴上,拥抱躺在里面的儿子。但她周围的人阻止了她。他们把她拉回来,把她带走,当她被朋友和亲戚包围时,士兵们用自动步枪向天空射击,并用花圈覆盖了坟墓。

谢尔盖伊奇想,上帝保佑他。无论是阿富汗战争中的士兵,还是顿涅茨克战争中的士兵,他们都融入了他的脑海里。

养蜂人打起了瞌睡。睡梦中,他看见自己在一个矿用罐笼里,身边站着一群普通矿工,只是他穿着一件黑色长袍,胸前挂着一个银十字架,但腰间系着的腰带上,用钩环扣着一个防毒面具和一个一升的水壶。大约十分钟后,罐笼下降到矿井的底部,矿工们走了出来,穿着黑袍的谢尔盖伊奇跟在他们后面。突然,传来教堂唱诗班的男声合唱。他们在赞美上帝,歌声洪亮、高亢,甚至有点粗鲁的、被冒犯的和愤怒的意味——但他们唱得字正腔圆、吐字清晰。

谢尔盖伊奇聆听着。

唱诗班唱道:"凭你的慈爱,剪除我的仇敌,灭绝一切苦待我灵魂的人;因为我是你的仆人。"

透过梦境,谢尔盖伊奇听见与男声合唱不协调的叫喊声,是一阵尖叫。谢尔盖伊奇环顾四周,目之所及是凹凸不平的黑煤墙和唱诗班里矿工们黑魆魆的面孔,他们每个人的黑衣服上都戴着一个巴掌大小的闪闪发光的银十字架。不,所有的矿工都同时张着嘴,加入到赞美诗的合唱中。那个不属于他们的声音来自一个看不见的高度——来自地球表面。养蜂人抬起头来凝视着高处,只见一阵薄雾,雾气后面似乎有一盏探照灯透出一片强光。

"你他妈怎么了?"一个男人用尖细的声音喊着,而且声音越来越大,"出来吧,你这狗屎!"

喊声把养蜂人叫醒。虽然睁开了眼睛,但他的意识似乎还停留在梦境中。他注视着帐篷外的动静,慢慢从梦境中苏醒过来。

"谁啊?"他声音嘶哑地问。

"出来你就知道了!"那个声音回答。

谢尔盖伊奇站起来,向帐篷的角落瞥了一眼,立在那里的圣像此刻看不清面目了。他划了一根火柴,拿出一根蜡烛点燃,插在罐子里。与此同时,两个面孔激动的男人闯进了帐篷。

黑夜中,有一个人抓住他的手,使劲地拽着他,试图把他拉出帐篷。谢尔盖伊奇差点儿跌倒,他猛地用力,把手挣脱出来。他踉踉跄跄地往后退了几步,试图弄清楚前面的人是谁,有多少人。

深蓝色的天空下,映衬着两个人的黑影。

"你想干什么?"养蜂人冷冷地问道,没有一丝恐惧。

"我来告诉你。"其中一个人用醉醺醺的声音回答。这是一个年轻人,他摇摇晃晃地举起拳头朝谢尔盖伊奇的脸打去。

那拳头很可能要打到养蜂人了,但第二个似乎年长一些的家伙,把他摇摇晃晃的同伴拉了回来,试图阻止他挑起争斗。

"你到底为什么到这里来?就是因为你,萨什卡才被杀的,你这个混蛋!"

"瓦利克,冷静点!"第二个男人严厉地说。

"我怎么能够冷静,米哈雷奇?"年轻的转向年长的问道,"难道是你躺在战壕里挨炮弹的吗?不,那是我!是你受震荡了吗?不!你在学校忙着给孩子们讲故事!我确实受震伤了,你这个混蛋!他在哪里?我告诉你他在哪儿——在前线的另一边!"年轻人说最后这句话时几乎喘不上气来。

谢尔盖伊奇已经习惯了眼前的黑暗,现在他可以看清两位不速之客的面孔了。

"我当时在家里,从未向任何人开过一枪。"谢尔盖伊奇声音沙哑地辩驳道。他闻到了伏特加酒的味道。

"在家里,嗯?"年轻人再次抬起头,重复了一遍,"那你为什么不留在顿涅茨克的家里?跑到这里来干什么?"

"我不是从顿涅茨克来的,"谢尔盖伊奇回答,"我来自灰色地带!"

年长的那个重复了养蜂人的话,"听见了吗?他不是从顿涅茨克来的!"

"见鬼了,整个顿巴斯都是灰色地带!"醉醺醺的瓦利克对着米哈雷奇说,"他为什么不来参加葬礼?不在丧宴时候喝上一杯?"

"我在这里人生地不熟,"谢尔盖伊奇解释说,"感觉不太方便……但我纪念了亡者,表达了我的敬意……"

"你在什么地方纪念他的?"年轻人不相信地撇了撇嘴。谢尔盖伊奇注意到年轻人右脸颊上有一道长长的伤疤,从耳朵下方一直延伸到鼻梁。

"在那里,"谢尔盖伊奇朝他的帐篷点了点头,"我还点了一支蜡烛——该做的我都做了。"

养蜂人注意到年轻人并没有在听他说话,而是盯着篝火旁边的斧子。只有年长的那个人在听——那个被年轻人称作米哈雷奇的人。

"进来看看吧。"谢尔盖伊奇说,然后转身进了帐篷。从背后的声音判断,他的邀请被接受了。

养蜂人坐在睡袋上,米哈雷奇则在他旁边坐下。但年轻人留在夜空之下,没有进来。

米哈雷奇看着蜡烛,又看了看圣像,他的眼神变得柔和了。

"他不进来吗?"谢尔盖伊奇问。

"可能是在吸烟吧，"米哈雷奇说，"他曾经是个很平和的人，我教过他历史。"

"我们来纪念一下阵亡者？"帐篷的主人提议道。

米哈雷奇同意了。他看起来比养蜂人小五岁或者七岁的样子。谢尔盖伊奇拿出酒瓶和一个玻璃杯，倒满一杯递给历史老师。

米哈雷奇画了十字，然后一口喝干了杯子里的酒，把杯子递了回去。谢尔盖伊奇给自己倒了一杯，转身对着那张立在蜡烛后面的圣像画了个十字，一饮而尽。

帐篷外面突然传来一声愤怒的叫喊："混蛋！"养蜂人打了个寒颤，疑惑地瞥了一眼米哈雷奇。

历史老师摇了摇头，叹了口气，然后挥挥右手，好像在说："我们无能为力……"

然后他们听到一声巨响，还伴随着一阵奇怪的声音，听起来就像有人用棍子敲打厚纸板，或者用铁锹敲打更厚的东西，比如金属板。

谢尔盖伊奇猛然站起来，老师也同时站了起来，挡住养蜂人的去路。

"不要出去！待在这儿，"他说，"外面危险……"

"他在砸什么呢？"谢尔盖伊奇问，然而在老师回答之前，他意识到"反恐分子"正在破坏他的车[8]。

谢尔盖伊奇试图推开历史老师，但他抓住养蜂人的肩膀，把他推回到睡袋上。事实证明，米哈雷奇的手更有劲儿。

"我求你了，"老师紧张地说道，声音里还带着焦虑，"他受过震伤,你现在阻止不了他。"

"如果他伤害我的蜜蜂怎么办?"谢尔盖伊奇喊道,"我就应该待在这里?躲起来吗?不可能——我不怕他!"

谢尔盖伊奇把老师推到一边,差一点就冲出了帐篷,但米哈雷奇继续挣扎着,抓住养蜂人的左手,用尽全力把他往里拽。谢尔盖伊奇猛地倒在睡袋上,老师也跌坐在他旁边。

"我们喝一杯吧,"他坚定地说,"我们最好再喝一杯,纪念亡灵。"

让养蜂人吃惊的是,他伸出手,拿起了放在蜡烛旁边为死去的士兵供奉的酒杯。

"给自己倒一杯。我要为他喝一杯,纪念他。他也是我的学生,萨什卡也是……"

谢尔盖伊奇喘着粗气,紧张地看着帐篷外面,给自己倒酒的时候,他发觉自己的手在颤抖。

外面的喧闹声突然减弱了。养蜂人还没有把杯子送到嘴边,他试图站起来,但老师摇了摇头,表示反对。

"不要出去。"他恳求着。恳求——而不是命令。

谢尔盖伊奇叹了口气,妥协了。他举起酒杯,先是抿了两小口,紧接着又喝了一大口,把杯子里的酒喝光。

"我们坐下来等一小会儿吧,"米哈雷奇说,"我知道他是什么样的人。他现在在抽烟,让自己平静下来。给他十分钟左右,然后我就出去把他带回家。"

谢尔盖伊奇在半明半暗的光线中凝视着老师的眼睛,

带着痛苦和不信任的目光。

"你——你真的最好离开。"米哈雷奇说。因为无法忍受养蜂人的目光,他转过身去,垂下眼睛。

"啊!"瓦利克在帐篷外发出尖厉的哀号,就像消防车的汽笛一样,"我的眼睛!他妈的!我的眼睛!"

米哈雷奇冲出帐篷。养蜂人也同时从睡袋上站起来,但当他意识到瓦利克是在嚎哭而不是叫喊时,他选择待在帐篷里了。

他听到了关车门的声音。接着,是启动汽车。一脚猛踩油门,发动机发出轰鸣。陌生汽车的声音渐渐消失在远处,但谢尔盖伊奇的耳朵却剩下一种奇怪的、苍白的、痛苦的响声,这声音似乎又转为哨声。

血压异常?养蜂人吓了一跳。

终于,他爬出了帐篷。星星在深邃的夜空闪烁,弯月挂在头顶,就像一把被抛向天空的镰刀,卡在那里。夜似乎不那么黑了,谢尔盖伊奇能辨认出树木和帐篷,他朝着蜂箱的方向走了几步之后,看到他的车面目全非。他靠近汽车,发现那位受过震伤的"反恐"士兵用斧头砸碎了所有的车窗,玻璃碎片在脚下发出哀怨的响声。只有挡风玻璃的碎片留在原处,顶部和底部被击打得向内弯曲,驾驶座一侧的窗户已经完全不见了,就好像它从未存在过一样,后面的车窗则布满了裂缝。

谢尔盖伊奇绕着汽车走了一圈,心里一阵刺痛。他回头看了看蜂箱,仔细听了一会儿,听到蜜蜂亲切而熟悉的嗡嗡声。他注意到最近的一个蜂箱上有个模糊的斧头印。显然，瓦利克已经用尽了所有的力量去摧毁那辆车。

"感谢上帝。"谢尔盖伊奇喃喃自语。他伸手去清理挡风玻璃的碎片，这些碎片卡在金属框架内，很容易脱落，毫不费力。谢尔盖伊奇不知道那个年轻人为什么要来搞破坏，有什么意义呢？完成了挡风玻璃的清理工作后，他又开始检查驾驶座一侧的车门。养蜂人有条不紊地把所有没有被斧头粉碎的玻璃都拔了出来。右手掌被玻璃刺破，他把蜂蜜酒浇在伤口上，仍然流血不止。于是谢尔盖伊奇掀开车后备厢的门（门上的玻璃也被清理了），从急救箱里拿出一团棉花，压在伤口上，然后找到一只乳胶手套戴上。血止住了——但突然间，他的嘴里、舌头充满了一股血腥的味道。这种从童年时代就熟悉的味道提醒着养蜂人，他仍然处于危险之中，受了震伤的士兵可能会回来，或者其他的什么人还会在酒后来挑衅。

"你真的最好离开……"这是那位把他以前的学生带到谢尔盖伊奇养蜂场的老师临别时说的话。

养蜂人拿出手机，看了看时间，已经是午夜。他拨通了加利娅的号码。

"嗯，看看谁来了，"那个熟悉的、困倦的声音出现在手机里，"我已经睡了。"

"加利娅，我能过来吗？我真的很需要去一趟。"他请求说。

"当然，过来吧——我去烧水泡茶。"

他坐在驾驶座上。汽车轻松而顺从地发动起来,仿佛对某个陌生人把他所有的愤怒、痛苦和仇恨都发泄在汽车上这件事一点也不生气。

第 42 章

当谢尔盖伊奇驾车驶近墓地时，在黑色天空下，他可以清晰地看见教堂轮廓，迎面一辆救护车疾驰而来，车灯闪烁，汽笛鸣响。谢尔盖伊奇把车停到路边，让救护车驶过。他认出了坐在副驾驶座上的老师米哈雷奇。

真奇怪，他想。他去医院做什么？

养蜂人把汽车停在加利娅家的篱笆旁，下了车，若有所思地看了一眼街灯。嘎吱的开门声太大了，所以谢尔盖伊奇格外小心地在身后轻轻地关上了门——毕竟是半夜了……

一小时后，当加利娅和他从院子出来时，大门又吱吱作响。门照样响着。加利娅的眼睛湿润了，泪水顺着她的脸颊流下来。

"你打算怎么办？车子破成这个样子？"她痛苦地低声问道。

"他还想把蜂箱砸坏，但他没有力气了。"养蜂人自顾自地说，没有回答她的问题。

"灾难啊，"加利娅说，"他会害死我们的。一周前，他往村委会会计的院子里扔了一枚手榴弹，还好没有爆炸。他欠了村委会很多水费。但他喝醉的时候，他总是大喊着别人欠他什么……"

"那我该怎么办？"谢尔盖伊奇又提出这个问题。

他已经两次征询加利娅的意见了，前一次是在家里喝茶的时候问过一次。她只是耸了耸肩膀，伤心地看着他，就好像看着自己离世的亲人那样。

"你最好是离开这里，至少离开一段时间，"她最后劝他，"可能他会被捕、被关进监狱……到时候我打电话告诉你。别走得太远，好吗？梅利托波尔附近有很多美丽的地方，有疗养院，还有小河……"

谢尔盖伊奇把沉思的目光从加利娅身上转向街灯，街灯照在路上，也照在加利娅家的栅栏和门上。灯光洒落在那辆被砸破的汽车上，这使他感到羞愧和痛苦，还伴随着愤怒。这愤怒似乎出自内心，又好像来自苍穹，压迫得他抬不起头来。他害怕其他司机的目光，害怕交警，甚至害怕普通的路人，他们看到他开着这辆没有窗户的汽车，会向车里扔石块。

离天亮还有三个小时，而且早点上路的话不会有太多的车，他想，抓紧时间，赶快离开。

他开车回临时住处，加利娅骑着摩托车跟在车后。坐在没有玻璃的汽车里,摩托车的轰鸣声格外地响。到了营地,他们把拖车安上,再一起把蜂箱抬上拖车。谢尔盖伊奇把六个蜂箱门关好,把它们背靠背地绑在一起,然后又把其他东西都放进了汽车的后备厢。

"过会儿再帮忙四处看看,"养蜂人对加利娅说,"如果我落下什么东西,替我保管好。我的意思是,我会回来的,对吧?"

"当然会回来的。"加利娅安慰他。

听了她的回答后,他才意识到,他的本意不是想请求她,而是安慰。但显然他脑子里有些乱。

养蜂人缓慢地、小心翼翼地把车开到大路上。他在拐弯处停了下来,熄了火。

在路边,他和加利娅拥抱在一起。在夜色的寂静中,他们什么也没说。

"找到地方就给我打电话,"加利娅终于在他耳边低语着,"如果不是特别远,我就去给你送些吃的。"

他点了头,用鼻子蹭了蹭她的太阳穴,还有她冰冷的耳朵,感受到那对金耳环格外寒冷。她头发散发着清晰的苦乐参半的气味,在这一刻,他觉得加利娅是他生命中最亲近、最挚爱的人。他不想让她走,但他还是松开了手臂,她也从他的怀抱中退了出来。

他坐上驾驶室,回头看了看加利娅和她的摩托车,挥了挥手,开车离开。

路上没有车辆,这使谢尔盖伊奇安静下来,这种安静似乎有些催眠的效果，但他不想停下来睡觉。很快，他来到了一个岔路口，路牌显示：顿涅茨克直行，梅利托波尔右转。他开过一个又一个路口，如果拐弯的话，可能会通向安静、隐蔽的角落，他可以在那里搭帐篷，放蜂箱，或许不会有人干扰他和他的蜜蜂的生活。但路上的荒凉和夜间道路的通畅，促使他继续往前走，越走越远，仿佛"更远"就意味着"更好"。突然，一块大路牌出现在前车灯的闪烁中。路牌最上方的主路箭头写着"辛菲罗波尔"。

我是……要到克里米亚了？谢尔盖伊奇心里一阵震惊。但这种震惊是快乐的，就像在街上捡到了十格里夫纳似的。

他想起了克里米亚的鞑靼人阿赫塔姆，多年前他在养蜂人大会上结识了他。就在最近的这个冬天，他还想起了他，甚至试着给他打电话。显然，这趟旅程是命中注定的……

为什么我不去拜访他呢？养蜂人想。他的地址就写在笔记本上，放在后备厢里，还有我所有的证件。他们说鞑靼人很好客，尽管他们不是基督徒——我相信他们不会把我赶出去的。这并不是说我会要求住在他们家里……我只是想找个地方搭帐篷安置蜂箱。

这个想法使谢尔盖伊奇信心大增，他相信自己知道前面的路，也知道路的尽头等待着他的是什么。毕竟，克里米亚有田野、森林和山脉。阿赫塔姆在斯拉维扬斯克告诉过他，那里的空气非常好，人很平和而顺从。那里没有战争，他们——爱好和平的克里米亚人——自己招来了俄罗斯军队。俄军来了，并且留下来保护他们。这听起来不正是他和他的蜜蜂的天堂吗?

他加快了速度,以便在路上挤满了卡车和度假者之前尽可能快一些到达克里米亚。他和他们不一样,他们的度假家人是人类,而他的度假家人是蜜蜂。当然,克里米亚欢迎任何家庭——尤其是蜜蜂家庭。那是个甜蜜的地方。谢尔盖伊奇从来没有去过那里,但每次提到半岛,他都能感受到它的味道,那是蜂蜜和糖的味道。

第 43 章

谢尔盖伊奇很快通过了琼加尔的检查站。在与克里米亚接壤的边界，坐在排队的汽车里等候检查的队伍中，人们向他投来富有同情心的目光，注视着他那辆残破的汽车、他的车牌和他那阴沉的、死人般的脸。传到耳朵里或大或小的声音，不断地夹杂着"难民"这个词，而且伴随着朝向他的眼神或者手势，这使谢尔盖伊奇备感难受。没有挡风玻璃（实际上，车上没有一块玻璃），无论石头还是言语，都使他非常容易受到伤害。在路上，几块碎石被前方行驶的车的车轮碾压后蹦进车里。感谢上帝，没有砸到他的脸。但"难民"一词却数十次地飞进车里，钻进他的耳朵，萦绕不去，如同一群蚊子，无法赶走。在一辆没有玻璃的汽车里，没有任何防御措施。

谢尔盖伊奇慢吞吞地驶过排队的车子，这样他可以不必因为后面有人喊他"你到哪儿去？"时再刹车道歉，然后回到队尾去，人们总是一副惊讶的表情，接着是同情的目光。第一眼落在他的脸，第二眼是落在他的车牌上，仿佛车牌可以解释他的不幸的缘由。当然，车牌确实可以解释——也许不是详细的，或者也不是很具体的，但是……

乌克兰边防军人在检查他的护照，他在地址一栏停了下来，又看了一眼带拖车的汽车。两名海关官员正在检查拖车，他们似乎有点兴奋，甚至有些害怕。

"打算逗留多长时间？"边防军人问。

谢尔盖伊奇耸了耸肩膀，"大概一个月吧。"

"走吧。只是不要在去俄罗斯那边的路上让任何人搭你的便车。这是禁止的，你可能会被罚款。"

谢尔盖伊奇刚一打开驾驶室的车门准备上车，海关官员就走开了。他们的注意力马上转向一辆崭新的深蓝色沃尔沃，这辆车开到岗哨前，停在那辆没有玻璃的绿色日古利车后面。

然而谢尔盖伊奇紧张的心情并没有平复，握住方向盘的手指不停地颤抖，他只有更用力地握住方向盘，注视着前方。在路的两旁，人们背着背包，推着手推车，上面堆放着行李箱和袋子，朝不同方向走着。他从他们身边驶过，过桥后，他看到边防哨所宽大的银色遮雨篷，上面写着：俄罗斯占科伊检查站。他想起了在琼加尔检查站入口处的一个变压器箱上，有人用黑漆写着"离俄罗斯占区十八公里"。

"就是说总共走过了十八公里。"他想。

俄罗斯检查站的军官戴着尖顶的制服帽,穿着熨烫得整整齐齐的衬衫和裤子,向谢尔盖伊奇点了点头,示意他把车子停在那里。养蜂人注意到,当这名军官走近汽车时,脸上的表情从冷漠变成了困惑。

"你的车怎么这样?"他走到驾驶座那边,严厉地问道。

"有人打碎了玻璃,还没来得及修理。"谢尔盖伊奇声音颤抖地解释。

他猜测着军官的想法和自己将如何应对。军官后退了几步,眼睛盯着车牌。"你落在班德拉派[9]的手里,是吗?"他问。

谢尔盖伊奇点了点头——与其说是在回应这个问题,不如说是在回应突然友好起来的气氛。

"带着证件到那里去。"军人说着,指了指一扇挂着"边防检查站"牌子的窗口。

边防军人懒洋洋地从养蜂人手中接过那本破旧的乌克兰护照,他翻了一遍,仔细看了看地址,然后才抬头,眯着眼睛看了看文件的主人。这名边防军人看起来不到三十岁,一脸严肃的表情与他的年龄很不相符,他努力保持着自己严肃的表情,似乎他一放松下来,嘴角马上就会出现微笑。

他从电脑桌旁站起来,隔着窗户看着那辆带拖车的汽车。

"您的车?"他问。

"是的。"

"这个村庄——小斯塔罗格拉多夫卡村——是在顿涅茨克共和国还是在乌克兰?"

"在他们中间，"谢尔盖伊奇谨慎地回答，"在灰色地带。"

"是这样吗？哈！"边防军人很惊讶，但他脸上的表情并没有变化。他二话没说，走出办公室。

谢尔盖伊奇听到身后有脚步声和说话声，便转过身来，看到有三名士兵围着他的那辆"动产"——带着拖车的汽车——检查。一只德国牧羊犬在驯犬员的监督下，在他的拖车周围嗅来嗅去，那名驯犬员还用手指摸了摸被砍过的蜂箱。

谢尔盖伊奇紧张起来。他环顾四周，看看是否所有的车都被这样检查，嗅来嗅去，但除了他的车，俄罗斯人对其他车辆都没有这般关注。

他离开窗口，想去汽车旁看看，但还是决定不要过去。他想，最好别妨碍军人们，让他们检查吧，我没什么好隐瞒的。

仿佛有人明白养蜂人的心思似的，一个军官对他说："把车挪到那边去。"他指着不远处的一个地方，用冷淡的声音命令道。

挪车时，谢尔盖伊奇差点剐蹭到一辆挂着第聂伯罗车牌的红色马自达。

"小心点，顿涅茨克的混蛋！"听到身后有人叫喊，但他没有回头。

养蜂人把车停好，回到了窗前。这时，他身后传来脚步声。

"谢尔盖·谢尔盖伊奇，跟我们来。"

他转过身，看见两个穿着便服的人——也很年轻，脸上是同样严肃的表情。

他们一起来到一幢预制件搭建的房屋，这座建筑物一定是刚被起重机搬到这里，搭建起来的。

"我们能看看您的手机吗？"其中一个人说。

谢尔盖伊奇顺从地把手机递了过去。

"您只有这一部？"

"是的。"

其中一人拿着手机走了；第二个人把谢尔盖伊奇请进了室内。

在一间小办公室，一个穿便服的人坐在桌子旁，手里拿着养蜂人那本破旧的护照。他瞥了一眼对面的椅子示意进来的人坐下。

"您到底要去哪里？"他匆匆地翻阅着文件，头也不抬地说。

"去克里米亚。"谢尔盖伊奇回答。

"我猜到了，但具体去哪里？"

"我……我有地址。我认识一个人，住在巴赫奇萨赖附近。他和我一样，也是一个养蜂人。我不是为了自己去那儿的——我是为了我的蜜蜂，这样他们就可以安静地飞行，酿蜜……"

"好吧，您的朋友叫什么名字？地址呢？您知道自己要去的是另一个国家，去俄罗斯？对吧？"

"我有地址……就在这儿。"谢尔盖伊奇说着，从记事本里撕下一页折了四折,递了过去。

"好,好。"办公室那人点了点头,"您的车怎么了?"

"他们打碎了我的车窗。我在韦塞莱附近的扎波罗热地区停了下来,打算在那里过夏天。"

"您受到的欢迎可不怎么样?"

谢尔盖伊奇点点头。

"因为您是从顿巴斯去的?"

养蜂人再次点点头。

"是啊,"男子叹了一口气,"你们正在经历特别可怕的事情,太可怕了……感谢上帝,我们设法及时解决了克里米亚的问题……您介意和记者们谈谈这件事吗?"

"记者?"谢尔盖伊奇重复了一句。

"没错——我们必须把这些事情说出来。"

"当然。"养蜂人不太有信心地附和。

"他们用什么袭击了这辆车?棍棒?"

"斧头,"养蜂人说,"还要砍蜂箱。"

"您能在这儿等一会儿吗?我马上回来。"

男子走了出去。过了一会儿,一个穿着军装的女士走了进来,把一杯茶和一个糖罐放在谢尔盖伊奇面前。养蜂人往茶里加了两勺白糖,他的恐惧和困惑渐渐消失。是茶驱走了他身体上那种不寻常的、令人不快的寒意——这种寒意纯粹是心理上的,与夏日阳光下的空气和温度无关。

谢尔盖伊奇喝着茶,每一口都是享受。这使他平静下来,让他能够以和平、友好的表情迎接那个穿便服的人回来。

穿便服的人拿着一张顿巴斯地图放在桌子上。

"喝茶……看看这里，在地图上找到您的村庄。记者们大约二十分钟后就到。"

谢尔盖伊奇找到小斯塔罗格拉多夫卡村，指给他看。后者用红铅笔把它圈了起来，然后继续他们的谈话，问起灰色地带的生活和谢尔盖伊奇提到的帕什卡。

谈话过程中，谢尔盖伊奇有些紧张。他决定不把乌克兰士兵彼得罗的事情告诉这个身穿便服的军人，也没提整个冬天埋在雪地里的被打死的士兵。但他谈到了被地雷炸死的西伯利亚狙击手；以及卡鲁谢里诺的年轻人，他们在新指挥官上任之前经常去帕什卡家；他还提到了那些试图把一辆进口汽车卖给帕什卡的陌生人——事实上，在邻近的村庄，同样也处于灰色地带，有着不同的生活，村子里有很多人，甚至孩子们还在街上跑来跑去。

办公室里的那个人聚精会神地听着，点着头，偶尔在笔记本上记些东西。谢尔盖伊奇暖和下来，也放松下来。喝着甜茶的时候，他甚至一度忘了自己在哪里，为什么在这里。就像两个在火车上偶遇的旅伴，互相讲着故事——有些是真的，有些是假的。

谈话结束时，女军人又把头探进办公室，点了点头。那人跳了起来。

"记者们来了。"他宣布。

他们走出去，在和煦的阳光下绕着边防检查站的帐篷走了一圈。篷下，是等待边防检查的入境车辆和人员，还有旁边用于检查护照的白色集装箱办公室。

养蜂人的绿色日古利车旁站着五个人，其中两名男子拿着相机从不同角度对着汽车、拖车和蜂箱拍照，一名手拿话筒的年轻女子见到谢尔盖伊奇时有些激动，看样子她已经猜到他是谁。

"您准备好讲述自己的故事了吗？"养蜂人一走近，她立刻问。

"是的。"他说。

"好了，让开。"她命令自己的同事，然后转身对谢尔盖伊奇说，"您站到那里，站在您的车前，这里。准备好了吗？"

最后这个问题是问两位摄影师的。

"谢尔盖·谢尔盖伊奇，请谈谈为什么从顿巴斯到我们这里来？"

这个问题使养蜂人不知所措。他侧身转向拖车，指着它。

"呃，好吧，我的蜜蜂——您知道的……我来自灰色地带……战争正在进行，他们互相射击，一边是乌克兰人，一边是俄罗斯人。"

"停！停！"站在旁边的一个年轻人打断了采访，"不，不行。再说一遍，但是不要用'俄罗斯人'。你们那里怎么能有'俄罗斯人'呢？"

"一方面是乌克兰人，"谢尔盖耶奇有点犹豫地重复，"另一方面……来自卡鲁谢里诺的分离主义分子……"

"您的汽车是怎么被破坏的？"年轻女子打断了他的话，

把麦克风递到他的嘴边。

"他们把汽车砸了,"谢尔盖伊奇痛苦而真诚地说,"在扎波罗热地区,我在那里住了一段时间。"

"他们几个人?为什么袭击您?"

"实际上就一个人,受震伤的士兵,在丧宴上喝醉了。他们为一名被俄罗斯人杀害的士兵举行葬礼。"

"停!"年轻人再次干涉。谢尔盖伊奇看来,对方太年轻了,不应该用这种语气打断比他年长的人或陌生人说话。"够了,柳达——不要现场采访了。我们只需要一些镜头,一定要录下蜜蜂的声音。来,把斧头留下的痕迹拍个特写。"他指着受损的蜂箱说。

年轻女子点点头,放下手里的麦克风,没有对谢尔盖伊奇说什么,就走开了。

养蜂人看着两个摄影师用镜头对着他的车和蜂箱一通猛拍,他们把相机从汽车破碎的挡风玻璃窗里伸进去,不断朝他这个方向投来奇怪的、冷淡的目光——目光中没有同情,甚至没有兴趣。与此同时,一名边防军人拿着一个看上去像小型工兵铲的装置走近拖车,开始沿着蜂箱探测,仔细倾听电子设备发出的尖叫声。

"您挡了我们,"年轻的记者对他说,"我们还有几分钟就结束了。"

边防军人退了出去。

记者们也不辞而别。办公室的那名男子把手机、护照和那张写着阿赫塔姆地址的纸条还给了谢尔盖伊奇,然后让他回到原来的窗口,填写一张入境卡。

养蜂人在检查站的逗留显然要结束了。在填写入境卡时,谢尔盖伊奇还有点紧张,但边防军人很快看了一遍,在上面盖了两个公章,撕下一张,夹在护照里,还给他,并祝他一路平安,嘱咐他不要丢了护照里的夹页。

养蜂人坐到驾驶座上,松了一口气。这时,他从眼角的余光中注意到,刚才打发他走的那个人,正一路小跑地追他的车。挥手示意他等一下。

为了以防万一,谢尔盖伊奇从车上下来。

"对不起,"那人气喘吁吁地说,"这是给您的。"他把手伸进外套口袋。"记者们凑了一些钱——用来修车。"他递给谢尔盖伊奇一叠卢布。"为了《今与昔》节目,他们会跟您保持联系的。好吧,祝您顺利逗留。"

困惑的养蜂人翻看着卢布,试图弄清楚收了多少钱。但他的脑子不转了,思绪和情感混杂在一起。

"谢谢!"他向返回办公室的男子喊着。

那人转过身,点了点头,继续往前走。

第 44 章

通往塞瓦斯托波尔和巴赫奇萨赖的路标使谢尔盖伊奇的眼睛湿润起来。他在塞瓦斯托波尔没有什么事，但他正在接近这座传奇的城市，这令他感到高兴。而且巴赫奇萨赖是他这次旅行的最终目的地——哦，准确地说，不是巴赫奇萨赖，而是附近的古比雪沃村，阿赫塔姆就住在那里。

阳光时而照在操纵方向盘的双手，时而照在副驾驶的座位。这条路并没有让他感到厌倦，它蜿蜒地向右拐，然后又向左拐。

养蜂人的注意力被一辆停在路边的伏尔加汽车吸引了，它有一个奇怪的拖车，旁边的折叠椅上，坐着一个皮肤黝黑的鞑靼人。拖车上一个圆柱形的容器，上面写着"萨姆沙"字样。

也许是"哈姆沙"？谢尔盖伊奇想。这是他所能想到的唯一与他看到的单词相似的词。[10]

无论如何，他非常清楚，这个鞑靼人拖车上的圆柱形容器里装的一定是些可以吃的东西。突然，谢尔盖伊奇想吃点零食……"哈姆沙""萨姆沙"——什么都可以，只要是咸的。但他的车已经开过了，离伏尔加和它的拖车有一段距离了。

他更加仔细地盯着路边。常识告诉他，他还会遇到其他卖食品的小商贩。

大约十分钟后，养蜂人确实在一辆瓦滋吉普车的拖车上发现了一个形状熟悉的容器。车旁边站着一个瘦削的、皮肤黝黑的、有着东方面孔的人，这个正在抽烟的男人穿着短裤和长袖衬衫，戴着一顶帽子，使自己免受烈日的暴晒。

谢尔盖伊奇踩了刹车。

"萨姆沙？"鞑靼人问。

"嗯……这是什么？鱼？"养蜂人问道，希望得到澄清。

"不，鸟！"鞑靼人笑了，"是馅饼，肉馅，很好吃。一百卢布。"

谢尔盖伊奇不知道如何回应这个价格，他拿出收到的修理车窗的钱，都是一千卢布的钞票。

"两个？"鞑靼人提议。

"不，就一个。"

站在汽车旁，谢尔盖伊奇有生以来第一次品尝到这种鞑靼馅饼。一口下去，多汁，令人满足，舌尖上留下了浓郁的肉汤味。养蜂人忍不住又买了一个，在鞑靼人满意的目光下吃着。

"你知道去古比雪沃村的路吗？"谢尔盖伊奇上车之前问卖萨姆沙的人。

"阿尔巴特村吗？当然。开车经过巴赫奇萨赖，看到前往雅尔塔的路标，沿着那条路走大约二十公里，就到了。"

前方，巴赫奇萨赖隐约可见。突然，一阵风把一只蜜蜂吹进车里。它沉重地飞了进来，带着一大堆黄色的花粉，吓得在空中僵住——就在谢尔盖伊奇的左耳旁边。

谢尔盖伊奇伸手去摇车窗，要把窗户放下来。他笑了笑，这一种下意识的习惯，看来还没习惯窗户没了。

蜜蜂一定是被他的笑声吓得飞走了，也可能是风又把它吹走了。谢尔盖伊奇回头瞥了一眼，想跟上蜜蜂的轨迹，但却瞥到了身后拖车上的蜂箱。

"再忍耐一下，朋友们，我很快会放你们出来。"他对它们说。

第 45 章

"阿赫塔姆？"一个四十岁左右的女人问道。她穿着一件黑色的毛衣，这件毛衣在夏天穿着太暖和了，她还穿着一条黑色的长裙，长裙一直拖到脚跟，头上围着一条紫色的围巾。"您的意思是……您不知道？"

"啊……不知道什么？"谢尔盖伊奇说，他的目光在女主人和那只棕色的狗之间来回移动。女主人听见他敲门就开了门，那只棕色的狗仍然对着这个不速之客吠叫，它跳着，不太用力地拉着拴在狗屋的链子。狗屋在一条小路上，小路通向一个高高的、舒适的、覆盖着葡萄藤的凉棚，凉棚下面有一张长方形的木桌，看起来是最近才漆成蓝色的。当养蜂人经过狗屋时，那只狗还坐在里面，甚至没有把它那湿漉漉的鼻子伸到阳光下。

"您从哪里来？"女主人说着，用害羞而不是特别自信的目光看着陌生人。

"我从顿巴斯来。"

"您是说,"她听起来很害怕地问,"从顿涅茨克来?"

"不,我家在灰色地带。阿赫塔姆发生什么事了?他在哪里?"

"您怎么认识阿赫塔姆的?"女主人平静多了,但没有回答他的问题。

"我们是在斯拉维扬斯克的养蜂人大会上认识的。开会期间,我们住在一个房间,我也是养蜂人,带着我的蜜蜂来的……"

她瞥了他身后那条通往大门的红砖小路一眼。

"妈妈,是谁呀?"一个响亮的声音从屋子里传来,一个十七岁左右的女孩——长发,苗条,穿着牛仔裤和T恤——从女主人的背后向外张望。

"从顿巴斯来的你爸爸的朋友。"[11]女主人回应着屋子里,然后立刻转换成俄语说,"阿赫塔姆不在,他们带走了他,已经二十个月了。"

谢尔盖伊奇愣住了,然后向后退了一步,看了看四周。他的目光与那只狗的目光相遇,那狗儿又开始叫了起来。

"您找他有什么事?"女主人问。

"我……我想把我的蜂箱放在这附近的某个地方,这样我的蜜蜂就可以安静地飞了。我会和它们待一起,我住在帐篷里。"

"我们在葡萄园后面有一个养蜂场,靠近山。"女主人用一种更亲切、更温柔的声音说。

"是阿赫塔姆的蜜蜂吗?"谢尔盖伊奇问。

"是的,艾莎和别基尔在打理,"她说着,向身后女儿刚刚闪过的地方点点头,"但主要是别基尔,我们的儿子在管。"

"请原谅,"谢尔盖伊奇说,他感到很尴尬,"我不知道……阿赫塔姆……"

他叹了一声,迟疑地挥了挥手,转身离开。

女主人拦住他,"等等,您叫什么?"

"谢尔盖。"

"我叫艾瑟鲁。为什么不留下来?您可以把您的蜂箱放在我们的旁边。我很抱歉,只是阿赫塔姆从来没有提到过您……您愿意和我们一起吃午饭吗?"

"不用了,谢谢,我已经吃过了。我得尽快把蜜蜂放出来。"谢尔盖伊奇回答,声音里流露出真诚的不安。

"是的,是的,"她点头表示支持,"请稍等,我和女儿说句话,然后给您带路。我和您一起去——不远。"

"您的车怎么了?"他们从院子走到门外时,艾瑟鲁指着车问。

"哦,是一个醉汉,"谢尔盖伊奇不情愿地解释,"战争中受过震伤……他的朋友被杀了,在葬礼上那人喝醉了——所以他把气撒在我的车上。"

艾瑟鲁小心翼翼地爬进车里,立即系上安全带。

"直行,往清真寺开,然后向左转。"她示意说。

迎面走来一位牵着两只山羊的老妇人,她向旁边躲开,给汽车让路。老妇人点了点头,好奇地看了谢尔盖伊奇一眼。

"她叫萨维叶,是我们的邻居。"阿赫塔姆的妻子解释说。

"艾瑟鲁,萨维叶,"谢尔盖伊奇说,"不寻常的名字。"

"是的,这些天你还真的找不到更多的艾瑟鲁了。"坐在副驾上的人仿佛想起了什么,脸上几乎看不到一丝微笑,"我母亲用她妹妹的名字给我取名,她妹妹在被驱逐出境期间去世了[12],当时她还很小。在这里,左转。"

他照做了。转过去后,一座大山在他们眼前拔地而起,几乎完全被茂密的绿色森林覆盖,而山顶是裸露的黄色岩石。

谢尔盖伊奇忍不住发出了"哇"的一声。

"曼古普,"阿赫塔姆的妻子亲切地说,"德国人占领期间,我的祖父一直躲藏在那里。战争后这里的士兵抓住了他。他们在卡德罗夫诊所附近枪杀了他,那里是治疗吸毒的瘾君子的。"

"你们这里吸毒的人多吗?"养蜂人惊讶地说,他把目光从那座大山转向了副驾驶座。遥远的大山似乎一直高耸在他们的头顶上。

"不,我们这里没有,他们可能来自其他城市。那是一家私人诊所。卡德罗夫医生治疗他们。据说,俄罗斯人来了以后,他搬到基辅去了。俄罗斯人禁止他治疗吸毒者。那里,看到右边的那栋楼了吗?那就是以前的诊所。"

"现在那里有什么?"

"没什么了。"

那座山似乎还在他们前面很远的地方,但路却在不断地向上，几乎是令人觉察不到地往上升。右边是葡萄园，一排排整齐地延伸到远处。再往前走，葡萄园的尽头就是森林。

"那边，往右拐。我们快到了。"艾瑟鲁用手指着说。

当汽车爬坡开到葡萄园上方时，向右拐的路断了，变成了山间小道。往下面看是一片茂密的森林，原来是一个开阔的缓坡，两边种着扁桃树和无花果树，下面有黄色、蓝色和绿色的蜂箱。

谢尔盖伊奇数了数，不少于二十个。

"嗯……"艾瑟鲁点了点头说，"我们到了。"

刚一下车，谢尔盖伊奇立刻开始寻找放蜜蜂的地方。阿赫塔姆的蜂箱参差不齐地排成三排，放在离树林较远的地方。他可以把自己的放在那里，只是离路的转弯处更近一点。

"对不起，您能帮我把蜂箱卸下来吗？"他问艾瑟鲁。

"是的，当然。"

他把汽车再向前开一点，停在离阿赫塔姆的养箱更近的地方。艾瑟鲁跟在车后，他们俩把蜂箱从拖车上搬下来，按照谢尔盖伊奇的意思摆放好。然后她指着蜂箱后面被浓密的土耳其榛子树遮住的木板棚，告诉他，里面放着养蜂的工具。

"拿去吧。"她把钥匙递给他，"您会找到需要的一切。附近还有一个山泉。"她指着那座山。"沿着那条小路走，您会看到的——大约三百米远。"

"谢谢。"谢尔盖伊奇说,温柔而忠实地望着艾瑟鲁,好像一只饿了三天才喂饱的狗。然后他问:"警察没有寻找阿赫塔姆吗?"

她苦笑着,眼泪夺眶而出。

"是哥萨克人把他带走的。也许他们把他送到俄罗斯去了。那天我们这里有三个人被抓走了,他们坐同一辆车去巴赫奇萨赖的清真寺。那是我们最后一次听到他们的消息。汽车找到了,空无一人。一个男孩子看见他们被塞进一辆小巴……"

"他们不应该那样做。"谢尔盖伊奇脱口而出,但他意识到自己的话多么苍白无力,而且愚蠢。他感到无助,好像他的生活中没有什么是取决于他的。他仿佛坐在白雪覆盖的田野里,坐在那个被打死的戴着金耳环的年轻人旁边。到处都是炮弹,有的炸得很远,有的炸得很近,近得爆炸声像熔化的铁水一样涌进他的耳朵。

"如果您需要什么,就过来,您知道地址。"艾瑟鲁告别时,像看着孩子那样看着他。也许她也感觉到他的无助。

她向下山的路走去。她缓慢、步态优美地走着。周围充满蜜蜂的嗡嗡叫声,谢尔盖伊奇从蜜蜂的叫声中清醒过来,他明白了这是阿赫塔姆的蜜蜂,在自由飞翔,而他自己的蜜蜂还没有放出来。

他跳起来向蜂箱跑去,跑向自己遭受折磨的蜜蜂难民。

第 46 章

太阳在天空悬挂了很长时间——出奇地长。大地转身侧卧,而太阳已经从悬挂在天空中间转向了边缘。但它总归还是散发着光芒,似乎决定在谢尔盖伊奇没有安排好生活之前,决不会落山似的。养蜂人把铁钉钉进岩石地里,用绳子把他的帆布帐篷拉伸固定好,从汽车里拿出衣物和用品,放进帐篷。

温暖黄昏的寂静,突然被鸟鸣打破,这声音如同少先队的号角。谢尔盖伊奇抬头看了看附近的树木。他试图想象发出这种叫声的鸟,但是他做不到。他所认识的鸟不这样叫,而是短促的、笛声般的啼啭。这叫声唤醒了养蜂人的好奇心,唤醒了他的头脑;他把耳朵转向周围多彩的、响亮而又寂静的世界,突然忘记了正在沉默飞翔的、哭泣着的蜜蜂们。这寂静中交织着树叶的低语,微风的呼吸,蜜蜂的嗡嗡声——所有这些微小的声音构成了夏日的宁静。

最终太阳还是下山了。寂静包围了营地,它如同一张网,可以抚摸,就像抚摸猫或狗一样。它是温暖的,轻轻地拂过谢尔盖伊奇,恳求他参与其中,参与它的生活,融入它的声音。养蜂人已经习惯了太阳的消失,开始寻找引火的东西来弥补寂静。谢尔盖伊奇拾起一些粗细树枝和两块木板,划了一根火柴——火柴的声音也融入了寂静,成为寂静的组成部分,成为它永恒音乐中的一个音符。

篝火上方挂着的水壶烧开了。谢尔盖伊奇对新住地四周的景色兴奋不已,他四处走动,收集更多生火用的树枝。

早晨,养蜂人睁开眼睛,不再怀疑自己生活在天堂里了。他发现自己置身于一个童话世界,在这里大自然不仅为人服务,而且还殷勤周到:太阳等待离去,直到人们完成了他们的日常工作;空气中有无数看不见的小铃铛声清脆地响着;人可以独立自主、不被人瞩目地存在。在这里,一切生物,甚至一棵树、一株藤蔓,都有自己的声音。

顺着艾瑟鲁指出的小道,谢尔盖伊奇找到了山泉,他在那里冲了个澡,彻底清醒了。在潺潺的流水声旁,鸟儿的歌声更加嘹亮,这使得谢尔盖伊奇产生了一种说不出的信心。他确信一切不幸都已经彻底过去,接下来是他应得的安宁,是他与蜜蜂、与大自然和谐生活的开始。

他提回来两瓶山泉水放在汽车旁,绿色汽车在大自然的绿色中黯然失色。他没有带那个大塑料桶,因为没有力气把二十升水从山泉边提到帐篷里。突然,他很想洗车,把一路上的灰尘、脏污清洗干净,让绿色汽车闪闪发光。

但转念一想，有什么理由洗车呢。如果是一辆新车，要开到城里办事或者拜访某人的时候，一定会把车子清洗一新的。但现在日古利车这副模样，估计它自己也不愿意在公众面前亮相，引起人们关注——就像一个成年人在外面喝酒时眼睛被打了，第二天早上可能不想出去见人一样。

谢尔盖伊奇想起在克里米亚记者们赠送的修车钱，也回想起那些记者们的冷漠和无礼。

那笔钱和记者们采访时的行为难以匹配……但是，当然，谁也不知道……

会修车的。他在心里向那些同情他的奇怪捐助者保证，先安顿下来，然后再解决修车问题。

谢尔盖伊奇暗自发笑，笑自己同时在为自己、为车子和蜜蜂着想，仿佛他们是一家人，说着同一种语言似的。但事实是，蜜蜂才是他剩下的唯一家人。这辆汽车不过是一个大金属块，而他的另一部分家人在遥远的文尼察市。他们没有抱怨他的缺席，而他也仍然惦记着他们，不仅如此，而且把他们——他的妻子和女儿——一直放在心里。如果他的妻子可以被称为"前任"，他的女儿当然不是，孩子永远是你的，无论你住在哪里，也不管你和他们吵架多少次。安热莉卡已经十六岁了……可能有男朋友……他想知道她对男友说了哪些关于自己父亲的事……

天气很快热了起来。谢尔盖伊奇摸了摸脑袋，掏出那顶橙色帽子。他把帽子拿在手里转了一圈，回忆起在电视上看到的每一场顿涅茨克矿工俱乐部的足球比赛。他们现在在哪里进行足球赛呢？肯定不在顿涅茨克，在那里是顾不上踢足球了。

下午，养蜂人想出去走走。他决定去一趟古比雪沃村。从养蜂场走到村子里应该不远，前一天艾瑟鲁和他开车只用了十分钟。走上土路，村庄一目了然。烈日下，整个村子仿佛在飘浮的空气中微微颤动，屋顶也在颤抖，仿佛要融化一般。当站在山上眺望村子时，谢尔盖伊奇开始觉得古比雪沃村并不算近。尽管对距离产生了怀疑，但这条通向山下的平坦的路，吸引着他继续前行，全然不顾还有一个回程。考虑到年龄和他的残疾问题（谢尔盖伊奇有时不无理由地怀疑这一点），他认为自己身体还算健壮。自从进入克里米亚以来，他没有一次严重的咳嗽——事实上，他根本没有任何呼吸问题。这里的空气就像酥油茶可以放心吃喝一样，可以尽情地呼吸。他希望帕什卡和他在一起……像往常一样，这位亦敌亦友的伙伴开始抱怨。他真的想挑毛病的话，会立刻感觉自己是个傻瓜，因为没有任何毛病好挑。这里的人、风景、空气和阳光——都很好……

养蜂人厌倦了想象中的帕什卡，把他抛诸脑后，开始幻想起妻子和女儿来到葡萄园的情景。想象着她们凝视着周围美丽的土地，维塔利娜肯定也要寻找值得批评的地方，而女儿则相反，完全不像妈妈，她会因为自己在这样一个地方而高兴得翩翩起舞。安热莉卡是一个非常敏感的女孩，如果没有妈妈的暗示，可以从她的脸上读出她所有的感受和想法……突然，在谢尔盖伊奇想到他以前的家庭的时候，加利娅跳了出来。加利娅从最近的一棵枫树后面走了出来，若有所思地望着谢尔盖伊奇和他的家人，脸上既没有流露出喜悦的表情，也不是那种平静的神色。有一种情绪在困扰着她，这让养蜂人感到不安。他想知道她为什么会有这样的心情，发生了什么事，但他觉得在妻子和女儿面前，不方便和加利娅谈话。

就在这时，口袋里的手机响了。谢尔盖伊奇掏出手机一看，怔住了。是加利娅——仿佛她在远处感觉到了他的思念。

"是的，你好，是我！"谢尔盖伊奇脱口而出。

"你好，谢尔盖！你在哪儿？"

"在克里米亚，古比雪沃村。在巴赫奇萨赖附近。"

"你知道我为什么打电话吗？瓦利克失明了。以前因为受过震伤，他的一只眼睛已经不行了。"

"谁是瓦利克？"谢尔盖伊奇问。

"就是那个被你的蜜蜂蜇了眼睛的家伙——就是那个砸坏你的汽车的家伙。"

"哦，"养蜂人喘了口气，"所以呢？"

"我只是觉得你最好不要再回来了……"

"我不——"谢尔盖伊奇刚要开口，却突然停住了。他本来想说他不打算回去的，但又觉得这听起来好像他根本不打算回到她身边似的。

"那里美吗？"加利娅没等他再说什么，接着就问。

谢尔盖伊奇的目光又落到村庄、树木和屋顶。

"是的,特别美,也非常热——而且太阳很大。"

"蜜蜂怎么样?"

"蜜蜂也都喜欢这里。它们嗡嗡叫个不停。要不你来看一看?当然,睡在帐篷里不是那么舒服。但这里很好,很宁静。"

"这里也很好,很安静,"加利娅回答,声音温和了许多,"商店经理要到九月份之后才让我去度假,九月份我得挖土豆、摘西红柿……但我真的很想来住一个星期。"她像个小女孩儿一样带着梦幻的语气补充道。

"那好,到那个时候我们再计划。"谢尔盖伊奇支持她的想法。

第 47 章

这是谢尔盖伊奇第三次拜访阿赫塔姆家，或者更多确切地说，是第三次拜访阿赫塔姆的妻子艾瑟鲁家。这一次，出乎意料的是，二十岁的别基尔开着父亲那辆蓝色的尼瓦牌汽车来接他。他说艾瑟鲁在等养蜂人吃饭。恭敬不如从命，谢尔盖伊奇上了车，前去做客。两周前，他第一次到他们家时，感到非常尴尬。这无疑是由于家里的男主人不在，尽管没有人在餐桌上提到阿赫塔姆。不过话又说回来，那次吃饭没谈什么，艾瑟鲁只是向客人介绍了两道菜是什么——一个是鞑靼人的传统糕点，另一个是奥斯曼帝国的传统菜肴。[13] 尴尬的另一个原因可能是，艾瑟鲁没有过问谢尔盖伊奇个人的事。他料到艾瑟鲁会再次请他去家里做客，坐在车里的时候，他在想自己想告诉她什么，又想隐瞒什么。用餐过程中，别基尔和艾莎一直都保持着礼貌的沉默。只有母亲一个人和客人交谈，而且只谈些家庭琐事

275

和邻里之间的事。她告诉养蜂人，别基尔会开车送他去海边，去卡恰。在那里，塞瓦斯托波尔人拥有的避暑别墅悬垂在海边的悬崖上。它是最近的沿海村庄，海滩上游人最稀少——当然，现在沿海的任何地方都没有多少度假者。

艾瑟鲁不止一次提到黑海，每次都带着一种奇特而温柔的语调。她说自己很想去海滩，但不知怎么的，始终没有如愿。还有一次，她提到自己五年没有去过海滨了。尽管阿赫塔姆请圣彼得堡的朋友们过来，开车把他们送到卡恰。这些朋友四年前来过这里，住在一个露营地，还在山上徒步旅行。他们从俄罗斯带来了一大盒土耳其软糖，作为礼物送给了阿赫塔姆和艾瑟鲁，引起了一阵哄堂大笑。土耳其软糖在圣彼得堡的任何商店里都很容易买到。他们没有想到，把"东方的"糖果从北方带到南方，尤其是作为礼物送给克里米亚的鞑靼人，显得可笑。

这一次，艾瑟鲁提到海，别基尔立刻点头。

"我们很快就去——周末一过，"他保证说，"您和我们一起去，艾莎留在家里，照看房子和动物。"

听到"动物"两个字，谢尔盖伊奇竖起耳朵。他抬起头。

"你们什么时候摇蜜？是时候了吧？"他问别基尔。

"是的，我必须在接下来的一周完成，"他说，"我可以帮您摇蜂蜜。"

养蜂人点点头，"那太好了。只是我没有空桶了。"

"我们有很多。"别基尔挥了挥手说。

"你们怎么处理这些蜂蜜？卖掉吗？"谢尔盖伊奇在他

最关心的问题上一直追问。

"附近有几家鞑靼人开的商店，"小伙子说，"他们要多少，我就给多少。剩下的卖给了经销商——他们给的价钱低，但要得多。"

谢尔盖伊奇觉得在鞑靼人的商店里卖蜂蜜不合适，因为这意味着从艾瑟鲁和她的家人的嘴里抢走面包。他也不想把自己的蜂蜜低价卖给经销商——但也许他不得不这么做？然后他想起还有很多卢布，那是在边境记者们给的修理汽车的钱。当然，他可能真的需要把钱花在汽车上。毕竟，记者们说过他们会为某个电视节目联系他的，不是吗？但他为什么要上电视呢？

谢尔盖伊奇越想越显得不安。

艾瑟鲁发觉了这一点。

"我们会帮助您的，"她温和地向他保证，"也许我们的店主朋友会买蜂蜜，或者是在塞瓦斯托波尔高速公路旁做生意的人。俄罗斯人喜欢我们的克里米亚蜂蜜——它有那种山野的味道。如果他们开车旅行，可能一次会买三罐。"

"克里米亚""山野的味道"……这些词语在谢尔盖伊奇的脑海里萦绕，不安的情绪顿时消失了。他想把克里米亚的蜂蜜运回乌克兰去卖，也许能卖个好价钱。

客人的脸色开朗了，艾瑟鲁放心了。她的目光立刻严肃起来。

"谢尔盖呀。"她耳语般说道。别基尔和艾莎愣住了，他们知道母亲只会在极其重要的事情上才会用这种语调说话。

"什么事？"谢尔盖伊奇抬起头。

"我想请您帮忙……您是俄罗斯人，从顿巴斯来……也许……您愿意到辛菲罗波尔市的联邦安全局去一趟，问一问阿赫塔姆是怎么回事？他们会告诉您真相的。我去的话会被拒之门外，但他们会跟您谈的。对他们来说，您是自己人……"

谢尔盖伊奇正在吃着肉馅馅饼，停下了。三双眼睛目不转睛、满怀期待地凝视着他。艾莎——眼泪夺眶而出。至于他，感到害怕。这是一种奇怪的、几乎无法解释的恐惧，因为这纯粹是身体上的恐惧，而不是思想上的，这使他的面部肌肉僵硬。他坐了一两分钟，然后耸了耸肩，他明白恐惧消失了。

"我不是俄罗斯人……我是乌克兰人。"他用平静但不太听得清楚的声音说。

"但您是说俄语的。"艾瑟鲁说，声音稍微大了一些。

"嗯，是的，"他回答，"可是，我……"

谢尔盖伊奇企图找到合适的语言来解释他的恐惧，他不愿意去见政权机关的人，特别是俄罗斯政府的人。他去那里又能够怎样呢？拿着乌克兰护照，坐着被破坏的汽车，那些人会怎么看他？

"我不认识路。"他终于喃喃地说。

"别基尔可以送您去，"艾瑟鲁说，"如果您不能去，也没有关系……"

晚餐提前结束了。谢尔盖伊奇谢绝了果仁蜜饼茶点，也谢绝别基尔开车送他回养蜂场的提议。他说想走回去。

繁星在古比雪沃村或者说是在阿尔巴特村上空闪烁,星星并不在乎它们照耀的村庄的名字,也不在乎照亮了谁的夜晚。村庄很安静,偶尔有一声狗叫,紧接着,又有两三声狗叫回应着。

谢尔盖伊奇走到清真寺,他之前只从山上眺望过。走近一看,虽然不大,但它却像童话中的宫殿一样美丽。一阵晚风温和地吹在脸上,谢尔盖伊奇闻到了风中有海水的咸味。他想着再过几天,就能看到黑海了。他甚至可能会去下海游泳。他没有带泳裤,但谁会在意他穿着内裤下水呢?没有人。谁会去看老男人呢?除了他们自己。还有谁需要他们?也许他的蜜蜂需要他,但没有其他人,甚至他的前妻也不需要他,似乎连女儿也不关心他——否则她会时不时地打电话问他过得怎么样。

山的黑影笼罩着养蜂场,养蜂人慢慢地走向黑暗,好像他是本地人,闭着眼睛也能找到他的帐篷和他的蜜蜂。

迎面一辆伏尔加汽车从黑暗中驶出,灯光晃得他眼花缭乱。车里传出响亮的音乐声和笑声。他靠向路边,汽车一驶而过,把音乐和笑声带到村子的另一端,朝着别利别克河开了过去。

回来后,他生了篝火,把水壶挂在火上,然后进帐篷点了一支蜡烛。不知为什么,他决定在帐篷里喝茶,好像害怕有人在黑暗中窥视他似的。

在他看来,今天的晚餐过后,艾瑟鲁不会再邀请他了。

她也不会再派别基尔来送酸奶[14]和肉馅馅饼了,他们甚至可能不会带他去海滩了。

他的思绪又回到了阿赫塔姆身上,想到多年前他们在斯拉维扬斯克养蜂人大会上的相遇。谢尔盖伊奇似乎是想向自己证明,他和鞑靼人之间并没有产生什么特殊的友谊。他和阿赫塔姆只是室友,吃饭时坐在一起罢了。晚上大家聚在一起聊天,喝伏特加,讲笑话。在他的回忆中,只有阿赫塔姆不讲笑话,也不喝伏特加。但他听着,笑着。他那时应该是二十五岁左右,谢尔盖伊奇也是。这意味着他们现在也差不多一样大了,如果阿赫塔姆还活着。

他还活着吗?谢尔盖伊奇这么问自己,心里一阵刺痛。他想到艾瑟鲁,想到她的丈夫已经失踪将近两年。

他喝着茶,瞥了一眼燃烧着的蜡烛,意识到少了些什么。少了圣像。

圣像在哪里呢?谢尔盖伊奇问自己。

他这时才想起了自己匆忙收拾东西,把行李一股脑放在后备厢里了。

"一定在后备厢里,"他喃喃地说,"明天找出来。"他对自己、对蜡烛、对圣像发誓道。

第 48 章

临近午饭时间,天空中飘浮着的一排排絮状的云朵开始翻滚,还时不时遮住了太阳。

这一天和以前的日子并没有什么不同,但是谢尔盖伊奇对克里米亚人在夏季过着很惬意的生活感到惊叹不已。由此,他也觉得,每天早晨,世界都更加幸福地运转着,蜜蜂和鸟儿也更加欢乐地飞翔。

在通往山泉的小道上,谢尔盖伊奇差点儿被一只走来走去的刺猬绊倒。他蹲下来,把这个因为害怕而缩成一团的家伙推到一边。当他抱着满满两瓶泉水回来的时候,已经找不到刺猬的踪迹了,只见一只红褐色的松鼠从小路上窜过去。

午饭前,谢尔盖伊奇看了一下蜂箱,蜂蜜已经填满蜂巢。

他看了一下阿赫塔姆的蜂箱,也是如此。

养蜂人想了想,决定如果晚上别基尔不来,他第二天早上就到村子里去找他。

别基尔没有忘记蜂蜜的事。大约三点钟,一天中最热的时候,谢尔盖伊奇听到汽车发动机的轰鸣声。他走到养蜂场边上,看见那辆蓝色的尼瓦汽车拉着一辆拖车,在被太阳晒干的土路上平稳地爬了上来。尼瓦汽车开过之处,卷起一团黄色的尘土,飘进葡萄园里。

别基尔和谢尔盖伊奇从拖车上取下摇蜜机,以及用来固定它的木板。

他们找了一处较平的地方,把机器放下。别基尔到那棵土耳其榛子树后面的木板棚里,取来四个三十升的塑料桶和一打一打的小罐子,也都是用塑料做的。他们先去摇谢尔盖伊奇的蜂蜜。

"我不需要大桶子,"他告诉别基尔,"我习惯用小容器。"

他们轮流转动手柄。谢尔盖伊奇看着琥珀色的蜂蜜从蜜巢里流出来,流入摇蜜机的钢壁上,笑了。他的"甜黄金"装了六个五升的罐子和两个一升的玻璃瓶。然后他们开始取阿赫塔姆家的蜂蜜。

阿赫塔姆的蜂蜜颜色较深,因此谢尔盖伊奇觉得他的蜂蜜比自己的重,他想尝尝,比较一下。

几个小时后,当他们清理完所有的蜂箱,才有时间。别基尔装满了三个大桶,剩下的蜂蜜装入小罐子,还剩下半罐。他把半罐蜂蜜放在地上的床单旁,把一只空罐放在摇蜜机龙头下面。然后他把半罐蜂蜜倒入摇蜜机,一根细细的黄线从龙头里流了出来,在阳光下像金线一样闪闪发光。

年轻人从车里拿了一袋烤饼，掰成两半，蘸了蘸蜂蜜，递给谢尔盖伊奇。谢尔盖伊奇接过来放进嘴里，细细咀嚼品味着。

"你们这里每家都自己烤面包吗？"喝茶的时候，他问别基尔。

"是的，我们鞑靼人都自己烤。俄罗斯人和乌克兰人在面包房里买。"

"面包房的面包味道不好吗？"

"味道不错，"别基尔说，"但对我们来说是墓地面包。"

"你说'墓地'是什么意思？"

"他们在我们原来的墓地上盖的面包房。"

"啊。"谢尔盖伊奇拉长声音，表示明白。

"来吧——蘸着吃。"别基尔说着，朝那罐蜂蜜和那袋烤饼点了点头。

谢尔盖伊奇拿起烤饼蘸了蘸蜂蜜，就着茶，高兴地吃了起来。

"你知道，"他突然说，"告诉你妈妈……告诉她我能去……我的意思是，去辛菲罗波尔，去打听阿赫塔姆的消息。"

别基尔的眼中闪出喜悦的光芒。

"我一定告诉她！谢谢您！我开车送您去！"他兴奋地说道，"但一定带好证件——没有证件他们不会让您进去的！"

第 49 章

谢尔盖伊奇很久没有坐尼瓦车了,坐在别基尔旁边的副驾驶座位上,养蜂人感到既不安全又不舒服。他觉得车子较高,别基尔的转弯又太急。汽车不停地转弯——左、右、左——因为这条路是沿着别利别克河行驶,河往哪里流,路就往哪里走。

"不用着急。"他对年轻人说。阿赫塔姆和艾瑟鲁的儿子笑了,放慢了速度。

"这辆车很稳,"别基尔瞥了一眼他的乘客说,"很适合克里米亚的道路。"

当进入塞瓦斯托波尔高速公路时,尽管道路笔直,别基尔不得不再次减速。他们很容易开进了驶向克里米亚首都的密集车流,夹在其中,只能缓慢前行。他们前面是一辆卡车,后面是一辆吉普车,吉普车的拖车上挂着一辆中国造的摩托艇。

"这是去海边的路吗？"谢尔盖伊奇指着他们身后的摩托艇问。

"是的，从塞瓦斯托波尔到福罗斯，然后到雅尔塔。如果向右转，就到卡恰。"

谢尔盖伊奇点点头。但当首都的五层楼房出现在眼前时，养蜂人想起他们此趟旅行的目的，变得紧张起来。

"怎么……与他们交谈的最佳方式是什么？"他问年轻人。

"我不知道，"别基尔耸了耸肩膀，"最重要的是别开玩笑，他们听不懂笑话。我会把车停在几个街区外，以免引人注意。"

接下来的一刻钟，他们默默地沿着市区开着。前面的卡车开走了，他们跟在一辆摇摇晃晃的有轨电车后面。在下一个十字路口，电车向左转，他们向右转。

蓝色的尼瓦车驶入了一条平静、阴凉、安宁的街道。

"好了，我们到了。"别基尔把车停在路边。"这是一号，"他指着右边拐角的房子说，"他们是十三号，进去后您说要去接待室。"

踏上人行道就已经步履艰难了。谢尔盖伊奇甚至咳嗽起来，不是因为兴奋，而是因为害怕。好像他的身体器官可怜自己的主人，恳请他不要做蠢事——最重要的是，不要说错话。于是，养蜂人被咳嗽和恐惧所困扰，步履蹒跚。他低头看了看自己的脚步，又用眼角余光扫了一下右边，没有房屋，只有树，但这些树似乎离开了原地，跟着他走。谢尔盖伊奇突然停住脚步，看了看树木，又看了看身后。

没有人在那里。他摇了摇头,控制住了自己的思绪和情感,接着往前走。这次他的步子迈得稳了,但他仍然用眼角观察着路旁的菩提树和金合欢树,树都在原地——换句话说,树落在后面了——这意味着谢尔盖伊奇正在朝着他的目标前进。

此行的目的地是伊万·弗兰科[15]大道十三号,一栋占地面积大却不算高的建筑。这栋楼房像一只红肚子白背的蜘蛛,向街区两边伸展。在楼房中间临街处,有一个大约两米的门廊,入口就在那里。谢尔盖伊奇在台阶上犹豫了一会儿,正在此时,廉价而脆弱的大楼塑料门被推开,一个穿灰色西装的小个子男人手里拿着一个文件夹走了出来。他从犹豫不决的养蜂人身边走过,消失在街上。

是这个滑稽可怜的小家伙让谢尔盖伊奇感到好笑?还是因为那扇廉价的门?无论如何,养蜂人轻松地跨过了通往这个庄严机构的最后两级台阶,不知不觉就走了进去——与检查出入口一个身穿制服的武装人员面对面。

"干什么的?"那人冷冰冰地问。

"去接待室。"谢尔盖伊奇凭记忆回答。

"举报还是投诉??"

来访者没有回答。但卫兵并不等着回答,也许这是他在几个小时枯燥乏味的站立之后开的一个传统玩笑。

"证件。"

谢尔盖伊奇对此早有准备。

"从乌克兰来?"卫兵吃惊地说。他开始翻看那本破旧的蓝色护照,在住址处停了下来,"顿涅茨克地区?"

谢尔盖伊奇点头。

然后警卫仔细研究了护照里的插页,它记录了养蜂人进入俄罗斯联邦的入境卡。

"不会给你提供避难,"他宣称,好像很清楚这位来访者为什么要来俄罗斯联邦安全局,"九十天,然后回家去。明白吗?"

"我不是在寻求避难。我是为别的事来的。"

"哦,什么问题?"这名警卫声音中充满疲倦。

"一个人失踪了,到现在已经两年了。他被绑架了。"

"那是警察局的事。"

"他的妻子请求我来找你们。"

"他妻子请求你?"穿制服的人又说了一遍,精神起来了。这显然有点非同寻常。

"好吧,他叫什么名字?"

"阿赫塔姆·穆斯塔法耶夫。"

"鞑靼人?"

谢尔盖伊奇点头。

卫兵撇了撇嘴。

"您和他是什么关系?还是与他的妻子有什么关系?"他问,然后又看了看来访者的乌克兰护照,翻到他的婚姻状况一栏。

"在这儿等着。"他以命令的口吻说,然后示意另一个卫兵接替他的位置,便走开了。

287

谢尔盖伊奇站在那里，不知所措地听着开门、关门的声音。尽管是炎热的夏天，每个进出的人都西装革履。卫兵朝他们点了点头，漫不经心地看了看他们出示的证件。

养蜂人感到双腿发胀。他眼睛扫视四周，想找一把椅子或长凳，但什么也没发现。他不高兴地咂咂嘴，引来卫兵询问的目光。谢尔盖伊奇叹了口气，难怪他不想来这里……但现在呢？他们拿走了他的护照，所以他别无选择，只能站在那里等着。

大约十五分钟后，第一个卫兵出现了，这时谢尔盖伊奇双腿的不适感和因紧张而产生的饥饿感交织在一起。

"跟我来。"卫兵从旋转门的另一边对谢尔盖伊奇喊道，"让他过来，我已经登记了。"这最后两句话是对第二个卫兵说的。

谢尔盖伊奇走上几级台阶后，跟着卫兵走过一条长长的灰色走廊，走廊两旁是高大的木门。在走廊的尽头，他们向左转，又经过了十几扇门，那个穿制服的人在一扇门前停了下来，敲了敲门，然后把门推开，把头伸进去。

"他来了，伊万·费奥多罗维奇。"

卫兵随后把这位疲惫的来访者带进了一间宽敞的办公室，但他没有跟进去。他在谢尔盖伊奇身后关上了门，留下他和一个坐在桌子后面的人在单独一起。此人穿着深蓝色的西装和浅蓝色的衬衫，打着红色的领带。

谢尔盖伊奇回头看了看那扇关着的门。

"请，过来，靠近点，"办公室的主人礼貌地邀请道，"你想谈谈,是吗?"

"是的……但他拿了我的护照。"养蜂人困惑地回答。

"你的护照就在这里。"伊万·费奥多罗维奇说着,用大拇指和食指夹住护照,在桌子上挥舞了一下。"请坐。"谢尔盖伊奇在桌子一侧坐了下来。这把带扶手的椅子让他觉得僵硬。

"那么,告诉我——你是怎么认识这个阿赫塔姆·穆斯塔法耶夫的?"伊万·费奥多罗维奇问道。

谢尔盖伊奇讲起很久以前在斯拉维扬斯克召开的养蜂人大会,讲起住宿公寓的房间,讲起晚上的聚会,他的声音中带着倦意。

伊万·费奥多罗维奇听着,点了点头,眼睛盯着电脑显示器。

"告诉我——你还有一个熟人,叫彼得罗?"他突然插嘴问。

谢尔盖伊奇惊讶得目瞪口呆。

"彼得罗?"他问,"哪一个彼得罗?"

"给你发短信的那个。"伊万·费奥多罗维奇回答道,一边把显示器的右侧挪近了一点,好像在看上面的内容,"你问他:'活着?'他回答说:'活着。'这种情况发生了好几次……"

"你怎么知道的?"谢尔盖伊奇脱口而出。

伊万·费奥多罗维奇冷笑了一下。

"嗯,想想看,我给你个提示。你是否记得在进入俄罗斯境内时上交了手机和护照?是吧?"

养蜂人绞尽脑汁。他回忆起那天的每一个细节:写着"离俄罗斯占区十八公里"的变压器箱;琼加尔;那间预制件搭成的办公室里,穿着便服的人让他讲了整整一个小时;记者们围着他那辆没有玻璃的日古利车的采访;送给他的修理费……"那么这个彼得罗是什么人,嗯?"办公室的主人重复了他的问题。

"哦,我的一个朋友……从邻村来的。他们也遭到炮击。"谢尔盖伊奇说。用右手摸了摸裤兜里的手机,在里面。

"谁在炮轰他们?"

"嗯,你知道……我们这边……分离分子。"养蜂人迟疑地说。

"你们那边……分离分子?"伊万·费奥多罗维奇若有所思地问道,"我想这意味着彼得罗不是一个分离主义者?既然分离分子在炮轰他……"

"不,他——"谢尔盖伊奇刚想回答,但又停住了,他意识到自己可能会无意中说出一个在这里没有人会善意地看待的真相。"他就住在那里……但这不是我来这里的原因。你为什么要审问我?"

"你是什么意思?"伊万·费奥多罗维奇说,"不,不,这不是审讯——这只是一次谈话。既然你大老远来到我们这里,为什么不可以问几个问题呢?试着理解一下……你在这里是个外国人,来自战区。看到上面写什么了吗?"他对着谢尔盖伊奇看不到的显示器说,"'出于人道主义原因允许入境。'换句话说，我们同情你和你的蜜蜂，让你进入了俄罗斯。所以现在我要提醒你注意你的言辞……你不希望任何人指责你忘恩负义吧。"

"不，不，我不是在抱怨——我一个人待着，像教堂里的老鼠一样安静。我所做的就是照顾我的蜜蜂！"

"那就继续待着吧，别跟其他人来往。但不能超过九十天。至于你的阿赫塔姆，让他的遗孀去找警察。这个案子不是克里米亚自卫队[16]就是和哥萨克人有关。"

在这段谈话中，"遗孀"这个词，在谢尔盖耶奇的脑子里闪过。他额头冒出冷汗来，他凝视着对方的眼睛，伊凡·费奥多罗维奇的眼睛是那种略带紫色调的矢车菊蓝。办公室的主人沉默了。

"这么说她是个寡妇了？"谢尔盖伊奇想再确认一下。

"我口误了，"伊万·费奥多罗维奇努力挤出了点笑容说，"这个案子还没有结案，目前至少有二十多起这样的案件在警方手中，但我们无法控制他们。所以请走吧。这是你的护照。"

谢尔盖伊奇站起身，拿起护照，看了一下插页是否在里面。

"在走廊尽头右转，然后再右转。"伊万·费奥多罗维奇告诉他。

对于谢尔盖伊奇来说，独自走在这条长长的走廊上并不容易。他觉得左边或右边的任何一扇门随时都可能打开，某个面目模糊的全副武装的人会冲出来把他拖进去。那些门缓慢从他身边闪过。他走得很小心,就像走过雷区一样,根本顾不上看两边办公室门牌上的名字和职位。不知为什么,这时传来了他儿时祖母的声音,"永远不要直视乌斯季姆的眼睛,危险。"直到去世,祖母一直用令人惊叹的悦耳声音说话,从她的声音中,人们无法猜出她的年龄。

乌斯季姆是村子里的一个疯子,通常是不伤害人的。但如果有人看他的眼睛,他会立刻粘上对方,几个小时地跟着人家,还跟着对方回家。他会坐在人家门口,直至连威胁带喊叫把他赶走为止。

前面还有一个走廊,养蜂人加快了脚步。他一直盯着自己的脚下,直到走下台阶,走到岗哨处。

离开大门十几米远,谢尔盖伊奇才回过神来。他注意到自己还紧紧地握着护照,这才把护照塞进口袋。然后他掏出手机,想看看时间,但手机没电了。

他不慌不忙地向林荫道走去,别基尔在那里等他——等着他带来的消息。但是养蜂人有什么消息呢?没有……只不过这个费奥多罗维奇称艾瑟鲁为"遗孀"。没错,他后来声称自己说错了,但是处在他这个位置上的人会说错话吗?不,谢尔盖伊奇边走边想,那正是他想告诉我的……他可能没有权利说更多。是的,一个人怎么会无缘无故地称一个女人为"遗孀"呢?

蓝色尼瓦车还停在原地,别基尔则在附近的阴凉处躲避太阳。年轻人吃着冰淇淋,当看到养蜂人时,咬了一大口,以便更快地吃完。

"车门开着——快进去吧！"他喊道。

大约三分钟后，他们上路了。由于天气太热，前车门上两扇窗户的玻璃摇了下来，城市的嘈杂声也随着暖风吹进车里。车内那么大的噪音，说起话来很不方便。

当别基尔把车开上塞瓦斯托波尔高速公路时，他摇上了车窗，车内变得安静了。

"他们对您说了些什么？"他问。

"没有什么具体的，"谢尔盖伊奇回答，他决定不提"遗孀"这个词，"我和一个穿便服的人谈过。他说应该去找警察，说有二十几起这样的案件，哥萨克人和克里米亚民兵都是罪魁祸首。"

"没有别的了吗？"

"没有。"谢尔盖伊奇摇摇头。

"嗯……不管怎样，谢谢您，"别基尔叹了一口气说，"妈妈打电话来说等我们回去吃晚饭……她还问您能不能帮我们卸一下煤。"

"煤炭吗？"谢尔盖伊奇振作起来，"当然可以！但你们需要煤做什么？"

"我们冬天也要烧煤。"

谢尔盖伊奇闭上眼睛，算计着他自己家的煤炭储备。他把双手放在膝盖上，几乎能感觉到从炉灶里散发出来的温暖。养蜂人笑了笑，打了个盹，突然感到一阵疲劳——这是因为之前走在那个办公楼长长的走廊里造成的神经紧张，也是因为炎热天气带来的身体上的疲劳。

第 50 章

只有从小跟煤打交道的人，才能轻而易举地算出一辆自卸卡车倾卸下来的煤有多少吨。这样的行家，不需要测量煤堆的半径和高度，只要看一眼，在心里掂量一下，跟自己过去烧过的煤堆比一比，就能知道这煤有多少吨。

"绝对有五吨！"别基尔坚决地说。他们一边把煤铲到手推车里，准备把它推到房子后面的煤窑里，那里有一个活动板门和混凝土坡道。这个煤窑是由懂行的人建造的，完全考虑了使用固体燃料的复杂情况。

谢尔盖伊奇再次摇了摇头。他最初估计那堆煤有四吨多一点，但现在，他看到煤堆里有多少废石头，减去这些石头的重量，他把自己的估计的数量修正为绝对不超过四吨。对于别基尔那么笃定的判断，养蜂人决定不提那些废石。他们又轮流推了十车。最后一车，谢尔盖伊奇手疼得有点推不动了，他停在煤窑口，等着别基尔过来帮他一把。

"你们的煤总是这样吗？"他问。

别基尔当然明白这个问题的含义。他用手擦掉额头上的汗。

"有时候，我们从罗斯托夫那里买到的煤会比较好，煤很纯，"他回答，"但价钱几乎是两倍。那是从顿巴斯运过来的，保证不会有石头……但是我们现在能怎么办呢？他们提前拿了钱，司机把煤卸下来就走了，我们能跟谁抱怨呀？"

谢尔盖伊奇点了点头，抓起小推车的把手往前推，经过坡道、台阶，把煤倒入煤窖里。卸完一车，他俩又用铁锹把煤窖口的煤块往里铲，以便继续往煤窖里卸煤。

晚上七点，他们终于把煤全部卸完了。在晚饭的餐桌上，艾瑟鲁不停地向谢尔盖伊奇投去询问的目光。有时她会用鞑靼语和儿子女儿说几句话，但声音很小，几乎是耳语，以免让客人感到不舒服。

"他们什么也没告诉您吗？"餐后，她一边喝茶一边问，把一盘果仁蜜饼推到谢尔盖伊奇面前。

他摇摇头，叹了一口气。

"不管怎样，您还是去了，这很好，"艾瑟鲁看着他说，"说出口的话是不会消失的——尤其是问题，您拜访过的人一定会注意阿赫塔姆的案子的。"

谢尔盖伊奇不安地看了女主人一眼，然后把目光转向他的手机，手机放在地板角落深红色的厚地毯上充电。

他想，走的时候一定要记得带上它。

这时，伊凡·费奥多罗维奇的声音又在他的脑海里出现："告诉他的遗孀……"谢尔盖伊奇把目光转向艾瑟鲁。他想对她说点什么，说点安慰的话——可是说什么呢？他感到肩膀沉沉的，隐隐作痛，手掌也很疼。毕竟，卸煤可不是件容易的事。

"我送您回去。"晚餐结束时别基尔说。

"不用了，"谢尔盖伊奇坚持道，"散步对我有好处。今天手活动多了，但是腿没有——所以让腿活动活动吧。"

艾瑟鲁把他送到门口，递给他一沓卢布。"这是卖蜂蜜的钱，"她说，"您的和我们的蜂蜜都卖了个好价钱。"

谢尔盖伊奇接过钱，没有数就直接塞进了口袋。

他走出院子，沿熟悉的路朝清真寺走去，然后向左转，就踏上回家的路了。天空越来越低，暮色越来越浓，但是真正的黑暗——谢尔盖伊奇从孩提时代在顿巴斯就熟悉的那种——并没有降临。

远处不知道什么地方一只狗在叫，接着是一个女人的声音传到这个孤独的旅行者耳边。这个声音在叫什么人——也许是一只狗，也许是一只猫，隐隐约约听着是一个奇怪的名字。

当经过葡萄园向山上走去时，谢尔盖伊奇停了下来，沮丧地摇了摇头。他忘记拿手机了……但是他现在不愿意回去，也没有力气走回去了。反正他也不是真的需要手机……就像带着一串被遗忘很久的房子的钥匙一样，它们看起来很重要，但实际上毫无用处。谢尔盖伊奇的思绪又回到了家乡，回到了他的家，回到了帕什卡。在他身后，阿尔巴特村的灯光——尽管所有路牌都写着古比雪沃——颤抖着向远处消失。

第 51 章

当天晚上,谢尔盖伊奇一直无法入睡。起初是周围的刺猬,这些小动物们的鼻息声太大了,让他无法入眠。然后,脑海里又跳出了那个让他不安的对话——俄罗斯联邦安全局的伊万·费奥多罗维奇称艾瑟鲁为"遗孀",这个称谓是出于偶然的还是故意的呢?这个疑问一直困扰着他。

想了一晚上,午夜时分,谢尔盖伊奇终于相信了这位俄罗斯联邦安全局官员的话,相信阿赫塔姆已经不在人世了。他感到难过的并不是阿赫塔姆——他几乎不记得自己的这位养蜂人同伴了,记忆里的阿赫塔姆完全是另一个人,比现实中的他年轻二十岁……不,他开始为艾瑟鲁和她的孩子们感到难过。但是,如果她的丈夫已经失踪近两年了,她又怎么会抱着他还活着的希望呢?她是个聪明的女人,一定明白,如果他们绑架了他,丢弃了那辆车,那么绑架者肯定是要他的性命的,而不是冲着他的钱财去的,这样的话，他们肯定已经杀了他。否则，他也会想办法让家人知道自己还活着。

谢尔盖伊奇翻了个身，趴着——他找不到一个舒服的姿势，他又翻身，仰面躺下。睡袋半开着，但他还是觉得无比燥热。黑暗中，他索性坐了起来，这时他想到了圣像，决定把它找出来，这样晚上的蜡烛就不会白点了。养蜂人从睡袋里爬起来，摸索着找到手电筒。他打开电筒，在帐篷内四处寻摸了一通，然后照在了插蜡烛的罐子上，蜡烛是熄灭的。他关掉手电筒，爬回睡袋里，终于累了，这回睡着了。但这一觉也没睡太长，不过三四个小时。

当他醒来时，阳光倾泻在帐篷上，但刺眼的光线并没有穿透篷布，所以他不是被阳光照醒的。

他穿上运动裤和T恤，走出帐篷。阳光刺眼，他眯着眼睛，拿起床单走到靠近蜂箱的一处阴凉的地方，把床单铺在地上，坐了下来。坐了一会儿，听着蜜蜂嗡嗡的欢快声，谢尔盖伊奇完全清醒过来。然后他开始生火烧水。烟熏得他鼻子发痒，忍不住打了个喷嚏。仿佛五官突然畅通了似的，大自然的声音在他的耳朵里变得更响亮了，鸟儿的歌声更加欢实，引得蜜蜂共鸣，嗡嗡地响个不停。

在大自然欢快的声音中，他听到了另一种熟悉的声音——一辆由远而近的汽车引擎声。他走到路边，看见那辆蓝色的尼瓦汽车。

别基尔在谢尔盖伊奇身旁停下车，把手机和充电器递给养蜂人，还给了他一袋面饼和蔬菜。他说村里停电了，他得赶回去,便开着车走了。

谢尔盖伊奇回到火堆旁坐了下来。他一边喝茶,一边吃着西红柿和面饼。吃完早餐,他拿起手机,发现手机上有一个未接来电。他非常惊讶地发现电话是从俄罗斯打来的,一串长长的陌生电话号码,前面是长途电话的加号和区号的显示。养蜂人耸了耸肩,一定是对方误拨,他断定。为了以防万一,他查看了自己的短信。没什么新的短信,还是那两条——"活着?"和"活着。"彼得罗没有回复最新的消息,所以谢尔盖伊奇决定再发送一个常见的词语问候一下。还没想好发什么信息之前,他决定先给帕什卡打个电话。

"找我有事吗?"他的邻居惊讶地问。

"想家了,"谢尔盖伊奇坦白地承认,"最近怎么样?"

"最近很安静——最近两个星期。在那之前,枪炮声很密集……嘿,来过一个神父!给了我一个圣像,并保证他们会重建教堂。后来浸信会的教徒来了,说他们会在八月底把过冬用的煤运过来——免费的!"

"给你吗?"

"给我,也给你,如果到时候你能回来的话。他们说只给那些留在这里的人。"

"我会回去的,我会回去的,"谢尔盖伊奇明显变得焦虑起来,"我家还好吗?"

"为什么不好呢?我会时不时过去看看的。对了,我又试穿了一下你放在盒子里的那双皮鞋,这鞋真软,像穿拖鞋一样。"

养蜂人笑了,"小心点儿穿。"

"你以为我是白痴?"帕什卡说,"你去过海边了吗?"

"我离海岸很远,但他们会把我带去的,他们答应了。"

"好吧,那么,咱们继续聊聊吧,好吗?我讨厌一个人待着……还好卡鲁谢里诺的人又来了,他们的俄罗斯指挥官被杀了,换了一个本地的。我偶尔还会去那里,买点面包和酒,否则我会发疯的。"

谢尔盖伊奇和帕什卡谈了个够。挂了电话后,他很想给维塔利娜打电话,但他想不出要说什么。

他在汽车后备厢里找到了圣像。重新把圣像放在帐篷最左边的角落,放在蜡烛罐的前面。他还在车后备厢里发现了两大捆蜡烛,他把它们藏在睡袋的枕头后面。

日子像鸟儿在头顶掠过一样地飞逝。帕什卡的声音不断地在谢尔盖伊奇的脑海里响起。对养蜂人来说,想到他那一无是处的亦敌亦友的邻居穿上了州长的皮鞋,他感到特别高兴,这意味着那双鞋子仍然在盒子里,仍然是安全的。

希望他不要穿着它们去卡鲁谢里诺,他想。他的分离主义的伙伴不会放过这双鞋的,他们可能会把他打晕,然后把鞋子占为己有。

天黑后,他在圣像前点燃一支蜡烛,又把帐篷外面的篝火重新生起来,这样帐篷内外他的两个临时居所都有光了。当然,帐篷里的蜡烛比空地上的篝火更显得温馨。但是帐篷外的这个"大房子"并不需要篝火的照明,生火是为了舒适和取暖，也是为了泡茶和做饭。睡觉前，养蜂人出去散步，他走在通往葡萄园的那条路上，去看看阿尔巴特的夜色。他在老地方停下来，但没有看见灯光。今天晚上，村庄消失了——反正他没看见。但是谢尔盖伊奇并没有把目光从眼前这个看不见的村庄移开，前方那些曾经的路灯和窗户里透出的灯火，通常是他睡前的一种慰藉。他惊讶于没有电的阿尔巴特是如何逐渐消失在南方浓密的黑暗中，它像没有生命的废墟。事实上，从卡鲁谢里诺或日丹尼夫卡的角度看，他的家乡小斯塔罗格拉多夫卡村在夜里大概也是这样的废墟吧。

他想起别基尔早些时候告诉他停电的事。显然现在仍然还没来电。

养蜂人回想起自己没有电的生活。当然一开始很不习惯，甚至很痛苦……而最痛苦的莫过于电视机的黑屏，这比拔掉电源的冰箱更痛苦。但最终他还是习惯了，毕竟，蜜蜂没有电也能活得很好，那为什么人类不能呢？人类比蜜蜂还差吗？

谢尔盖伊奇想了一会儿，是的，人比蜜蜂还差，他总结道。

然后他想到了艾瑟鲁和她的孩子们。有些人比蜜蜂差，有些人像蜜蜂一样好。但比蜜蜂更好的人呢？不太可能有的。他决定给艾瑟鲁送一些蜡烛去，谁知道电力什么时候恢复呢？也许明天，也许一个星期后……

谢尔盖伊奇拿了一捆蜡烛，放进袋子里。他掂了掂袋子,很重——大约有五十支蜡烛。他动身去村子,走在路上,享受着这意想不到的夜晚的凉爽。

阿尔巴特—古比雪沃村的头几幢房子,黑洞洞的门窗里悄无声息,令人害怕。养蜂人好几次抬起头来想要寻找路灯,希望至少能看到一丝光亮。但黑暗笼罩着大地。虽然他的眼睛已经习惯了这种环境,在漆黑之中还能辨别方向。没有一丝光亮的环境给夜晚的寂静增添了恐惧感,村子显得更安静了,好像它在恐惧中躲藏起来,又好像它已经不复存在。没有狗叫,也没有一辆汽车驶过……

谢尔盖伊奇经过清真寺,向右转,来到艾瑟鲁家的院子。走进院子的时候,养蜂人仔细地听了一下,周围安静至极,好像周围的世界已经屏住了呼吸。他上了台阶,把耳朵贴在房门上听一下屋内动静,地板吱吱作响,看来他们还都没有上床睡觉。他想敲门,但突然改变了主意,他们会让我进去的……那么热情好客……

他把那袋蜡烛放在门口,敲了三下门,然后匆匆离开。

走到街上的时候,谢尔盖伊奇听见有人打开门,捡起了那个塑料袋。

回来的路上他觉得轻松多了,不是因为腾出手来,而是因为做了一件好事感到的喜悦。这似乎给了他力量,所以他格外轻松地踏上了返回养蜂场的山路。

第 52 章

深夜，雨点像鼓槌似的敲打在帐篷的帆布篷顶上。起初，谢尔盖伊奇以为这是一场梦，梦里他畅快淋漓地呼吸着新鲜空气。早晨他睁开眼睛，听到同样的雨声，他深深地吸了一口气，感觉到湿润的空气使人心旷神怡，跟梦境里的感觉一模一样，只是他在夜里感受到的喜悦突然消失了。他无数次地意识到，虽然梦不过是电影，但它们的原创往往来自现实生活。

自从战争开始以来，谢尔盖伊奇经常陷入这样的梦境之中。他回想起二〇一四年春末的一个遥远的梦，虽然当时附近已经响起了爆炸声，但小斯塔罗格拉多夫卡村各家窗户还亮着灯光。梦中的他，还是一个孩子，在一个乌云密布、风雨交加的时刻，光着脚穿过一片耕地往家里跑。乌云很低，似乎就在身后追着他跑，追着他的还有伴随着雷鸣的电闪。他在田野里拼命地奔跑，脚陷入刚被犁耙耕过的泥土里，恐惧的他用力把脚拔出来，继续奔跑。他回过头，看见一道道锯齿状的闪电沉入地下，或远或近。在每一次撞击中，大地似乎都在颤抖，奔跑中的他也感受到了这些震动。他看着前方的村子，炮弹落下来的景象跟闪电完全不同，地面巨大的土块抛向空中。在梦中他停了下来，环顾四周，思考着现在他应该跑到哪里去？就在那一刻，他醒了，那是二〇一四年的春天。梦消失了，但炮声还在，直到黎明时分才停下来。

养蜂人揉了揉太阳穴，用手掌抚摩了一下不久前在韦塞莱市中心修剪过的灰白短发，然后从睡袋里爬出来，心平气和地开始新的一天。

他走出帐篷，光着脚踩在草地上，雨点打在他的肩膀、胸前，非常舒服、惬意。一点也不冷，克里米亚盛夏的雨怎么会凉呢？

看着湿漉漉的火坑，养蜂人意识到没法马上喝上茶了。

突然，他听到说话声和脚步声，还有树枝被踩过的声音。他环顾四周，是几个穿着透明雨披、背着背囊的男女青年，他们正从葡萄园通往泉水的小路上走过来。看见谢尔盖伊奇时，他们停了下来，其中一个姑娘拿出智能手机，对着这位穿着短裤的养蜂人拍了张照，然后她看着他的眼睛，抱歉地微笑着。

"对不起，我们是游客，"其中一个小伙子对谢尔盖伊奇说，"这是去巴什塔诺夫卡的路吗？"

"我不知道，"谢尔盖伊奇回答，"我不是当地人。"

"哦？您从哪里来的？"

"顿巴斯。"

小伙子紧张起来，看了一眼帐篷，不知是向谢尔盖伊奇还是向他的同伴点点头，继续赶路。

他们穿着雨披从养蜂人身旁经过，没有再看他一眼。这时，谢尔盖伊奇感到一阵寒意，胸口发闷，突然他爆发出一阵熟悉的咳嗽。他急忙跑回帐篷，用毛巾擦干身上的雨水，穿好衣服。此时，他发现圣像前的蜡烛已经燃尽了，但他没有再点上新的。

傍晚，雨停了，湿草开始变干，太阳在下山前，一直努力使空气变暖。夜幕降临，谢尔盖伊奇向葡萄园走去，村子里依然没有灯光。

这是怎么回事呢？养蜂人开始急躁不安。他往山下走去，他要去艾瑟鲁家看看，看看她家里的状况。在这个夜晚，也许是因为白天下了雨，也许是因为时间不太晚，在山路上眺望阿尔巴特村，既看得见，也能听得见村庄里的声息。谢尔盖伊奇一进村子，就看见路上停了两辆汽车，前车灯扫过篱笆和房屋，还有人拿着电筒在街上走。村里传来狗的吠叫，一只蝙蝠从他头顶飞过，拍打着好像油布似的翅膀，发出清脆的声音。

谢尔盖伊奇走进熟悉的院子，在葡萄藤下宽阔舒适的拱门前停了下来。头顶上的树叶在微风中沙沙作响。

他走到离门最近的那扇窗户前往里看，只见屋里有亮光——虽然很暗，但足以应付晚上的生活。他踮起脚尖往里面看，桌子上燃烧着三支蜡烛。

昨天的一件好事又再一次让养蜂人的心充满了温暖。他嘴角露出一丝微笑，悄悄离开了院子。

走到街上，谢尔盖伊奇再一次回头看了看艾瑟鲁家。

这就是生活，他想，温馨、宁静、葡萄树……

然后他折回山上营地。一路上，当听到身后有发动机的声音，或者看到前面有刺眼的车灯时，他就走到路边看一看。

如果我能卖掉那里的房子，在这里买一个……他幻想着，仿佛已经离开了村子。

他再次回头看了看因为停电而陷入舒适而宁静的黑暗中的阿尔巴特村。

但我怎么能卖得掉房子呢？他问自己，谁会愿意住到那里？

奇怪的是，就连这个他突然产生的幻想被自己否定时，他并没有特别沮丧。"没关系，"当他走过葡萄园回到养蜂场时，他低声对自己说，"什么东西都有买家。你只需要耐心等待……"

第 53 章

当太阳下山时,谢尔盖伊奇像往常一样走到山路上。最后一抹金色的晚霞照在阿尔巴特村。晚霞仿佛放大镜一般,把村庄拉近,村子里的建筑轮廓分明,灰色、绿色和红色石棉瓦屋顶以及低矮的清真寺和教堂在夏日余晖之下熠熠生辉。

天色慢慢变暗了,夕阳渐渐把山的影子笼罩在山谷里——那是逝去的夏日的影子。

村庄隐去了,谢尔盖伊奇站在葡萄园上方的山上,陷入了沉思。当他往回走时,在半明半暗的山谷里,街灯开始一盏一盏地亮了起来,而身后的村子里,到处都是从窗户里透出来的灯光。

"感谢上帝。"谢尔盖伊奇自言自语道。

他产生了一种奇特的感觉,好像在某种程度上是他恢复了村庄的供电。他在山路上站了半个多小时,直到太阳下山，天色彻底暗下来。他觉得这是值得的，他站在那里是为了督促夜幕来临之际，阿尔巴特能够获得光明。

晚间灯火通明的村庄，看起来比白天更浪漫迷人。街灯的光影勾勒出道路的轮廓，也突显了阿尔巴特的规模，至少有二十多条街道和小巷。现在，在街灯的照射下，谢尔盖伊奇感觉自己终于能真正看到这个名字古怪但迷人的阿尔巴特村庄了，可惜没有任何路标指引它。他觉得，在明亮的窗户后面，阿尔巴特仿佛活着、呼吸着，并用它自己的阿尔巴特语言交流着。而在白天或者傍晚暮色降临前，在灯光亮起之前，他所看到的只是古比雪沃。那个地方说俄语——也就是古比雪沃语——南方的植物名称例外，它和小斯塔罗格拉多夫卡村几乎没有什么不同……

这个想法使养蜂人着迷，他浮想联翩。他想，如果村子仍然断电，夜晚它仍然是古比雪沃村，在这样的夜晚，他所熟悉的"不舒适"只能靠点燃蜡烛才能驱散。

然后，谢尔盖伊奇的思绪不由自主地跳到他在灰色地带的家。他的眼睛里闪过一丝悲伤，他想起房间中央自制的炉灶，想起它在整个冬天和春天给他的温暖，但他知道自己的炉子和房子都在远处，由帕什卡照料着。阿尔巴特的灯光使他眼里的悲伤消失了，他恢复了平静而愉快的心情。这种心情使生活保持平衡，也使人产生一种错觉，以为平静本身就是幸福的。

在饱览了阿尔巴特的夜色之后，谢尔盖伊奇转过身来，带着平静和安宁的心情回到养蜂场。但这时远处的警笛声引起了他的注意。如果不是山脉的回声的话，或许不止一个警笛而是好几个。他再次转过身来，看见远处沿着别利别克河通往阿尔巴特的路上，几辆汽车正向村子驶来。红色的警灯一闪一闪，现在他终于听清楚了是好几个警笛在响，声音由远而近，越来越响亮。车灯照亮了道路，车队向左转，穿过街道，又转了两个弯，停了下来。警笛沉默了，警灯也关闭了。阿尔巴特又恢复了平静，但谢尔盖伊奇觉得这种新的平静令人不安。

养蜂人仔细地看着那些车，它们的前灯还亮着，所以看得很清楚。车队闯入宁静的阿尔巴特使他惊慌起来。养蜂人断定车子停在了艾瑟鲁家附近的某个地方，这增加了他的焦虑感。

他的手机显示已经十点半了——不是特别早，也不是特别晚，但正是各种不幸事件发生的时间，这是因为人在黑暗世界和夜晚降临之前毫无防备。

为什么有这么多车？他纳闷，也许是救护车？但为什么这么多呢？

一种不祥的预感在他的舌尖留下了苦涩的味道。

我要下去看看，谢尔盖伊奇暗暗决定，一天的疲劳也动摇不了他要去一探究竟的决心。

他往篝火里添了一些树枝，让火烧得旺一点儿，以表明他还在附近。他不希望那些在克里米亚山脉闲逛的游客，以为帐篷被遗弃而占据了他的帐篷。

踏上村子的第一条街道时，谢尔盖伊奇有一种奇怪的异乡人的感觉。尽管一切看上去都没什么变化，但他觉得阿尔巴特似乎对他大发雷霆。街灯亮着，窗户里透着灯光——也许今天晚上这个时候亮灯的窗户比平时都要多，但空气中有一种他以前没有注意到的东西。他听到很多嘈杂的声音，有关门声，还有用他听不懂的语言叫喊的声音（显然是鞑靼语，但在这个黑暗的夜晚太刺耳了）。突然，三个人追上了他，他们大声地说着鞑靼语，从他身边走过，没有注意到他。他们几乎是在奔跑，绕过了下一个拐角，然后消失了。

还没来得及在同一个街角拐弯朝艾瑟鲁家走去，谢尔盖伊奇就感到了自己与周围的气氛格格不入。另一群人追上了他，其中一个人戴着白色非斯帽，他们低声交谈着，不经意间轻轻地把谢尔盖伊奇挤到了一边。这个无意的动作使养蜂人吓了一跳，他停住了脚步，站在不知谁家的篱笆旁边。这时他又看到另一群人朝着同一个方向——汽车急驶的方向走去。

他在那儿站了一会儿，继续往前走。这一回，他紧紧贴着人行道的边缘走着，以免再次被推到一边。

走到艾瑟鲁家外面，他发现那里已经聚集有大约五十人，几辆汽车停在那里，汽车旁是一群警察，他们穿着看不清颜色的斑驳制服，外面套着黑色防弹背心。

这时，谢尔盖伊奇意识到发生了非常严重的事情，他迫切地想知道是什么。但他该问谁呢？那些正在用自己的语言滔滔不绝地交谈的鞑靼人？或者那些母语明显是俄语的武装人员？

谢尔盖伊奇轻轻拍了拍站在旁边的一个鞑靼人的肩膀，那人转过身来。

"出什么事了？"养蜂人问。

"这跟你有什么关系？"鞑靼人奇怪地问，"运回了一具我们人的尸体。"

"是阿赫塔姆吗？"谢尔盖伊奇猜测道。

"你认识他？"

谢尔盖伊奇点头。

"是的，是阿赫塔姆。他的尸体在森林里被找到的，很久以前就被杀了。"鞑靼人解释。

谢尔盖伊奇咬着下嘴唇，盯着艾瑟鲁的房子，她家所有的窗户都透着灯光。

"那么多警察来做什么？"养蜂人问道。这个问题好像不是问鞑靼人，而是问他自己。他的目光一直没有离开艾瑟鲁家客厅的窗户。

"他们要在这里待几天，"鞑靼人用冷漠的语调说，"直到葬礼结束。他们害怕了。"

"什么时候举行葬礼？"

"明天早晨。"鞑靼人回答。他显然是想结束谈话，于是转向另一群人，其中包括那个戴白色非斯帽的人。

谢尔盖伊奇走到一旁。他看见那扇闭着门的院子里，停着蓝色的尼瓦车，他仔细地听了听，想集中注意力，看看能否听到艾瑟鲁在房子里的哭泣声，但他没有听到屋内的哭泣，因为周围充满了太多的噪音，包括远处的汽车引擎声。紧挨着门口停了一辆卡玛斯牌的警用越野车，前车灯的红黄色光束明晃晃地照射着前方聚集在一起的鞑靼人，但众人并不理会这车灯和警察，他们低头注视着掌心朝上举在胸前的双手，低声地祷告。

谢尔盖伊奇屏住呼吸，这时，有三个人从他身边走过。其中两个人抬着一个木担架，第三个人拿着一条折叠了好几折的绿色毯子或是被单。

养蜂人开始觉得自己的存在是多余的，他转身走开，却听到身后传来急促的脚步声。

"等一等。"一个说着纯正俄语的男人喊住他。

养蜂人转过身来，迎面碰上一个穿着黑裤子和黑色防风夹克的健壮男人。

"护照。"那人追问。

"什么？"谢尔盖伊奇吃惊地问，"我的护照在帐篷里。"

"帐篷在哪儿？"

"在那边，"养蜂人指了指葡萄园，"在养蜂场旁边。"

"你是养蜂人？"

"嗯，是的……但我不是当地人，我从顿巴斯来。"

"啊……"那人拖长声音，好像已经知道谢尔盖伊奇的一切，"你来这里做什么？"

"来看看发生了什么事，我听见有警笛声。"

"明白了，是好奇心，"男人向谢尔盖伊奇点点头，但他脸上的表情既不和善，也不平静，"那么，走吧，回到你的蜂箱那儿去,这不是一个东正教徒待的地方。"

谢尔盖伊奇沿路往回走,走了几步,他回头看了看那个肌肉发达的男人是否还在注视着他,发现他走开了,但此时,鞑靼人却越聚越多。

"不是一个东正教徒待的地方。"谢尔盖伊奇低头看着脚下的路在想,他是指整个克里米亚吗?那不可能……在阿尔巴特就有一座教堂……还是他的意思是我不该和鞑靼人混在一起?

谢尔盖伊奇哼了一声,把目光转向通往养蜂场路旁的葡萄园。

走上山坡,到达喜欢驻足凝视阿尔巴特的地方时,养蜂人停了下来,想在睡觉前看它最后一眼。但他没有找到村子,前方一片黑洞洞的,又停电了,阿尔巴特又变成了古比雪沃。

第 54 章

第二天一大早,谢尔盖伊奇用整整一瓶子的泉水洗漱完毕,匆匆忙忙地到村里去。一路上,他满脑子都想着葬礼的事,当走到第一户人家时,他停下来审视了一下自己。养蜂人用手掸一掸没有熨烫的裤子,把白衬衫塞进裤子里,他对自己的运动衣不满意,灰色的外套不适合这种场合,但他没有别的了。

转到艾瑟鲁家所在的街道上后,谢尔盖伊奇注意到那辆蓝色的尼瓦车停在了院外。在它的后面,也就是前一天晚上警车停过的地方,停着一辆大型黑色卡玛斯警用越野车,车旁边站着三名克里米亚宪兵队的警察,他们穿着制服,但没有戴头盔。他们懒洋洋地站在车旁闲聊着,系在腰带上的黑色警棍,随着身体的摇晃不时地摆来摆去。

参加葬礼的人们聚集在艾瑟鲁家的院子里。房门敞开着,人们进进出出,低声说着鞑靼语。谢尔盖伊奇站在院子中间，寻找别基尔或艾莎。他有些害怕，不敢靠近屋子，更不用说进去了。当他看见别基尔站在门口时，急忙走了过去。

"别基尔！别基尔！"看到阿赫塔姆的儿子要进屋子，他喊道。年轻人环顾四周，看到了养蜂人，急忙朝他走去。

"我可以去墓地吗？"谢尔盖伊奇小心翼翼地问。

"您在这里等着，我去问问伊玛目。"别基尔说完后，消失在屋子里。

谢尔盖伊奇在门口站了大约五分钟，尽量不妨碍从他身边进进出出的人们，但此刻，他感觉自己无论走到哪里，都妨碍着他们。他开始觉得自己像一只蜜蜂在一个陌生的蜂巢里，他太清楚蜂巢里的蜜蜂会如何对待外来者……这时，别基尔出现了。

"您可以参加，"他轻声说，"但当我们开始祈祷的时候，您就得从父亲的墓地离开。"

"万能的真主呀，请接受我的哀悼。"一位上了年纪的鞑靼人朝别基尔走过来，大声说道。

"谢谢您，我的朋友。"[17]别基尔回答，然后转身离开谢尔盖伊奇。

人们从屋里搬出一张宽大的长凳，放在院子中央，然后把担架抬出来放在长凳上。担架上躺着用绿色的裹尸布包裹着的阿赫塔姆的尸体，裹尸布上面绣着金色阿拉伯文字。前来吊唁的人们围着担架，在人群和死者之间留出一些空地。谢尔盖伊奇注意到，所有的男人都戴着非斯帽。

事实上，谢尔盖伊奇惊讶地发现，所有来向阿赫塔姆告别的都是男人，他甚至没有看见艾瑟鲁和艾莎在死者身边。

这时，伊玛目走到担架旁。院子里响起他那严肃、悲伤的声音，他所说的语言谢尔盖伊奇一句也听不懂，但他的身体和皮肤能感觉到每一个字。当鞑靼人朝向上的手掌祈祷时，他也不需要翻译，仿佛他们希望通过手掌反弹，让恳求飞向万能的真主。

从那一刻起，谢尔盖伊奇所经历的一切，就像一只在陌生蜂巢里的蜜蜂所经历的。他走在送葬队伍的最后，在他前面，朋友和邻居们轮流用肩抬着阿赫塔姆的尸体。到了墓地，他也稍微站在旁边一点儿——不像一个旁观者那样远，但也不像一个死者亲近的人那样近。他听着鞑靼人说话，语句听起来越来越清楚了，他甚至开始分辨出个别的词，尽管仍然不知道是什么意思。

他看着三个男人跳进坟墓，坟墓似乎非常狭窄，他们接过裹着绿布的尸体，缓缓地弯下腰，把尸体放入墓穴中。

天气越来越热了，太阳直射在墓地上空，附近的树梢上，一只不知疲倦的蟋蟀在一把看不见的小提琴上拉着刺耳的旋律。

养蜂人听着蟋蟀的演奏，放松下来。他的思绪被带到某个遥远的看不见的空间。他感觉脑袋变得轻飘飘的、空荡荡的——不只是思想，而是压在生命上的一切东西，那些积聚多年的记忆和经历，它们带来的痛苦几乎使人泪流满面。

他听到了一句保佑的话语。

谢尔盖伊奇把目光转向阿赫塔姆的坟墓,心情又开始沉重起来。

人们又对着向上举起的手掌念诵祷告词。

祷告结束后,他们开始离开墓地,谢尔盖伊奇注意到地上有两根木桩——一根在坟墓底部、另一根在顶部。

谢尔盖伊奇跟随其他人走动时开始怀疑自己是否应该参加丧宴。然后突然间他想,丧宴会举办吗?也许一切都不同……毕竟,他们的葬礼完全不像斯拉夫人那样……

当其他哀悼者鱼贯而入返回艾瑟鲁家的院子时,谢尔盖伊奇留在外面。他站了一两分钟后,用眼角余光四处寻找别基尔。

同时,从院子里传来同一句话:"安拉保佑。"

鞑靼人互相走动着,彼此重复这句话。

他们就像蜜蜂一样,谢尔盖伊奇想。

他决定回到养蜂场,回到他的蜜蜂和那些不是他的蜜蜂身边,他能理解它们的嗡嗡声——不用说,蜜蜂的语言比鞑靼语更好让人理解。他转过身去,背对着院子,这样没人会看到他。他在胸前划了三次十字,思念着逝者。

第 55 章

阿赫塔姆的葬礼已经过去一个星期，天气越来越好了。谢尔盖伊奇被鸟儿吵醒，他走出帐篷的时候，太阳已经高高地挂在头顶上。他向蜂箱走去，查看一下蜜蜂的情况，他还查看了阿赫塔姆的蜂箱，发现他的蜜蜂也在工作，没有受到主人死亡的影响。

他喝了茶，吃了早餐，然后意识到应该去买点东西了，他的储备快用完了。

在路上，他陷入了沉思。让他担心的是，自从父亲的葬礼后，别基尔就没来过养蜂场。似乎阿赫塔姆的家人和谢尔盖伊奇之间的联系中断了，仿佛是在阿赫塔姆悲惨的命运真相大白之后，他们故意回避他似的。谢尔盖伊奇左思右想，陷入僵局，不知道该怎么办……现在他该如何对待艾瑟鲁和她的孩子们呢？他们又该如何看待他——一个信仰不同、来自不同地方的人呢？当然，他是来寻求帮忙的，而且不是一个人,还有他的蜜蜂。尽管他们很痛苦,却一直向他提供帮助,不仅热情款待他,提供食物,还给予精神上的支持。他对他们产生了依恋,就像一只流浪狗越来越喜欢善良的主人一样,摇着尾巴跟随着他们。突然,死亡闯入了他们的关系之中,一切在沉默中结束,再也没有来往,仿佛他们把他忘记得一干二净。

他肩上挂着一个空背包,裤子口袋里装着一叠卢布,这是在进入克里米亚时人们送给他修理汽车的钱,还有艾瑟鲁帮他卖蜂蜜的钱。是的,他们帮助他把蜂蜜卖掉了,就是说,在葬礼前他们很关心他……也许他跟着他们去墓地得罪了他们?那一天的确只有他一个外人,没有一个当地的斯拉夫人前来吊唁。

谢尔盖伊奇摇了摇头,也许我该去拜访他们?他想。

显然,现在他们顾不上他了。他们在服丧,他不知道穆斯林人守孝有什么规矩,可能在这期间他们不能见外人,或者不能见不同信仰的人。

好吧,那他们会有礼貌地把我拒之门外,养蜂人决定了。他们会在门口解释的。是的,我应该先去他们家,然后再去商店……

谢尔盖伊奇掰着手指数葬礼过去的日子。他突然意识到,他数的不是白天而是夜晚,甚至不是夜晚,而是他的梦。他想起了前一天晚上"看到"的最后一个梦,一个可怕而愚蠢的梦。他梦见自己住在地下,在一个废弃的矿井里。不知怎的,矿井里奇迹般地还在供电。昏暗的灯光下,里面的床和家里的一模一样，也许就是同一张床。铁制的床框架子，床头板及床脚都是镀铬板材，床头每根柱子顶端都有闪亮的可松懈的圆形旋钮。六个蜂箱排成一排，摆放在离床大约三米远的地方。蜜蜂不停地从蜂箱往外飞，谢尔盖伊奇不知道它们要飞去哪里……他梦见自己坐在离床最近的那个蜂箱旁边，看着蜂箱的出入口。他看到蜜蜂飞出去，又飞回来，他们被自己采集的花粉压得扑通一声，重重地倒在蜂箱里，只是花粉是黑色的，像煤一样。谢尔盖伊奇看着蜜蜂，仔细观察它们，他有点不明白，也许是因为光线太暗的原因，蜜蜂看起来是灰色的，甚至是黑色的，像秋天的大苍蝇。但是他们那嗡嗡的叫声告诉他，就是蜜蜂，绝不会是其他昆虫。

快到清真寺的时候，养蜂人把昨晚的梦抛到脑后了。转到艾瑟鲁家那条街道时，他看见在她家栅栏旁停着一辆蓝色小巴和一辆蓝色吉普车，车顶上的警灯已经关闭。

当他经过艾瑟鲁家的栅栏时，一个斯拉夫人从小巴里走出来，好奇地盯着他。看起来这家伙好像要叫他，但养蜂人急匆匆走到门口，敲了敲门。很长时间没人来开门，谢尔盖伊奇刚想离开，这时，他听到有脚步声。

"哦，是您。"别基尔开门。

"我想过来看看，"谢尔盖伊奇低声说，"我来是向你母亲表示哀悼的。"

他们让这位不速之客入座，请他喝茶。"如果我来得不是时候，我很抱歉。"谢尔盖耶奇一边说，一边打量着女主人的脸，想弄清楚她的表情有什么变化。艾瑟鲁看上去很不舒服，好像好几天没睡觉似的，她的眼睛闪烁着一种奇怪的、冷漠的平静。艾莎在桌旁坐了下来，但只坐了一会儿，就拿起杯子离开了客厅。现在只剩下他们三个了。

梳妆台上燃着一支熟悉的教堂蜡烛，镜子盖着一块黑布，否则的话，镜子会把烛光反射到屋子里的，而且大白天，屋外的阳光从窗户射进来，这火焰完全是多余的。

"请接受我的哀悼，"谢尔盖伊奇的目光从蜡烛转向女主人，"请原谅我打扰了你们……"

艾瑟鲁点了点头。

"谢谢您，"她平静地说，"谢谢您去辛菲罗波尔。如果您不去那儿，他们是不会把阿赫塔姆还回来的。"

谢尔盖伊奇耸了耸肩。

"他们早就知道，"他看着艾瑟鲁的眼睛小声说，"我以前不想告诉您……跟我谈话的那个人，他称您为遗孀……"

女主人以惊人的平静接受了客人的这句话。

"如果丈夫没有下葬，是不能称她为寡妇的，"她说，"不过，我现在是个寡妇了……您明天来参加悼念吧。"

"过了九天了吗？"谢尔盖伊奇有点困惑地问。[18]

"六天，"她回答，"明天就是第七天。"

"你们是第七天进行悼念吗？"

"第三天、第七天、第四十天，还有第五十一天。"艾瑟鲁说着，低下眼睛看着自己的没有动过的茶杯，然后转身对儿子说，"明天你去接他？"

别基尔点头。

片刻之后,谢尔盖伊奇准备走了。在他们简短谈话期间,无论艾瑟鲁还是别基尔都没有碰自己的茶杯,所以养蜂人也决定不喝自己的茶。

阿赫塔姆的儿子把客人送到门口。

"可以告诉我,为什么艾瑟鲁没有参加葬礼?"谢尔盖伊奇离开前问道。

"妇女和儿童不参加,他们在家里告别,"别基尔解释,"我明天大约一点来接您。"

第 56 章

第二天，在悼念者的餐桌上，谢尔盖伊奇首先寻找酒，但他什么酒都没有找到，只有柠檬水和果汁。他当然知道穆斯林人禁止喝酒，只不过他想，也许在悼念时……毕竟，那是一个特例……他进来时，其他客人们都沉默了。他们看了他一眼，点了点头，然后站起来，开始用鞑靼语向女主人告别。这使谢尔盖伊奇很高兴，也许他就可以和阿赫塔姆的家人单独在一起，他们会说俄语。正当他这么想的时候，又走进来两个人。谢尔盖伊奇认出了其中的一个人，就是在墓地领着大家祈祷的那个人。那人用俄语跟养蜂人打招呼，并和他握手。然后所有的客人又开始说鞑靼语了。谢尔盖伊奇缩成一团，他感到很不舒服。更糟糕的是，他还产生了一种紧张的饥饿感。客人们又都重新坐了下来，他不再看他们，伸手拿起一块有奶酪和香草的大饼。

突然，那个在阿赫塔姆墓前带领祈祷的伊玛目，用一种出乎意料的响亮，而且在谢尔盖伊奇听起来是严厉的声音，向别基尔和艾瑟鲁讲话。艾莎听了，也从门后探出头来，走进房间倾听着。

伊玛目然后指着燃烧的蜡烛，向在场的人解释了一通。艾莎跑到梳妆台跟前，弯下腰，吹灭了蜡烛。

伊玛目赞许地看了女孩一眼。

大约五分钟后，他离开了，在走出房间的时候，他又握了握谢尔盖伊奇的手，这使养蜂人紧张的神经稍稍平复了一些。

伊玛目身后的门砰地关上，艾瑟鲁从座位上站起来，走到梳妆台旁边，划了根火柴，重新点燃蜡烛，回到桌子旁坐下。

接着，从走廊里传来了更多客人的说话声。他站起来，悲伤地看了女主人一眼，引起了她的注意，他向她点头告别，离开了客厅。在走廊里，他走到一边，给两个男人和一个女人让路，让他们走向哀悼者的桌前。

两辆小巴停在了栅栏旁。在离大门最近的一辆车里坐着警察，他们的制服外面都穿了黑色防弹背心。

不知什么原因，当走过葡萄园时，谢尔盖伊奇一直在想这些穿着防弹衣的警察。他想到了蜜蜂和蚂蚁也有自己的警卫，它们维持秩序，保护家庭免受外来入侵。他还认为人们可能会从蜜蜂那里学到一些关于维持秩序的常识。毕竟，只有蜜蜂才能在蜂巢中建立共产主义，这要归功于它们的有序和劳动。另一方面，蚂蚁才刚刚达到真正的、自然的社会主义阶段,这是因为它们不生产东西,它们只是遵守秩序和平等。但人呢?人们既没有秩序也没有平等,就连他们的警察也无事可做,只是在围栏旁站着……

回来的路上,谢尔盖伊奇满脑子想的都是蜜蜂、蚂蚁和艾瑟鲁家门外值勤的警察。但回到养蜂场,他的注意力突然被一群骑着山地自行车疾驰而来的游客吸引了,骑在前面的那个背着黄色背囊的人大声地向养蜂人打招呼。

"你们下午好!"谢尔盖伊奇大声回答。他停了下来,目送整个自行车队经过。

送走游客,谢尔盖伊奇去山泉打回泉水来。片刻后,帐篷里的手机响了起来。

养蜂人很惊讶,跑回帐篷拿起手机,看了一眼屏幕。

"加利娅?"他轻声说。

"谢尔盖?你能听到我说话吗?"

"是啊!是的!"养蜂人回答说,把手机贴在耳朵上。

"喂,你好吗?"

"还不错,这里很热。你呢?"

"我们这边……真是倒霉,"她慌张地说,"瓦利克自杀了,就是那个被你的蜜蜂蜇了眼睛的人。"

"什么意思?怎么死的?"

"用手榴弹把自己炸死的。他最近一直神志不清,因为失明,他总是撞到东西——撞到灯柱,撞到人。撞到人总是免不了打一架。今天早上我们听到一声巨响。全村的人都跑来了——我没关店就跑去了,我们看到他就在那儿,倒在他的院子里……"

谢尔盖伊奇叹了口气："很可怜啊！"

"是的，当然，这很可怜，"加利娅附和说，"但我打电话是想说，你可以回来了，现在没有人会打扰你了。"

"你真的这么认为吗？"

"我告诉你，回来吧，你回来一切都会好起来的……"

第 57 章

晚上，谢尔盖伊奇从汽车后备箱拿出那瓶蜂蜜伏特加，他端着平时用来喝茶的搪瓷杯，坐在阿赫塔姆的蜂箱旁边。阿赫塔姆的蜜蜂似乎并不反对他坐在那里。他坐着，手里拿着杯子，听着蜜蜂翅膀发出的声音。然后他喝了一口酒，一股暖意填满了口腔，余味中有一丝苦涩（这是酒精和蜂蜜勾兑不充分的时候会出现的味道）。这种甜蜜的苦涩使谢尔盖伊奇想起了阿赫塔姆。他明白，发生在这位鞑靼人身上的事绝非偶然，他一定是卷入了当地的势力，那种应该远离和躲避的势力。毕竟，在他死后，警察也出现了，他们守在那里，不是没有原因的。

"你们为什么没有保护好他？"谢尔盖伊奇望着跟前的蜂箱低声说。虽然天色已晚，但蜂箱里的蜜蜂正活跃起来，"为什么让他离开你们呢？"

他坐在那里，感到很难过，借酒消愁地往嘴里灌着伏特加，以寻找舌尖上甜蜜的苦涩感。他瞥了一眼鞑靼人的其他蜂箱，想起了别基尔。"他会成功的。"养蜂人低声自言自语。突然，他的心像被刀刺穿了一般的疼痛。他嫉妒起已故的阿赫塔姆，他想到他自己没有儿子，如果自己出了什么事，他的蜜蜂就会成为孤儿。它们可能死于疾病或寄生虫，或者只是因为被忽视而消瘦。当然，他有一个女儿，但那是他前妻维塔利娜生的。而且他的女儿对蜜蜂一点也不感兴趣。对蜜蜂的爱不是通过母乳传递的——这个奇怪的想法让谢尔盖伊奇大吃一惊，母乳和这事有什么关系？维塔利娜似乎一点也不关心他的蜜蜂……他叹了口气，又喝了一口。

加利娅在召唤我呢。

毕竟她在等着我呢，他想。我是说，我不能待在这里。九十天就得出境了，如果不回加利娅那儿去，又去哪里？回家吗？我可以……甚至，应该。浸信会将在八月底提供免费的煤，帕什卡说他们只提供给留在那里的人。

谢尔盖伊奇还想再往杯子里倒些伏特加酒，但他一看，瓶子已经空了。

他低下头看了看蜂箱的出入口，腿上沾着花粉回家的蜜蜂们互相推搡着，都想抢在别的蜜蜂之前进去。

"好了，别像人一样。"他责备蜜蜂。

第 58 章

每天晚上，夜幕降临时，谢尔盖伊奇漫步到小山岗上，俯瞰葡萄园和阿尔巴特。他想饱览灯火通明的村庄夜色，感受村里的生活气息。但是，最近没有这样的运气了。这个地区似乎严重电力不足。他看到的不是迷人的阿尔巴特，而是古比雪沃的黑洞。每当这个时候，他总是低头看着山脚下的一片黑暗，叹了口气，在黑暗中走回帐篷。

另一方面，养蜂人发现这些天特别容易入睡。但同时，他会在睡梦中焦虑地醒来，这是因为对蜂蜜的担心造成的。他和阿赫塔姆的蜂箱里的巢脾几乎都是满的，不知不觉中，蜂蜜已开始饱和，是时候让别基尔再把他的摇蜜机带过来了。但是自从父亲的葬礼之后，这个年轻人就再也没有来过养蜂场。至于谢尔盖伊奇，他也没有到村子里去。他有足够的食物，他不想再打扰那些哀悼阿赫塔姆的人。

养蜂人想知道，穆斯林为死去的亲人哀悼的时间有多久。艾瑟鲁告诉过他，他们在第三天、第七天、第四十天和第五十一天时举行哀悼，但他没有想到问她关于丧期的事，现在周围没有人可以告诉他了。他不可能去问蜜蜂，不是吗？如果别基尔在接下来的几天里不来怎么办？蜂蜜必须摇出来，否则蜜蜂会认为蜂蜜已经饱和，这样它们就不再飞出去工作了。他怎么向蜜蜂们解释，告诉它们整个夏天都要继续出去采蜜呢？难道别基尔没有意识到是时候摇蜜了吗？如果阿赫塔姆在的话，他会意识到的。谢尔盖伊奇想，也许他应该到村子里另找一个养蜂人，而不应该麻烦艾瑟鲁和别基尔。任何养蜂人都会帮助有需要的同行兄弟的，不是吗？

次日清晨，谢尔盖伊奇走到山坡边上，看见一个年轻姑娘费力地骑着自行车上山，他站在山上看着她的身后，如果是游客，他们通常是成群结队的，而她却一个人。

于是养蜂人站在那里，阳光照在他的脸上，但这个时候的太阳并不晒人。他的眼睛盯着山路下方这个倔强的年轻女骑手。她从车上跳下来，扶住车把手，吃力地推着自行车上山。他一直盯着那人看，终于认出来她是艾莎。从远处看，她的脸一点也不像东方人，只有凑近一点，才能看出她不是斯拉夫人，这要归功于她棕色眼睛的形状。从前她没有来过这里，所以她很可能只是路过，附近的小道特别多。

谢尔盖伊奇仍然站在那里等着。

当艾莎看到养蜂人时，她加快了脚步。看得出来她推自行车上山有多难。

"您好。"她在离他三米远的地方停下,喘着气说。

谢尔盖伊奇走到那个年轻女子跟前,等她喘口气。

"你们家里怎么样?"

"妈妈要见您,"艾莎说,"越快越好!"

"她?"谢尔盖伊奇困惑地说,"所以你是来找我的?"

姑娘点头。

"我真是个傻瓜,我应该把手机号留给你们,"养蜂人迅速而紧张地说,"你在这儿等着!我马上来!"

然后他走回营地,回到帐篷里,一路上骂着自己,想弄明白为什么他没有马上和她一起去村子,为什么他要她等着,好像他要带什么东西似的,还有自己为什么没有给他们电话号码呢?

他进了帐篷,心情平复下来。

当然,总不能空手而去吧?他们的蜡烛可能快用完了,他决定再带一些去……

他从一捆蜡烛中抽出五支留给自己,其余的用纸包好放进一个袋子里。

走到半路的时候,艾莎问他是否介意她先骑自行车回去。当然,明明可以骑自行车,怎么愚蠢到推着它下山呢。

"先走吧。"谢尔盖伊奇说。

于是,她小心翼翼地骑着自行车,沿着土路出发了。

当养蜂人在清真寺右转时,他注意到的第一件事就是村子里的警察不见了。事实上,艾瑟鲁家的街道外面空无一人，也没有闪烁着车灯的汽车了。这本来应该是让谢尔盖伊奇放松下来的，但却适得其反地让他紧张起来，他迫不及待地跑到爬满葡萄藤的院子里。进门后，他甚至没有关门，径直向房间里走去。

艾瑟鲁打开门，把他请进客厅。他朝梳妆台上方的镜子瞥了一眼，镜子仍然罩着，镜子前面依旧点着一支蜡烛——不过是另一种硬脂蜡烛。

"别基尔被抓走了。"艾瑟鲁说。她的声音里充满了疲惫不堪的痛苦，因为在耗尽她气力的悲伤之后，又多了一份几乎是致命的打击。

"什么？"谢尔盖伊奇盯着她的眼睛说。

"他们搜查了房子。侦查员说别基尔抢劫了教堂，偷了蜡烛，"她瞥了一眼镜子前摇曳的小火焰，"是停电的时候，有人把蜡烛留在了我们门口。别基尔那天不在。他在别洛戈尔斯克市，怎么可能抢劫教堂呢？"

谢尔盖伊奇紧张起来。

"不，他没有偷，"他停顿片刻后说，"我敢肯定。这些蜡烛是我给你们送来的，蜡烛是我的，我们家乡的教堂被炸毁了，我从教堂里把蜡烛拿了出来……"

艾瑟鲁的眼睛里闪着光芒。

"是您给我们的蜡烛？"

"是的，您看，我又带来了一些。"他把纸包从袋子里抽出来，打开放在桌子上。

"真主保佑！"艾瑟鲁松了一口气，大声叫道，"那么

333

您会告诉他们吗?是吗?您会告诉他们蜡烛是您带来的?"

"当然,当然——可是我该告诉谁呢?"

"到巴赫奇萨赖的警察局去,他们把他带到那里了。"

第 59 章

这一天,谢尔盖伊奇开车前往巴赫奇萨赖。艾莎坐在旁边的副驾驶座上给他指路。"你要见什么人?"值勤警察问。

"我要见领导,关于一个来自阿尔巴特村的年轻人,名叫别基尔。"

"你是说穆斯塔法耶夫?"警察苦笑着说,"阿尔巴特是哪里?他来自古比雪沃。他跟你有什么关系?"

"没什么关系,"谢尔盖伊奇回答,他心里有点困惑,"我只是想告诉你们,那些蜡烛是我送给他们的。他没有抢劫教堂。"

"是这样?"年轻的警察凝视着来访者,"明白了。那为什么要找局长呢?你需要见侦查员。让我看看你的证件。"

养蜂人交出了他那本破旧的乌克兰护照。

"为什么不是俄罗斯护照?"警察接过护照时有些惊讶地问道。他把护照翻了一遍,在地址处停了下来,更加惊奇地看了客人一眼"你的入境卡呢？"

谢尔盖伊奇递给他那张折成四折的文件。

"你应该更尊重文件，"警察摇着头说，"在这儿等着。"他补充了一句，然后向走廊深处走去。

他回来时，身边跟着一个四十岁左右的男人。那人头发剪得很短，穿着黑裤子和蓝衬衫，手里拿着谢尔盖伊奇的护照和入境卡。

"好吧，那么，"那人看了一眼文件，又把目光转向养蜂人，说道，"谢尔盖·谢尔盖伊奇，到我办公室去谈吧。"

侦查员把他带到一间办公室，里面有三张桌子，上面堆满卷宗和文件。

侦查员含糊地作了自我介绍，然后在靠窗的一张桌子旁坐了下来，指着对面的一把椅子让养蜂人坐下。

特里福诺夫吗？还是格里福诺夫？谢尔盖伊奇想了想，努力想弄明白他听到的是什么姓名，在对方的自我介绍中，只有"侦查员"两个字说得很清楚。

"说一说吧。"特里福诺夫或格里福诺夫直直地盯着他的眼睛，命令道。

谢尔盖伊奇解释蜡烛的事，讲起他的村庄和被炸毁的教堂，还有他的蜜蜂。侦查员听着点了点头，脸上一副冷漠的表情，好像他一个字也不相信。于是谢尔盖伊奇越讲越紧张了。

"我说的都是真话。"在讲完自己的故事之后，他补充道。

"你把东正教教堂的蜡烛赠送给穆斯林人了？你怎么想

出用这样极端的方法给自己招惹灾难的呢?"他说话的语气仿佛大难临头似的。

"这有什么不对吗?"谢尔盖伊奇解释,"他们村里停电了。我在家乡用同样的蜡烛,我们已经三年没有电了。"

侦查员转过身,看了一眼墙上挂着的圣母像。

谢尔盖伊奇神经质地咽了一口唾沫。他也抬头看了一眼圣母像,然后把目光转向挂在它右边的俄罗斯总统肖像。

特里福诺夫还是格里福诺夫的那人,从办公桌抽屉里拿出几张纸和一支笔,在来访者面前腾出一块地方。"把你告诉我的一切都写下来,"他说,"尽可能地详细些。"

谢尔盖伊奇对着纸张吸了一口气。

"可能会写错。"谢尔盖伊奇抬头看着侦查员说。

"别担心,写错了再修改。"

养蜂人花了大约二十分钟把他的口述写在纸上。侦查员耐心地等待着,最后,他拿起三张字迹参差不齐的笔录,读了起来。

然而,他二话没说,拿着这几页纸的笔录离开了办公室。

谢尔盖伊奇断定侦查员去找别基尔了。他会把那个年轻人带出来,让他们走。

大约五分钟后,侦查员独自回来了,没有别基尔,也没有纸张笔录。

"你可以走了。"他冷淡地说。

"所以……我应该在外面等他吗?"谢尔盖伊奇问。

"什么意思?"侦查员睁大眼睛说。

337

"嗯，我的意思是，你现在可以让他走了——我是开车来的，我可以开车送他回家……"

侦查员摇了摇头，看起来很困惑。

"你这个人很奇怪，"停顿片刻后他说，"你为什么总要插手别人的事呢？你觉得光靠那些蜡烛，我们能抓穆斯塔法耶夫吗？他是一个厚颜无耻的青年——未经官方许可开别人的车已经两年了，还顶撞当局……"[19]

"可那是他爸爸的车啊！"谢尔盖伊奇气愤地打断了他的话，"他的父亲被杀了，你们是知道的。"

"是的，这辆汽车在他父亲名下，父亲从来没有给儿子写过委托书，这意味着他的儿子已经违反俄罗斯法律两年了。"

"可是一个死人怎么能提供委托书呢？"谢尔盖伊奇摊开双手看着侦查员，好像他是个白痴。

"你的鞑靼朋友有两个选择，"这位俄罗斯法律的执行者脸上流露出对谢尔盖伊奇的轻蔑，他咬牙切齿地说，"监狱或军队。如果他够聪明，他会选择参军，他们会教会他尊重权威，或者至少害怕权威。如果不这样的话，那就……"

侦查员没有说完，他似乎觉得，他对谢尔盖伊奇说得已经够多了，他不想再多说一句话。

"那我该怎么跟他妈妈说呢？"养蜂人问。这次他平静下来，开始感到害怕了。

"你想怎么说就怎么说吧。"侦查员厉声说道。"记住，你在这里是外国人。"他补充说，并把来访者的蓝皮乌克兰护照还给了他,"如果你在十一天内不离开俄罗斯领土,你自己就会被带到这里来——不是办公室,而是牢房。"

返回阿尔巴特的路上,谢尔盖伊奇不停地望着艾莎,不知该不该把刚刚的谈话告诉她。最终他一句话也没说,她也没问他,她只是静静地坐在那里,神情紧张,几乎像是很怕他。两人回村子的路上一直没有说话。

当谢尔盖伊奇告诉艾瑟鲁他和侦查员的谈话内容时,她几乎无法抑制自己的眼泪。

"他们想毁掉我们,"艾瑟鲁平静地说,"他们本来要把邻居的儿子拉去参军,但是邻居家花钱买通了他们,躲掉了参军。现在邻居家的儿子在切尔尼戈夫,在那里读大学……"

艾瑟鲁沉默了,她从桌子旁站起来,走进厨房。谢尔盖伊奇抬起头,望着那盏点亮的吊灯,然后目光又转向梳妆台,梳妆镜子前依旧点着一支硬脂蜡烛。

"您想喝点什么吗?"艾瑟鲁端了一盘三明治回到客厅。

"你是说——喝酒?"谢尔盖伊奇怀疑地问。

"我不喝,但家里有酒。"

谢尔盖伊奇点了点头。艾瑟鲁拿来一个小酒杯放在桌子上,又拿出一瓶已经开过的伏特加酒,给他倒满了一杯,然后把酒瓶收了起来。

谢尔盖伊奇伸手去拿三明治。他已经习惯吃他们家做的大饼,别基尔经常给他送到养蜂场,或者在他们家也吃。现在怎么突然吃起白面包和奶酪了?

"我没有力气了，"艾瑟鲁叹了口气，她注意到客人对端出的三明治产生了疑惑，她说，"没有一点力气了……现在只剩下我和艾莎了……"

"也许你可以花钱让别基尔出去？"谢尔盖伊奇提议，"如果邻居能够做到的话……"

艾瑟鲁耸了耸肩膀。

"我想说的是另外一件事，"艾瑟鲁更加专注地看着客人的眼睛，"我想让艾莎离开这里。"

"到哪里去？"

"到你们那里去……你们在那里过得比我们这里好。"

"我们那里好？"谢尔盖伊奇说，他望着艾瑟鲁，好像她疯了似的，"我们那里到处都是枪声和炮击，还没有电……"

养蜂人变得紧张起来，他感到自己的手开始颤抖，连同他拿着的三明治。他咬了一口三明治，用左手拿起杯子，迅速送到唇边，以免酒洒出来，一口气喝光那杯酒。

他咀嚼着，觉得白面包的味道很奇怪。

"这是从墓地的面包房买的吗？"他问。

"我们这里没有第二家面包房了，"艾瑟鲁回答，"我明天烤些大饼。天气预报说明天有雨……"

"我可以再喝一杯吗？"养蜂人问。

女主人站起身来，端来酒瓶，给他斟满酒，然后又把伏特加拿回厨房。

我不知道和这些穆斯林在一起该笑还是该哭，谢尔盖伊奇看着艾瑟鲁走开，心想。他摇了摇头，当她两手空空地回到桌边时，他又举起了酒杯一饮而尽。

"我不是说去顿巴斯，"女主人平静地说，那语气好像是老师对学生说话一样，"我想把艾莎送到乌克兰去接受教育，但我不知道去哪里最好。我还是个女孩的时候就从乌兹别克斯坦回来了，从那以后我就再也没有离开过克里米亚——我太害怕了……你认为她应该去哪里？"

谢尔盖伊奇想了一会儿。

"我去过的地方也不多……戈尔洛夫卡是个好地方，顿涅茨克……曾经很好……但现在——文尼察仍然很好，我保证。"

"文尼察市？"艾瑟鲁重复了一句，"他们那里有大学吗？"

"当然，这是一个大城市。我前妻在那里，和我女儿一起。"

"也许我该把她送到文尼察去？"艾瑟鲁与其说是对着客人说，不如说是对着她自己说。

"为什么不呢？"客人表示同意。

"我们会给她凑些钱，"艾瑟鲁说，"把她送到边境，但到了乌克兰那边……"

她用询问的眼神看着谢尔盖伊奇。

"不管怎样，我很快就要回去了，"养蜂人说，"我知道，他们一直在数着日子等我离开……我很乐意把她送到边境去。"

"也许您会在乌克兰那边也帮她一下?把她送上去文尼察的长途汽车?"

"也许吧。"谢尔盖伊奇不确定地说。但随后,他注意到女主人不放心的神情,便点点头,很肯定地说,"我会把她送上车的。"

第 60 章

第二天早上,谢尔盖伊奇挂上拖车,开着车子到村子里。他向艾瑟鲁借摇蜜机,说将把他们的蜂蜜也摇出来。

"就您一个人?不——我来帮忙。"她坚持一起去。

养蜂人没有推辞。

他们俩把木板和摇蜜机装到拖车上,用绳带固定。艾瑟鲁又从木板棚里拿出一些三十升的塑料桶和一堆五升的小桶放到车上,还随手把大大小小的盖子单独装在一个袋子里,扔进后备厢。

他们刚上车,艾莎就从院子里跑出来,她递给母亲一个布袋,里面装着一个圆形的东西,像是一口锅。

开车离开的时候,谢尔盖伊奇时不时转过身去看一眼后面的拖车。每一次回头,他都会闻到一股温馨而愉快的气味。

"什么闻起来这么香?"他大声问。

"艾莎给我们烤的馅饼,一会儿休息时候吃。"

暖风吹拂在脸上,吹进车厢里,把馅饼的香味吹散到大街上。

汽车经过葡萄园,在土路上开始颠簸。

"您可以不必来的,我自己就能完成。"谢尔盖伊奇说。

"这样会快一些。"艾瑟鲁低声说。

当谢尔盖伊奇看到艾瑟鲁熟练地把摇蜜机固定在木板上时,他明白她不是第一次干这个活了,显然她帮阿赫塔姆一起干过。

他们从阿赫塔姆的蜂箱开始。两人轮流摇动摇蜜机的把手,一直到清理了大约三十个蜂巢后,摇蜜机的把手有点转不动了,艾瑟鲁把一个大塑料桶放在摇蜜机龙头下面,几乎装满了一半,然后放到一边。

他们装了两大罐蜂蜜后,坐下来吃饭。

谢尔盖伊奇嚼着馅饼,里面塞满了多汁的羊肉馅儿,他细细品尝着,也回味着刚刚干活的情形。为什么干活的时候,他和艾瑟鲁基本没有说话呢?和别基尔摇蜜时,他们俩聊个不停。当然,看上去他俩说了很多话,但实际上他们也没有说什么,只不过是说话有助于打发时间,也让工作更轻松。但是对于艾瑟鲁来说,一切都是在沉默中完成的——除了偶尔的"拿着这个"或者"够了"这样的对话,但他们很默契,工作完成得又快又顺利。

也许这样是最好的,养蜂人想。我是说,我能聊什么呢?维塔利娜?彼得罗?帕什卡?不,她不会明白的……谈论加利娅就更没有意义了……至于我,完全不了解他们的生活。

谢尔盖伊奇回忆起阿赫塔姆的葬礼,尸体躺在担架上,用绿色的裹尸布包裹着,上面绣着金色的阿拉伯文字。

也许这就是俄罗斯联邦安全局和警察不喜欢他们的原因。他这么想着,因为在辛菲罗波尔打听阿赫塔姆的情况时,还有这次在巴赫奇萨赖警察局试图解救别基尔时,他感觉到这一点。他想起了侦查员问他:"你为什么总要插手别人的事呢?"

艾瑟鲁已经在开始摇蜜了,她转动摇蜜机——不知疲倦地,好像她每天都在这样做。

太阳正向山那边沉下去,傍晚来临了。

他们走到谢尔盖伊奇的蜂箱旁,他觉得自己的蜂蜜好像比阿赫塔姆的少,心里很沮丧,于是猛烈地摇动着手柄。

"让我来帮忙吧。"艾瑟鲁注意到谢尔盖伊奇累了,因为他停下来喘了口气。

"不用了。"他固执地支撑着,再次抓起手柄。

汽车旁边放着三个装满蜂蜜的大塑料桶——这是一个值得骄傲的收获。只是没有人为此感到骄傲了,毕竟,应该为收获蜂蜜而自豪的是养蜂人,而不是他的妻子。但阿赫塔姆死了,下葬了。也许这就是为什么艾瑟鲁的脸上只有疲惫,这就是她此时此刻的真实心境,谢尔盖伊奇想。他有一种想安慰她的冲动。但是怎么做呢?拥抱她吗?让她靠在自己肩膀上哭泣吗?不,她不会哭的,这一点很清楚,他也不能拥抱她。她不允许与其他男人有如此亲密的接触。

对于她的族人来说，一切都是如此不同……总之，他们生活在不同的律法之下。

谢尔盖伊奇从他的蜂箱里摇出了七桶五升的蜂蜜。考虑到他只有六个蜂箱，而他们的蜂箱是他的三倍，这个量已不算少了。那么为什么他觉得蜂箱里的蜂蜜少了呢？

太阳落山了。如果它有腿的话，现在还会在山顶上摇晃着，一切都明亮而炽热。

"我们应该清理一下机器，"养蜂人建议道，"我这里有水。"

"不用，"艾瑟鲁阻止他，"我回家洗。"

他们一起把摇蜜机从木板上拧下来，然后把木板上的草和泥土都刷掉，放到拖车上，又把摇蜜机搬上车，最后是三大桶蜂蜜。

谢尔盖伊奇把他的那几桶蜂蜜放进汽车的后备厢里。

"把蜂蜜卖掉，"他说，"用这笔钱来救别基尔。"

到家时天色已晚。艾瑟鲁下了车，打开大门，谢尔盖伊奇把车开进院子。

窗户里透着灯光，路灯也亮着。那天晚上，电力充足，阿尔巴特灯火通明。

第 61 章

谢尔盖伊奇一边给篝火添柴,一边回想着去年八月的情形。去年八月跟今年很不一样,阳光无情地照耀着顿巴斯,热得让人受不了。鸟儿只在清晨歌唱,然后就沉默下来,好像它们的小喉咙被烤干了似的。但是,在第二天黎明之前,它们又开始歌唱,唱得很欢实。尽管新的一天开始,太阳又照常升起的时候,迎接人们的是一个新的酷暑,但依然值得高兴。想到这里——回忆起清晨被鸟儿鸣叫唤醒,谢尔盖伊奇笑了。是的,它们高兴,它们当然高兴,当一个新的早晨开始的时候,它们高兴自己还能活着迎接太阳的升起。因为同样的原因,谢尔盖伊奇也很高兴,虽然有时候他觉得这种幸福感是愚蠢的——不是人类的,而是动物的,比如鸟儿。就在几个星期前,帕什卡从卡鲁谢里诺带回消息说,分离主义分子和乌克兰军队已经同意不再向小斯塔罗格拉多夫卡村射击,扩大灰色地带的范围,包括卡鲁谢里诺、日丹尼夫卡和另外几个村庄。就像在斯韦特洛耶，仍有带着孩子的家庭生活在那里。事实上，几乎整整一个月，没有一枚炮弹响起，甚至晚上也没有。一切都安静了。谢尔盖耶伊奇甚至鼓起勇气，跑到果园里睡觉，他会在蟋蟀的鸣叫声中入睡，在鸟儿的啁啾声中醒来。蜜蜂在田野里自由地飞翔，这就是上帝为什么赋予蜜蜂翅膀的原因，这样蜜蜂就可以在附近和远处采集花粉了。当然，八月中旬的蜂蜜会减少——花朵在阳光下干枯凋零，此时，他也将完成这一年最后的一次摇蜜工作，虽然蜂蜜量并不多。然后他会清理蜂巢，准备好蜜蜂过冬的蜂箱，而蜂群也开始清理雄蜂，准备过冬。但在克里米亚，采蜜季节似乎会持续更长时间。虽然今天早晨的太阳在提示他秋天即将来临，但这是大自然发出的警告，而不是一个西装革履的人在数着你返程的日子。

早餐后，谢尔盖伊奇检查了他的蜂箱。他掀开蜂箱的盖子，嗅了嗅箱子里的湿气，然后蹲在被已故的"反恐分子"用斧头砍了一刀的蜂箱旁，发现箱子有些松动。他应该把它修理好，否则蜂箱装车的时候，底部可能会脱落。车里有一把锤子，可能还有一些钉子。

他觉得应该离开此地了。尽管夏天的太阳无比炎热，晒干了一整夜积聚在地面上的湿气，但谢尔盖伊奇还是想着秋天马上就到了，应该上路了。

黄昏临近，乌云开始在空中蔓延。这时下起了小雨。每当乌云遮住太阳的时候，哪怕只是片刻时间，谢尔盖伊奇就会眼前发黑，打起呵欠——要么是因为太累，要么是因为湿气太重。

谢尔盖伊奇决定，明天要去拜访艾瑟鲁。我会打电话给维塔利娜，告诉她艾莎的事，也许她会给一些建议？

雨下下停停。养蜂人生了篝火，烧水做饭。他打算煮些荞麦粥。

突然，他听到由远而近的汽车发动机的声音，而且越来越近了。他高兴得跳了起来，一定是别基尔，他们放了他！他急忙跑到可以俯瞰葡萄园的山坡上。

他一边跑一边想，阿尔巴特是否有电。

到了小山坡上，他松了一口气，村子里路灯亮着，窗户也透着灯光。一辆汽车缓慢地向养蜂场驶来，前灯探照着地面。谢尔盖伊奇看不清是什么车，但显然不是尼瓦车，就是说不是别基尔。

七八分钟后，一辆中型面包车的前车灯直接照在了谢尔盖伊奇本人身上。

车停在养蜂人旁边，右边的车门在谢尔盖伊奇面前打开，差一点碰着他，他向后退了一步。

"晚上好。"从里面出来的人问候了一句。

谢尔盖伊奇觉得声音很熟悉，这使他感到困惑。毕竟，他在这里没有交到任何朋友，除了艾瑟鲁和她的孩子们，他几乎没有和其他人说过话。当然，他可能偶尔会和商店里的当地人，或者一些路过养蜂场的游客寒暄两句。但是，这些偶尔听到的声音不会记得，而是立即沉入深渊。但今晚这个问候并非一场邂逅。

"您不认识我了吗?"那人说。谢尔盖伊奇睁大眼睛,但那人的脸被黑暗遮住了一部分,他什么也看不出来。

"您到辛菲罗波尔来找我,"那人提示,"伊万·费奥多罗维奇,别忘了。"

谢尔盖伊奇紧张起来。他想起俄罗斯联邦安全局仿佛没有尽头的走廊上,高高的大门,还有他和伊万·费奥多罗维奇谈话的那间办公室。

"哦……什么……把你带到这儿来?经过吗?"养蜂人说。他无法把刚刚降临的官员与他的篝火、帐篷和养蜂场联系起来。

"不完全是偶然,"伊万·费奥多罗维奇彬彬有礼地说,"我们是来拜访您的。你住在哪里?"

"那边,"谢尔盖伊奇用手指了指,"看见篝火了吗?"

"那好吧,你走回去,我们开车过去。"伊万·费奥多罗维奇说。

面包车门砰地一声关上,朝帐篷和篝火方向驶去。车停了下来,车灯对着养蜂人那辆没有车窗的绿色日古利车照了过去。谢尔盖伊奇走了过来,注意到他那辆多灾多难的车在黄色车灯的照耀下显得更加凄惨了。

司机从车上下来了,但没有关车灯。

伊万·费奥多罗维奇出现在养蜂人面前。

谢尔盖伊奇发现面包车的车门上有一个军徽,这让他很吃惊。他还惊讶地发现,除了最前面的几个窗户外,这辆车没有窗户——这意味着它是用来运输货物的，而不是用来载人的。

"这是瓦西里·斯捷潘诺维奇，"伊万·费奥多罗维奇说，"他不是司机，只是工作太多，人手不够，就请他开车了。喂，您的蜜蜂在哪里？"

养蜂人指了指，"在那边。"

"我们去看看。"伊万·费奥多罗维奇和同伴交换了一个眼神，他俩朝蜂箱走去，蜜蜂的主人急忙跟在他们后面。

瓦西里·斯捷潘诺维奇举起手电筒，然后掀开蜂箱的盖子，向里面窥视。他的动作吓了谢尔盖伊奇一大跳。

"这是怎么回事？你在找什么？我已经摇完蜂蜜了。"他紧张得有些喋喋不休。

"这正是我们之前没有打扰你的原因。"伊万·费奥多罗维奇转向养蜂人说，"我们得带走一个……就几天，做检疫。"

"检什么？"谢尔盖伊奇吓得目瞪口呆。

"你入境的时候，违反了规则。卫生部门没有对你的蜜蜂进行检疫。你是知道的，蜜蜂可以传播疾病，这使克里米亚当地的蜜蜂处于危险之中。"

"但是……没有人说什么。他们就让我过去了。"

"是的，他们很人道。但现在他们意识到了自己的疏忽。无论如何，这没什么好担心的。"

与此同时，瓦西里·斯捷潘诺维奇检查完所有的六个蜂箱后，在从靠近篝火处数来的第三个蜂箱旁边停了下来。

他把手电筒对着蜂箱门,然后再次掀开盖子,把手伸进去。

谢尔盖伊奇意识到他是要关闭蜂箱的蜜蜂出入口。

"我们要拉走那个,"伊万·费奥多罗维奇指着同伴旁边的蜂箱说,"帮我们一下?"

谢尔盖伊奇和瓦西里·斯捷潘诺维奇抬起蜂箱,伊万·费奥多罗维奇跑到前面去开车门,他们把蜂箱装到车里。

"可是我……很快就要走了。"养蜂人说,他很困惑。

"我知道,我知道。"伊万·费奥多罗维奇回答。

"别担心,我们一两天之内就会送回来——如果蜜蜂身体健康的话。如果他们不好——好吧,请原谅,那时我们必须没收所有的蜂箱……现在先别管这些,不要提前假设。"

看着那辆面包车在漆黑的土路上远去,前车灯和红色的尾灯,渐渐化成一个小亮点而后消失,谢尔盖伊奇感到沮丧和崩溃。

"没收所有的蜂箱?然后呢,摧毁他们吗?"他颤抖的声音自言自语道。

今晚这一切似乎可以理解了。他自己也定期检查蜜蜂的健康状况,确保它们没有生病的迹象。当然,这是他自己完成的,没有任何外部检查人员参与,但他的蜜蜂很好——他刚刚检查过蜂箱。他不能分辨出健康的蜜蜂和有病的蜜蜂吗?哪怕有一只蜜蜂病了,也是可以马上看出来的。不,这些人只是想吓唬他……他们会看一看,然后把蜂箱还回来,没什么好担心的。他们明天或后天就送回来了。他们要他的蜜蜂做什么?

然而，就算这么想，还不足以使谢尔盖伊奇平静下来。他现在想到的是，即使瓦西里·斯捷潘诺维奇真的是一名兽医和蜜蜂专家，为什么伊万·费奥多罗维奇要和他一起来呢？伊万·费奥多罗维奇——他在那栋楼里的一楼有一间办公室，虽然他喜欢穿便服，但显然他在家里留了一套军官制服……俄罗斯联邦安全局和他的蜜蜂有什么关系？

他想找一些简单而合理的解释，但找不出来。于是他拿出蜂蜜酒，喝了起来。但这也没有让他感觉好一点。他往火里添了些柴，坐在火旁。现在他胸口热了，但脊背依然发冷。雨早在一小时前就停了，地面还流淌着雨水，空气中仍然弥漫着凉爽潮湿的味道。

他举起搪瓷杯又喝了一口。苦涩的甜味溢出他的嘴巴，舌尖上麻酥酥的。

我越早走越好，他想。

第 62 章

谢尔盖伊奇彻夜未眠。他冻僵了,无论睡袋还是把毛衣穿到身上都不管用。就这样,养蜂人一直也没合眼,他爬起来走到熄灭的篝火旁。他觉得,帐篷里面比外面还冷。他重新把篝火点燃,用床单裹着自己,坐在篝火旁,伸出手掌在火焰上烤着,而脊背一直在哆嗦,似乎是因为寒冷,似乎又不是,某种说不出的恐惧使他不寒而栗。

他抬头望着天空,好像在寻求救赎。天空晴朗,星星点点,月亮又大又亮,几乎是圆的。

养蜂人很困惑。在他看来,天空似乎比地面明亮许多。他朝蜂箱的位置望去,那里漆黑一片,他是凭着记忆而不是用眼睛"看到"蜂箱的,第二个蜂箱完全隐身在黑暗中,第三个蜂箱的位置也在那里。

他们把蜂箱拉到哪里去了?谢尔盖伊奇想到那个被拉走的蜂箱。他们也知道什么时候来,晚上,当所有蜂群从田野归巢,蜜蜂大家庭欢聚一堂的时候……

他摇了摇头,这第二个人真的对蜜蜂生活习性了如指掌。

谢尔盖伊奇越想越头疼,头脑里有一种奇怪的声音。这是一种他从来没有过的一种体验。

但是,如果这个瓦西里·斯捷潘诺维奇是个养蜂人,那么他打着手电筒,一定看到了谢尔盖伊奇的蜜蜂是健康的,没有疾病,也没有寄生虫。为什么他会选择第三个蜂箱?他在里面看到了什么?那个蜜蜂家族没有什么特别之处……也许他们另有打算……如果他们打算感染他的蜜蜂,报复他询问阿赫塔姆和别基尔的事呢?毕竟,侦查员已经警告过他,不要"插手别人的事情"……

谢尔盖伊奇就这样坐在那里沉思着,机械地把树枝扔进篝火里。他的手暖和起来,眼睛也已经习惯了黑暗,现在他可以很清楚地辨认出第二个蜂箱的轮廓了。他明白,不要抬头看月亮,因为与月亮对视之后,再低头看地面的话,一切都是黑暗的。

附近有什么东西沙沙作响,引起了养蜂人的注意。他回头一看,只见一只刺猬懒洋洋地蹒跚着朝篝火走去,小动物停了下来,朝周围看了看,它没有抬鼻子,所以没有看见篝火旁有人。它站了一会儿,然后沙沙地穿过草地,朝蜂箱走去。

当沙沙声消失后,鸟儿开始叽叽喳喳地叫起来,起初声音不大,后来就叫得欢实了。黎明时分,当第一缕阳光照射到树梢上时,鸟儿开始鸣叫,它们的歌声比谢尔盖伊奇儿时记忆中的小哨声还要响亮。

养蜂人一夜未眠。他弯着腰坐着，脑袋昏昏沉沉的，好像有一顶铅帽子压在头上。他踉踉跄跄地站起来往前走，差点跌进火堆里。眼前的火焰吓了他一跳，他用尽浑身的气力，才没跌倒。他挣扎着爬起来，走回帐篷，爬入睡袋，打起了瞌睡。

谢尔盖伊奇一直睡到中午，醒来时满头大汗。他又一次被恐惧所征服，无法理解自己的处境。

我是生病了还是怎么了？他从帐篷里爬出来，站在灼热的阳光下，心里在想。他的左臂发麻，像一根棍子一样悬在身边，不听使唤。

谢尔盖伊奇记得他醒来时是仰卧着的，所以他不可能在睡梦中把胳膊压麻木了。幸好，右手是好的，可以洗漱。他单手操作，把一个五升的瓶子放在旁边，拧开塑料盖，让瓶里的水细细地流出来。

洗漱完毕，他走到放置被拉走蜂箱的空地上，地上的黄色草皮有明显的压痕。他站了一会儿，其他蜂箱的蜜蜂飞过，嗡嗡作响，于是，他走近需要修理的蜂箱，想从车里拿锤子和钉子过来修理，但他一个人用一只手，怎么完成呢？

谢尔盖伊奇叹了一口气，他抖动了几下左肩，盯着那只麻木的手臂，他试图想唤醒它的知觉。他能感觉到手的存在，但它就是不听使唤，像一根光秃秃的树枝一样垂在那里。

一切都会好起来的，他满怀希望地想，我肯定是在睡觉时把它压着了。

谢尔盖伊奇把注意力转向身体的其他部位。没有发烧，额头上的汗也已经干了，但他仍然感到心力交瘁，仿佛一夜之间老了二十岁。

他想，在蜂箱上睡一觉，就会好起来的。他回想起过去在小斯塔罗格拉多夫卡村树下的蜂床上睡觉的情景，想起醒来时，数十万只蜜蜂的震动使他精力充沛。他还想起州长在他的蜂床上睡了几个小时后，笨拙地爬下来时，宽厚的脸庞露出的喜悦笑容。如果他现在能做个蜂疗……他的手臂可能会恢复知觉，体力也会恢复……

他看了看五个蜂箱，心想，要想有个像样的床，需要六个蜂箱呢，但是如果他只用一个蜂箱支撑头的话，也许用五个蜂箱拼成一张床也是可以的。

这个想法使谢尔盖伊奇心情舒畅，他更加相信蜜蜂能让他恢复元气了。现在他需要把蜂箱拼在一起，但即使他的左臂能干活，他也无法一个人移动它们……

于是，养蜂人决定去阿尔巴特，去艾瑟鲁家。也许她会带他去看当地医生？

为了防晒，他戴上那顶橙色的矿工足球俱乐部的帽子。因为天气暖和，他没穿毛衣，而是穿了一件蓝色的短袖T恤，但穿衣服的时候，左臂似乎不听使唤，不愿意从袖口里伸出来，而上路的时候，脚步也不如从前轻盈。他仿佛是带着一种使命感去往村子，这种使命感取代了真正的活力。

第 63 章

艾莎开的门。

"你妈妈呢?"养蜂人问。他往女孩的身后看去,期待艾瑟鲁探头往外看。

"她去集体农庄街的童话故事幼儿园,"艾莎回答,"她在找工作,那里需要一个老师。"

谢尔盖伊奇在走廊里脱下鞋子,站着不动,心里想着该怎么办。

"她很快能回来吗?"他问。

"是的,马上就回来,只是去面试。"

艾莎把客人请到客厅,请他在桌旁坐下,然后说去厨房给他泡茶。

谢尔盖伊奇坐在他不止一次坐过的那把椅子上,向周围看了看,室内有某种变化,但什么变化,他又没看出来。突然鼻子发痒,他闻到了一股不好闻的气味,虽不是特别难闻，却是他不熟悉的气味。他感到困惑，转过头看了看梳妆台，梳妆镜依旧盖着，梳妆台上点了一支硬脂蜡烛，但和上次的那种硬脂蜡烛不一样，今天点的是最便宜的灰色硬脂蜡烛。

原来如此，谢尔盖伊奇意识到，他们用完了我送来的蜡烛，或者他们害怕了，不敢用我送的，要不就是那些混蛋警察把他们搜到的蜡烛装进了自己的口袋。当然……它们是多好的东西呀，真正的蜂蜡制作的。

女孩端来茶，刚想回房间去。

"艾莎。"谢尔盖伊奇叫住她。

姑娘转过身，用害羞的目光看着他。

"可以坐下吗？"养蜂人指着旁边的椅子说。

艾瑟鲁的女儿犹豫不决地坐了下来，只是没有坐在客人旁边的椅子上，而是坐在他的对面。

"不要害怕，"养蜂人轻声地说，"我只是想问一下点燃蜡烛是为了纪念父亲，是吗？"

艾莎点头。

"需要点多少天？"

"四十天。"她悄声说。

"对不起。"谢尔盖伊奇咬着嘴唇，想问下一个问题，但又不敢。想到最后，他还是问了，"我的意思是，你父亲很久以前就被杀了——没有人知道确切的时间……你们是怎么计算这四十天的？不是从死亡之日算起吗？"

"从下葬之日算起，"艾莎低声说，声音听起来很平静，

"这是伊玛目告诉我们的。他因为蜡烛的事责备妈妈。"她看着被布盖着的镜子前的烛光。

"为什么?"

"他说我们不会为死者点燃蜡烛。所以他来的时候妈妈就把蜡烛藏了起来。"

谢尔盖伊奇叹了一口气,拿出手机看了看时间。他感到心情压抑,甚至希望艾莎走开,让他一个人待着。但是姑娘静静地坐在那里,好像在等着他再提出问题。

养蜂人喝了一口茶,又回头看了一眼蜡烛。然后,他的目光掠过墙壁,扫了一下沙发上的壁毯,又投向玻璃餐柜,里面摆放着许多漂亮的碗碟。

"我们是把蜡烛摆放在死者的遗像前。"谢尔盖伊奇说。他还想补充说,他们还在遗像和蜡烛旁边放一杯覆盖着一片面包的伏特加,但意识到现在提伏特加可能不太合适。

"脸不重要。"年轻女子用几乎听不见的声音说。

"你说什么?"谢尔盖伊奇反问了一句,他不确定自己听到的是否正确。

"脸不重要。"艾莎重复说,声音稍大一些。

"可是……但是……"客人结结巴巴地说,"如果是你所爱的人的脸……"

艾莎摇头。

"脸会变的。"她又降低了声音说。

"人们拍照留下面孔,就是为了记忆。"谢尔盖伊奇抽象地说。他耸了耸肩膀,试图理解艾莎的话。"你们不照相吗?"

"当然照相。"她说,这回脸上流露出惊讶的表情。

她从椅子上站起来,走到餐柜前,打开最下层的抽屉,然后拿着一册东西回到桌子旁。当她打开时,谢尔盖伊奇意识到这是一本相册。

"请看,"她把相册推给养蜂人,"我们的照片。还有爸爸。"

养蜂人用右手把相册拉近,翻了起来。

第一张照片是一对新婚夫妇:阿赫塔姆和艾瑟鲁,年轻而幸福。他身穿蓝色西装,头戴一顶白色非斯帽,她则穿着白色礼服,系着一条淡蓝色腰带,头上也戴着一顶非斯帽,只不过她的是蓝色,比新郎的帽子高一点。

谢尔盖伊奇翻看下一页,照片中一个年轻人牵着一匹马穿过田野。他端详着照片中阿赫塔姆的脸。奇怪,他没认出他来。养蜂人只知道这是阿赫塔姆,因为他身边是艾瑟鲁,当然,现在艾瑟鲁也不是照片上的那个样子了。

艾莎平静的声音在他脑海里回响:"脸不重要。"

他快速地翻看着厚厚的相册,直到翻到一些他觉得熟悉的照片。其中一张照片引起了他注意。这是相册里他看到的唯一一张集体照,照片中应该不止五十人,排成三排。他们站在一栋有柱廊的古老而漂亮的白色建筑物的台阶上。那幢楼房也显得很眼熟,好像谢尔盖伊奇曾经到过那里。

他闭上眼睛想了一会儿。

"真是个傻瓜,"他自言自语,"这是斯拉维扬斯克养蜂人大会!"

他俯身看着照片,开始端详那些面孔。但这些脸都很小,他凑近时,他们并没有变得更清晰,反而模糊成团了。

"艾莎,你能指出你的父亲吗?"他抬头看着姑娘,问道。

她走过去,仔细看了看,自信地指着第二排左边的一个男人。

谢尔盖伊奇无助地盯着阿赫塔姆的脸。

"有放大镜吗?"他又抬头望着艾莎。

她拿了一个放大镜给他。谢尔盖伊奇拿起放大镜,举到照片上方,凝视着照片上的阿赫塔姆,是的,是他。身材修长,高颧骨,胡子修剪得很整齐,好像是用墨涂上去的。

养蜂人用放大镜把其余的人都扫了一遍,他一个人也没认出来。

唉,那是很久以前的事了,突然他吓了一跳,照片上应该有我呀……

他又把照片里的人挨个看了一遍,然后向艾莎投去困惑而恳求的目光。

"你能够帮帮我吗?"他问,"找一找我?我也在上面的……"

她走上前,眯着眼睛看着照片。她的右肩膀碰到他的左臂。然后她把脸转向谢尔盖伊奇,仔细地看了一下他的脸。

养蜂人微微一笑,因为他的左臂确实碰到了艾莎的肩膀。

与此同时,她指着坐在第一排右边的一个男人。

"这是您。"她肯定地说,然后向后退了一步。

谢尔盖伊奇拿起放大镜,对着艾莎指的那个人看。一个年轻男人，圆脸、短发，胡子刮得干干净净，不好说是穿着一件灰色外套还是灰色西装，因为照片中看不到裤子。

"是我吗？"谢尔盖伊奇表示怀疑，"不，不像……"

他转向梳妆台。

"你们还有镜子吗？我想看看自己。"

"在浴室里。"艾莎回答。

养蜂人打开灯，走进舒适的浴室。他左臂下夹着放大镜，右手拿着相册，站在水池前，眼睛盯着上面的镜子，开始审视自己那张没刮胡子、饱经风霜的脸。然后他拿起相册，把放大镜对准他年轻时的脸。

"是的，"他低声说，"那是我，对的。"

他听到走廊里有开门声，走了出去，恰好碰上艾瑟鲁。她已经换上了拖鞋。

第 64 章

在一顿简单得几乎只有些点心的午餐上,谢尔盖伊奇向女主人诉苦,他情绪不好,彻夜失眠,左臂麻木。

艾瑟鲁心不在焉地听着,一副满怀心事的样子。她只是点点头,拿起半块烤饼,抹上黄油。

客人看着艾瑟鲁忧伤的眼睛,开始沉默。

我在做什么?他在心里严厉地谴责自己。她的丈夫被杀,儿子被逮捕,而我却在这里告诉她,我睡不着觉……

"对不起,"他抱歉地说,"我不该来找你说这些废话的……你们有更重要的事情要担心。"

"您的胳膊到底怎么了?"艾瑟鲁仿佛从自己的思绪中醒来,她说,"我们这里有一家医院,您可以去看医生。"

"我宁愿用自己的方法,把蜂箱放在一起……我已经不止一次蜂疗了……"

"有效果吗?"

"对，有效果。我需要有人帮忙把蜂箱拼在一起。六个蜂箱拼在一起更好，可是联邦安全局拉走了一个蜂箱，他们说是要检查蜜蜂是否有病。我想问一下。你们的蜂箱经常被拉去检验吗？"

"我不记得有这样的事情，"艾瑟鲁困惑地说，"我打电话问问……"

她拿出手机拨了个电话。谢尔盖伊奇听着鞑靼人的低语，好几次听到不熟悉的单词"köpekler"（狗），却听不懂。当他听到"balqurtlar"和"balqurtlar sepeti"时,他兴奋起来。

"Balqurtlar"的意思是蜜蜂，"balqurtlar sepeti"的意思是蜂箱，他反复对自己说，回忆起别基尔在养蜂场教他的这些词。

"没有，这是新情况。"艾瑟鲁挂断电话后告诉谢尔盖伊奇，"在阿尔巴特，从来没有人把他们的蜂箱拉走。"

沉默片刻后，谢尔盖伊奇再次提出请求帮助搭建蜂床。

"我们走吧。"艾瑟鲁说。

"现在还早，"谢尔盖伊奇说，"要等到黄昏时分，蜜蜂都回到蜂巢里，这样他们才不会迷路。他们习惯了蜂箱在一个地方……而且我们必须再找一个人，得两个人才能搬得动，而现在我没法干活……"

"我去请邻居家的儿子谢尔维尔帮忙。"艾瑟鲁同情地盯着养蜂人，而这怜悯的目光刹那间唤起他对自己的可怜。

回来的路上，谢尔盖伊奇顺道去了商店，买了些煮熟的香肠、荞麦和一个面包。他用右手拿着袋子，非常想把它移到左手，让右手休息一下。可是左手——尽管指尖有知觉——但仍然不听使唤，根本拿不了东西。

为了分散注意力，养蜂人开始计算允许他在克里米亚逗留的天数。他总是算不清几天，数了又数。

当他到达俯瞰阿尔巴特的小山岗时，嘴里念叨着数字六。

他转过身来，看到村庄沐浴在阳光下，一切显得友好而宁静。"好，我做到了。"谢尔盖伊奇自言自语。他微笑着，想着晚上艾瑟鲁和她邻居的儿子将会帮助他搭好蜂床。上帝保佑，他晚上会睡得香甜，然后就满血复活了。

第 65 章

开始搭床时,少一个蜂箱很不方便,毕竟六个蜂箱拼在一起,正好组成一张单人床大小的蜂床。现在少了一个箱子,得适应一下,是把头还是把脚放在单个蜂箱那边。谢尔盖伊奇两种方法都试了一下,决定单个蜂箱那边放头。

没有干草床垫,他把睡袋当作床垫放在蜂床上,仰面躺着,仰望缀满繁星的天空,渐渐陷入黑暗之中。

蜜蜂们似乎表现得过于平静了,至少谢尔盖伊奇没有感觉到身体下面有惯常的震颤。然而,他真正感觉到的是一种越来越强烈的平和感,以及与这个已经沉寂了一夜的世界融为一体的感觉。

艾瑟鲁和鞑靼小伙子两人很费劲才搭起这个蜂床。这个聪明的年轻人是别基尔的朋友。地面凹凸不平,坑坑洼洼,他们需要用石块、树枝才能把蜂箱垫平,让蜂床高矮一致。谢尔维尔很感兴趣,要求上去躺一会儿,然后跳下蜂床。

"有意思，"他说，"从来没有试过。"

"你自己养蜜蜂吗？"谢尔盖伊奇问他。

"我叔叔在库丘克河附近有一个大的养蜂场，有三十个蜂箱，离这里不太远。"

"可以用这个方法赚钱，"谢尔盖伊奇说，"战争之前我们州长经常来拜访我，就是来进行蜂疗的，他付给我美元。你们这里有大批游客涌入……"

谢尔维尔点了点头，"从前游客很多，现在少了。如果我叔叔同意的话，我就试一试。"

好小伙子，有上进心。谢尔盖伊奇闭上了眼睛想。

当他不再仰望那无边浩瀚的夜空中的繁星和月亮时，立刻感觉到后背和双腿下面蜂箱在颤动，他还听到蜜蜂低沉的嗡嗡声，好像闭上眼睛，听觉就变得更加敏锐了。

克里米亚夜晚温暖的空气中，弥漫着香草和刺柏的香气。

他睡着了，深深地呼吸着。胸膛一呼一吸，仿佛气息随着每一次吸气而上升到星空，随着每一次呼气而下沉。克里米亚的空气温暖着他，蜂床的颤动让他进入了梦乡。在梦中，他回到了小斯塔罗格拉多夫卡村家里的果园，正躺在六个蜂箱拼成的蜂床上睡觉。州长和五个警卫等着他醒来。卫兵们想把谢尔盖伊奇叫醒，让他起来清理一下蜂床，把地方让给州长，毕竟州长赶了将近一个小时的车程过来，不能白赶吧？可是那个身材魁梧的州长阻止了手下。他坐在一棵梨树下，向警卫们做手势，不让他们打扰蜜蜂和果园的主人。当谢尔盖伊奇醒来看见州长和警卫人员时，特别不好意思,他赶紧下来,把床让给州长。他们互换了位置,州长躺在蜂床上,而谢尔盖伊奇则坐在椅子上。养蜂人心里感到如此的平静,就像天堂降临人间一样,尤其是他的左臂不痛了,也听使唤了,能够随意地抬起左手去摸剃得干净的下巴,也能够得着鼻子或耳朵。

谢尔盖伊奇在睡梦中微微一笑。没有人看见他的微笑,周围没有人,就连鸟儿也安静地睡着了,蟋蟀也睡着了,甚至猫头鹰也没任何动静。只有蜜蜂没有入睡,它们嗡嗡地叫着,虽然声音不像白天那么大,但在克里米亚夜阑人静的环境里,听得清清楚楚。

梦在继续。州长醒了,他小心翼翼地从蜂床上爬下来,穿上那双紫罗兰色的皮鞋,坐回到果园主人空出来的椅子上。他在等茶点。谢尔盖伊奇急忙回到厨房沏茶,准备好茶点,端出来给客人。

喝过茶后,州长一行乘坐两辆黑色大轿车走了。养蜂人用他的手指尖抚摸着收到的美元,感受着纸币上令人愉快的、能证明真伪的粗糙。他把钱拿回房间,藏到餐柜里,然后又回到果园,爬上蜂床接着睡着了。晚上,他做了一个和平常不一样的梦。这个梦里,他只能听到声音,没有影像。晚饭后,他听到邻居们在院子的桌子旁唱歌。后来,他听见他们在争论战争,以前的战争,他们在争论希特勒是否逃到阿根廷,因为他们看到《绝密报》上刊登了一张照片,在阿根廷海滩上,年迈的希特勒和一位年轻的金发女郎在一起晒日光浴。争论很快就平息了,养蜂人听到清理盘子的声音。突然传来爆炸声,声音越来越近,越来越响,吓得还在蜂床上睡觉的谢尔盖伊奇打了个寒颤。蜜蜂也听见爆炸声,它们紧张、躁动,发出更大的动静。谢尔盖伊奇感到背部发热,他翻了个身侧身躺着,这让他觉得不舒服,于是他俯卧着,他用胸膛和肚子迎和着蜜蜂的躁动。爆炸声越来越响,越来越近,似乎不是在他的梦里,而是从梦里跑到了果园,接着整个世界都充斥着爆炸声。

谢尔盖伊奇又翻了个身,他咬着下嘴唇,为被爆炸驱散的梦感到遗憾,他试图抓住它,抓住梦,但这是徒劳的……他睁开眼睛,头顶上的天空开始闪烁着从未见过的北极光——闪烁着所有可能的颜色,除了黑色和白色。

烟花!他惊讶地意识到。

他觉得有什么人在附近,便转过头来,发现是自己亦敌亦友的伙伴帕什卡。

"这是怎么回事?"他问帕什卡。

"胜利了!"帕什卡高兴地说,"胜利了!"

"谁赢了?"谢尔盖伊奇问。当他看见又一枚烟花被点燃,小火花像雨点一样落了下来,他吓得紧紧地缩在蜂床上。

但火花在落下来之前就熄灭了。

"不知道,"帕什卡回答,"这不重要,重要的是胜利了——战争结束了!"

"哪一场战争?"谢尔盖伊奇回想起在梦中听到的邻居们关于希特勒的争论。

"未来战争。"帕什卡说。

"未来战争？"谢尔盖伊奇惶惑地重复了一遍，他用手掌撑着蜂床，慢慢地坐起来。他转过身来面对着帕什卡，但帕什卡已经不见了。也许他从来就没有来过这里……

万籁俱寂。烟花放完了，只剩下谢尔盖伊奇身体下方蜜蜂的嗡嗡声。

他睁开眼睛。月亮已经悬挂在天边的另一端。

谢尔盖伊奇明白他是仰面躺着的，在梦中他和帕什卡谈话后，他便坐了起来。

他试着抬一下左手，左手能够抬起来了。

谢尔盖伊奇松了一口气。他的愿望实现了，蜜蜂治好了他的病，现在他的两只手都是健康的，而不是拖着一只残疾的手。生活可以像以前一样继续下去了，至于胜利，那是梦里的，现实中的胜利还遥遥无期。

第 66 章

当彻底清醒后,谢尔盖伊奇觉得脸颊热辣辣的,有一种灼烧感。他用手摸了摸,意识到应该刮胡子了。这时候,他才反应过来,一定是睡在蜂床上的时候,脸颊被太阳晒伤了。

一捧冰凉的山泉水缓解了谢尔盖伊奇发热的脸颊,使他顿感神清气爽。而更让他高兴的是能够用两只手洗脸了,左手已经恢复如常,用起来丝毫不比右手差。

谢尔盖伊奇把睡袋卷起来,放到帐篷里,那里光线很亮,好像他在帐篷上开了个窗户似的。

他把目光投向蜡烛和圣像,想起还剩下五支蜡烛,谢尔盖伊奇觉得可以不用它们了。接下来的几天,如果不下雨的话,他打算在外面过夜——在克里米亚的天空下,在他的蜂床上过夜。所以,如果运气好的话,他会把剩下的蜡烛带回去的,他还会把帐篷里圣像前罐子里的没点完的那节蜡烛也带回去。如果，现在他的家不再是帐篷，而是拥有群山、树木、葡萄园、飞鸟、刺猬和蜜蜂的整个周围空间，为什么要浪费蜡烛呢？

他把睡袋打开，在上面坐了下来，用手摸了摸自己的脸颊，咧嘴一笑，怎么被晒成这样了？

接着，他听到有树枝噼啪作响，愣了一下。他没有等待什么人，如果说有等待的话，他在等那些拿走他的蜂箱的人。但他们应该是开车来的，而不是步行。

谢尔盖伊奇朝帐篷外看了一眼，他的焦虑消失了。

眼前站着的是艾莎。

"早上好，"她说。"妈妈让我送这个来的。"她递给养蜂人一个塑料袋。

"非常谢谢。"谢尔盖伊奇高兴地说。

"她还邀请您今晚去吃饭，她买了肉。"

"好，"谢尔盖伊奇点头，"你看，我的脸是不是晒坏了？"

艾莎仔细看着养蜂人的脸。

"是的，脸都红了，甚至是深红色的！您在太阳下睡着了吗？"

"嗯，我是在阳光下醒来的，"谢尔盖伊奇承认，"真的很痛……"

他把艾莎送到路上，返回到帐篷后才想起还没有给前妻维塔利娜打电话，跟她谈谈阿赫塔姆和艾瑟鲁女儿的事。

"傻瓜。"他对自己哼了一声。

然后他拿出手机拨打电话。

"真的是你吗?"一个熟悉的声音在电话里出现。

连一句招呼也没有,他心想,自己可不能这么不礼貌,"你好,你们俩都好吗?"

"好,很好。你呢?"

"这要看情况了。哎,我有个请求……其实是一个问题,你们那里有大学吗?"

"不止一所,怎么,你想要一个养蜂的文凭吗?"维塔利娜用带有讽刺的口气说。

"不是。这边有个女孩——我认识的一个鞑靼人的女儿——她需要帮助。那个男人死了,他的儿子被捕了,所以母亲想把女孩送到乌克兰去,去那边学习。他们有钱……但是她需要一些帮助——也许需要有人带她去大学,带她四处看看……"

"她多大?"维塔利娜的声音从讽刺转为关心。

"我不确定……毕业了……大概十六七岁吧。我可以把她送到开往文尼察市的长途车上,但需要有人来接她……"

"当然,当然,"维塔利娜热情地说,"我很乐意帮忙……如果需要的话,她可以和我们住一段时间……"

谢尔盖伊奇能感觉到前妻在为女孩子操心,这意味着她认真对待了他的托付,反过来,这也意味着她把他当回事了。

他笑了。

"安热莉卡怎么样?"他关心地问。

"她挺好的。昨天我们吵了一架,今天早餐时又和好了。她有一个比她大十岁的男朋友……我一直让她把他介绍给我,但她不愿意。我担心他已经结过婚——你明白我的意思吧?"

"是的,我明白,"谢尔盖伊奇说,他明白自己应该说些有用的话,他毕竟是孩子的父亲,"你得想办法解决,不管用什么办法——甚至监视他们。"

"好吧,如果她不介绍我们认识,我会的,"维塔利娜向他保证,然后说,"你也快回去了吧?"

"是的。"

"也许你会来文尼察?每年的这个时候天气都很好,也很漂亮。我们这里有音乐喷泉,还有灯光……"

"也许吧。不管怎样,我一把艾莎——这是那个女孩的名字——送上长途车就给你打电话,告诉你什么时候去接她。她很害羞,很容易认出来——很瘦,头发和你一样,是深棕色的。"

"我的头发全白了,现在染成淡黄色,已经一年了。"他的前妻说。

"嗯,是像你以前头发的颜色……代我向安热莉卡问好,告诉她我说的,要听你的话。"

"我会转达的,我会的,"维塔利娜保证道,"你在路上开车注意安全,听见了吗?对了,非常感谢你的祝贺。"

"什么祝贺?"谢尔盖伊奇问。

"你知道的,三八妇女节贺卡。"

375

虽然已经把手机放回口袋里，但谢尔盖伊奇就是忘不了刚才的谈话。他脸颊发烫，一直在想着前妻。她似乎变了，从来没在电话里这么热情聊天——这么热情和认真，好像他们根本没有分开过一样，好像他是出差时给她打的电话，而不是从过去的生活中打来的。

他坐在无花果树下的床单上乘凉，躲避着太阳。

我应该把卢布都花掉，没有必要带回，他这么想着。为了分散电话的注意力，不去想刚刚给维塔利娜打的那通电话，他接着筹划着：我要买些食物在路上吃——不只是在路上吃，车里空间很大，我可以多买些为秋天囤的食物。

他把卢布拿出来数了一下，五千多，看样子很多，但一想到食品价格，这些钱就显得少了。

傍晚时分，谢尔盖伊奇动身到村庄去。他轻松地走着，但并非两手空空前去。他决定把剩下的蜡烛都带给阿赫塔姆的遗孀，让她点上蜡烛更好地悼念丈夫。用蜂蜡制作的蜡烛质量比用硬脂制作的蜡烛好得多，难怪在教堂里为祈祷健康和平安都点这种蜂蜡蜡烛。他这次还给艾瑟鲁带来了好消息，他前妻维塔利娜准备帮助艾莎。

谢尔盖伊奇没预料到维塔利娜会这么爽快地答应提供帮助。他并没有费口舌说服她，他没有做任何事情……她骨子里是个好人，他们的问题是，两人太不一样了，他们是不同的人。她来自一个有喷泉的城市，而他来自顿巴斯的一个村庄，那里并不是每家院子里都有自己的水井，更不要说喷泉了……

谢尔盖伊奇觉得，他从来没有吃过像那天晚上在艾瑟鲁家吃的那样嫩的炖羊肉。当天晚上他们三个人一起吃的晚饭。

一进屋，养蜂人就把维塔利娜的消息说了，说她要去接艾莎，又说这个年轻的女孩子可以在她的住处住一段时间。阿赫塔姆的遗孀很高兴。她一直微笑着，只是眼睛里仍然流露悲伤而疲惫的神色。

两种不同的情绪怎么能在一张脸上出现呢？谢尔盖伊奇很好奇。

过了一会儿，她告诉他，早上她去了巴赫奇萨赖，去看别基尔。她花了三千卢布，他们让她跟他待了半个小时。他看上去很瘦，显然他们打他了。他们想让他接受一张服役卡，去报名参军。他们说如果他接受，他们就让他回家住两个星期。但他拒绝了，所以如果艾瑟鲁不替他买回自由，他就会进监狱。

"究竟是怎么回事？"谢尔盖伊奇伤心地问，"关于蜡烛的事，我已经写得很清楚了。"

"他们仍然指控他抢劫教堂。他们说，他不仅仅抢劫了蜡烛，还拿走了圣像和捐款。但我们要圣像做什么？"艾瑟鲁悲伤的眼睛里闪烁着泪水。

"上帝保佑您能把他赎出来。"养蜂人说，他试图让女主人安心。

她擦掉了眼泪。

谢尔盖伊奇不想让她感到不舒服，于是把目光移开。

他看看艾莎，年轻女孩静静地坐着，脸上既没有喜悦，也没有悲伤。

也许她不想去文尼察，养蜂人想。当然这不是她能决定的。然后呢？艾瑟鲁将孤身一人。

谢尔盖伊奇的目光又回到女主人身上。他很同情她，但又不想让她看出这一点。

"我可以喝一杯吗？"他有礼貌地问。

艾瑟鲁到厨房去，端来满满一杯酒，放在客人面前。

"唔，为了别基尔——祝一切顺利！"他举酒杯说，同时内疚地瞥了女主人一眼，然后一饮而尽。他感到很尴尬，"对不起！不敬酒我没法喝……"

"您的脸怎么这么红？"艾瑟鲁问。

"晒的，早上睡得太久了。"

"您的胳膊怎么样了？"

谢尔盖伊奇举起左手，挥了挥。"蜂疗很有效，能辅助治疗很多病。"

"你们最好在星期三离开，"艾瑟鲁说，"星期三早晨边境排队的队伍会短些。您把艾莎送到边境口，她自己排队通过俄罗斯和乌克兰边检站。您在乌克兰那边接她，可以吗？"

谢尔盖伊奇点头。

"到时候我需要帮忙，"沉默一会儿后，他说，"帮助我把蜂箱抬到拖车上。"

"我和谢尔维尔会帮忙的。"艾瑟鲁保证说。

夜幕降临时，谢尔盖伊奇踏上返回养蜂场的山路。走在路上，村庄的喧闹声逐渐消失，养蜂人不由得想起了家乡，想起了小斯塔罗格拉多夫卡村，想起了帕什卡，想起了彼得罗。他慢慢地走着，心里想着马上就要开车离开，踏上返程的路了，但一想到返回灰色地带必须经过的检查站，心里免不了叹了口气。这时又想起一直没有收到彼得罗的短信，那只有一种可能，彼得罗已经不在了，他牺牲了……这个想法像一个沉重的包袱压在谢尔盖伊奇的心上，他气喘吁吁地走在山路上，步伐变得有些沉重。他试图不去想彼得罗，把思绪转向帕什卡，呼吸慢慢正常起来，步伐也轻松了许多。为了让自己振作起来，谢尔盖伊奇站在山路上向后看阿尔巴特，灯火通明的村庄，这里发生着各种各样的事情——当然是有好有坏。生活在这里延续着，一种平淡、普通、平静的生活，也是人们习以为常的生活。

生活也在小斯塔罗格拉多夫卡村继续着——一种对他来说平凡而熟悉的生活，他已经习惯了的生活。是的，现在那里只有他和帕什卡了，没有商店，没有邮局，没有新鲜的面包。只能靠帕什卡的分离主义分子朋友从卡鲁谢里诺带来一些食物，或者帕什卡到那里去买。只是现在的面包没有以前的面包好吃……然而生活仍要继续，像一条河，除了流淌，流向死亡，还能做什么呢？

谢尔盖伊奇想象着小斯塔罗格拉多夫卡村战前的样子，那里的夜晚曾经也是灯火通明。在想象中，他甚至把自己的村庄"搬到"克里米亚，"搬到"养蜂场和帐篷所在的地

379

方。他想象着自己正从阿尔巴特径直走回家乡。这感觉太好了——从阿尔巴特到小斯塔罗格拉多夫卡的距离那么近……为什么不呢？他想，无论我走到哪里，小斯塔罗格拉多夫卡村都跟我在一起。我现在在这里，所以它也在这里！

突然，养蜂人听到了身后传来汽车发动机的声音。他转过身来，看见两盏车灯照射过来。

他走到靠近葡萄园的路边，让车辆开过去。这条路的尽头没有车路，只有人行小道……他寻思着，难道这辆开上山的车是找他的吗？

一两分钟后，汽车开了过来，就是那辆没有车窗、门上有军队标志的面包车。

"嘿，等等！"谢尔盖伊奇激动地喊着，"我在这里呢！"

面包车停了下来，驾驶室车门上的玻璃摇了下来，伊万·费奥多罗维奇探出头，脸上流露着平静、好奇的神情。

"是谢尔盖·谢尔盖伊奇吗？"他确认一下。

"是的，是的，"养蜂人边说边走到车门口，"你们把我的蜂箱送回来了吗？"

伊万·费奥多罗维奇点头。

"太好了，能载我一程吗？"

"不可以，车里有秘密设备。我们开到上面等你。"

谢尔盖伊奇上气不接下气地跟在面包车后面跑着，当他终于到达帐篷时，伊万·费奥多罗维奇和蜜蜂专家瓦西里·斯捷潘诺维奇正站在车旁吸烟。

"怎么样？"谢尔盖伊奇开口问道，"一切正常吧？我的蜜蜂都健康吧？"

"是的，可以这么说，"伊万·费奥多罗维奇说，"等我们抽完烟，再把蜂箱搬下来。"

"我可以……给你们沏茶？"养蜂人问道。蜜蜂归来的喜悦甚至让他想到与拿走蜜蜂的人一起分享。

"谢谢，不必了，我们没有时间。再说您还得先点起篝火……"

掐灭香烟后，两人把蜂箱从车里拿出来，放在草地上。

"我们到那边看看。"谢尔盖伊奇招呼他们。

"其余的蜂箱呢？"当他们把第三个蜂箱放回到原来的位置时，蜜蜂专家吃惊地问。

"我把他们拼在一起搭成了一张蜂床，"谢尔盖伊奇指着无花果树方向对他说，"这几天我一直睡在上面，这有治疗的作用。之前我的左臂麻了，不听使唤，但现在我可以用左手拿行李搬东西了。"

"真的吗？"伊万·费奥多罗维奇不相信地问，"我可以试一试吗？"

他们三人走到蜂床前，瓦西里·斯捷潘诺维奇点燃了另一支香烟，而伊万·费奥多罗维奇爬上蜂床，躺了下来。

"不太舒服。"他压低声音说。

"嗯，我用的是一个睡袋。"谢尔盖伊奇解释。

伊万·费奥多罗维奇僵住了，他的背部感受到了蜜蜂们生命的活力。

"怎么样？"瓦西里·斯捷潘诺维奇颇感兴趣地问。

"很有意思。"

"应该回去了。"瓦西里·斯捷潘诺维奇催促着，声音里透着不耐烦。

"是的，你说得对，"伊万·费奥多罗维奇说着，从蜂床上跳下来，"我们走吧。"

不一会儿，汽车发动机的响声渐渐远去，然后一切都变得安静。一种平和的静谧降临了，在微风吹拂下，昨天的各种声音慢慢消散在林地的夜空中。

养蜂人从帐篷里拿出他的睡袋，在蜂床上铺开。然后他走回到那个刚回来的蜂箱旁边，掀开盖子，倾听着。蜜蜂异常地安静，它们仿佛屏住了呼吸，一动不动。他想用手电筒检查一下，但那只会让它们更加害怕。

于是他伸手进去打开出入口，并小心翼翼地放下盖子，然后，他慵懒地走回蜂床，右手掌还能感觉到蜜蜂传出的温度。

第 67 章

醒来后，谢尔盖伊奇静静地躺了一会儿，感觉到没有时间和空间的概念，好像在这个世界上只剩下他一个人。他听着鸟儿和蜜蜂的鸣叫声，犹豫着是否该睁开眼睛。过了一会儿，他从蜂床上下来，径直走到昨晚回来的蜂箱旁，想看看里面的居民们怎么样了。

蜂箱里的蜜蜂嗡嗡叫着。蜜蜂总是伴随着第一缕阳光开始工作，现在它们繁忙地在出入口进出，为大家庭输送花粉……它们沉重地、有时甚至是笨拙地降落在出入口，把逗留太久的伙伴推开。

出入口熙熙攘攘的蜂群吸引着谢尔盖伊奇，他一直愉快地站在旁边，观察着蜜蜂们在这个机场"迫降"。他看了整整半个小时，甚至觉得自己能认出某些蜜蜂的面孔。有时他觉得蜜蜂们是在演电影给他看——就像现在，从出入口飞出几只雄蜂，它们是被驱逐出来的，虚弱无力，无法反抗，因为出入口的守卫蜂阻挡了它们回去的通道，雄蜂不是自己飞出来的，甚至不是跌跌撞撞出来的——是被推着掉出来的。紧随其后的强壮的守卫蜂，对自己的力量和权利充满信心，把雄蜂推到出入口的左边。警卫们像带翅膀的小推土机一样，把雄蜂一路推到边缘，推到草地上为止。

它们必死无疑，谢尔盖伊奇心里想，并不是特别怜悯它们。毕竟，雄蜂应为自己的不劳而获付出代价。有些蜜蜂飞来飞去，采集花粉，建造蜂巢——像无产阶级一样劳作着，日复一日，从生到死。与此同时，雄蜂食量很大吃个不停。工蜂真的会尊重雄蜂吗？不……所以它们会在寒冬来临之前把这些吃白食的家伙赶走，这样就不会浪费蜂蜜……当新的一季到来的时候，蜂王会重新产下新的雄蜂和新的工蜂。

大自然的智慧使谢尔盖伊奇着迷。他觉得大自然到处充满了看得见的、他能够理解的智慧，他通常会把这些与人类的生活相比较——总是觉得人类愚不可及……

其中一只雄蜂落到草地上，已经动弹不得了，显然它已经很久没有吃东西，甚至原本鲜艳的颜色已经变得暗淡，成了灰蜜蜂。

谢尔盖伊奇离开蜂箱，匆匆吃完早饭，开始往汽车后备厢里装东西。他把装满蜂蜜的罐子放在后座下面，然后瞥了一眼空汽油桶，这个应该放在车门旁边，以便到加油站时拿下去加油。

收拾完东西后,养蜂人想到了他的蜜蜂需要建造蜂巢的原蜂蜡。这个夏天,他设法收集了一点原蜂蜡,但它们很脏,未经提炼,还夹杂着杂质,没有人愿意接受跟他交换新的蜂蜡,所以他需要购买一些,否则他的蜜蜂就没有材料建蜂巢了。

他不想打扰艾瑟鲁,她得帮艾莎准备行李,而且这对她来说一定很难受——她将一个人生活了,上帝知道别基尔是否会被允许回家……

他决定到村子里的商店去问一问,乡村商店的售货员,总是比任何咨询台都能提供更多的信息。

谢尔盖伊奇锁上车门,然后看着被打碎的车窗,哑然失笑。

他走下山前往阿尔巴特村,进了商店。

"这附近有人养蜜蜂吗?"他问女售货员。店里没什么顾客,女售货员看起来有点无聊。

"我们呀!我丈夫就养蜂。您要蜂蜜吗?"她兴高采烈地回答,声音里充满了希望。

"不,我有自己的蜂蜜。我想要买原蜂蜡,但不知道去哪里买……我不是本地人。"

"是的,我知道您不是本地人,"女人心直口快地说,"您和那家鞑靼人走得很近,却回避我们东正教徒。你皈依伊斯兰教了吗?"

"您说什么啊?没有,"谢尔盖伊奇反驳说,"我没有皈依任何教派。"

然而，那个女人似乎并没有在听他说话，她正拿着手机在打电话。

"若拉，那个和鞑靼人交往的男人在这里，说他需要什么东西。就是那个睡在葡萄园那边的帐篷里的人。来，你问他吧。"她对着手机说，然后把手机递给谢尔盖伊奇。

若拉是个靠谱的生意人，他们很快谈妥了价钱，谢尔盖伊奇就在商店里等着他过来送货。

在等候期间，他不可避免和那个女人闲聊起来，因为女店员真的很想聊天。

"嗯，顿涅茨克怎么样？那边价格高得吓死人吧……"

"我不是顿涅茨克人，"谢尔盖伊奇解释道，"我住在一个村子里，我们那里没有商店，但是在那些还在营业的商店——卡鲁谢里诺那边就有一家——那里的价格很高。"

"还在射击吗？经常打吧？"

"有枪炮声，但大多数时候，炮弹只在头顶上方飞过。"

"您的那些鞑靼人朋友，他们要被赶出去了，"女人突然转变话题，"他们不喜欢我们。"

"什么意思，他们怎么会不喜欢我们呢？他们一直在帮助我。"

"哦，是您，不是我们，我们是俄罗斯人。他们不尊重俄罗斯当局，所以可能会让他们回到乌兹别克斯坦之类的地方……那是他们应该待的地方，无论如何……他们到这儿来干什么？"

"嗯，这里是他们的土地。"养蜂人怯懦地说。

"见鬼!"女人愤怒地说,但她对养蜂人并没有恶意,"这片土地自古以来就是俄罗斯东正教的!俄罗斯人把东正教从土耳其带到赫尔松涅斯,后来,土耳其人才把鞑靼人连同他们的宗教一起带过来的。总统访问这里时,他讲述了整个故事,他说这里是俄罗斯神圣的土地。"

"唉,我不了解历史,"谢尔盖伊奇耸了耸肩,"谁知道发生了什么事?"

"总统说的就是事实,"她强调说,"他从不说谎。"

第 68 章

夜里,谢尔盖伊奇在睡袋里被冻醒了。他从帐篷里拿了一条毛毯,盖在身上。

辗转反侧一会儿,他又睡着了。醒来时,他认为自己是被太阳的光芒唤醒,其实唤醒他的不是阳光,而是自然界生命的声响。此时太阳已经照射大地近两个小时,为新的一天做好了准备。显然,阳光也温暖了他,让他也做好了迎接新一天的准备。

他快步走到那个被官方检查过的蜂箱前,被自己看到的景象吓了一跳。出入口处一只蜜蜂都没有。他小心翼翼地掀开蜂箱顶盖往里面看,里面空空的,好像有人用吸尘器把所有的蜜蜂都吸走了……他环顾四周,又仔细地听了一下,从蜂床那边传来一阵嗡嗡声,一只蜜蜂从他面前飞过。

"怎么回事……"他痛苦地喘着气说。

他检查了蜂箱下面,然后走到附近的一棵榆树旁,再次竖起耳朵倾听着。他把目光停留在一棵野梨树上，这棵树离阿赫塔姆的蜂箱比离他自己的更近。他走近野梨树，这才松了一口气，他终于听到了熟悉的蜂群合唱的嗡嗡声。

"原来你们去这儿玩呢。"他嘟囔道。

但找到这些失散多时的小家伙的喜悦很快被担心所取代。

怎么才能把它们弄回去？徒手？我连梯子都没有……更别提捕捉工具……

他抬头盯着蜜蜂，它们密密麻麻地聚集在离地面约两米的树干周围。要是他能找到踩上去的东西就好了……谢尔盖伊奇意识到需要抓紧时间，赶在蜂群飞走之前采取措施。但奇怪的是，为什么蜂群全都逃离蜂巢？通常的情形是，只有一半的蜜蜂会跟随老蜂王一起离开，而另一半则会留在原来的蜂巢里面；还有一种情形是，当一个蜜蜂家庭变得很大，蜂巢太拥挤时才会发生这种情况，但这箱蜜蜂并没有空间压力，如果有的话，他会发现的。

几只蜜蜂从不同的方向飞向蜂群，开始在这群蜜蜂旁边来回飞着。

这是侦察蜂，谢尔盖伊奇很清楚。这些侦察蜂是回来告诉其它蜜蜂，它们去过哪里，找到了什么样的地方可以重新建立蜂巢……

谢尔盖伊奇的目光转向那棵浓密的榛树，树后是阿赫塔姆的木板棚，里面放着所有的养蜂工具。他可能会在那里找到喷水器和分蜂器。毕竟，蜜蜂分群是常有的事，经常发生。

养蜂人清楚地记得，艾瑟鲁在他到达的那天就把棚子的钥匙给了他，但他已经找了很多次，不知道把它放在哪里了？真是糟糕——就像彼得罗的手榴弹，他一定是把它藏在某个地方，现在却完全忘记了。但他需要那把钥匙……如果不快点采取措施，蜂群就会飞走。

谢尔盖伊奇走到棚子前面，盯着那把挂锁。

他用手紧紧地握住锁身，把它使劲地往外拉，门吱吱作响，但门环还是扣得紧紧的，根本没有松动的迹象。

我现在该怎么办？他问自己，心里越发着急。

他更用力地又拉了一下锁，这一次他用两只手握住锁。锁环没有一丝的松动。

养蜂人在棚子周围转来转去，低头看着地面，徒劳地寻找任何可以帮助他打开门的东西。

他突然回过神来，怎么没有早点想到呢？

他跑到篝火旁，从土里把铁三脚架拔出来，拿到棚子处。

三脚架是用钢制的，非常结实。这样的三脚架在商店里是买不到的，是电焊工制作了送给朋友，或者私下出售。

他把三脚架的一条腿插进锁环里，用力往外拉。杠杆起作用了——锁环松开，门打开了。谢尔盖伊奇乐得眼睛放光，他一下子看到了他所需要的一切：一架靠在棚屋后墙的梯子，一个塑料喷水器，两个熏蜂器（这个工具现在对他来说已经没用了），一把刮蜂巢的刮板，最重要的是，一个带罩子的圆形分蜂器！

我要怎么把他们弄进去呢？他问自己。但随后他把手伸向那个有着长柄的簸箕，这个东西肯定用得上，要不它为什么在这里呢，阿赫塔姆肯定不是用它来打扫草地的……

梨树树干上的蜂群比以前更活跃了——成千上万只蜜蜂在飞行前活动着翅膀热身。

"不，"养蜂人自信地说，"它们没那么容易逃掉的。"

他把水装到喷水器里，从下面往蜜蜂身上喷水。水滴凝结在蜜蜂的翅膀上，使它们变得很沉。水雾飞向空中，在阳光下闪闪发光。蜜蜂们渐渐安静了。

很明显，现在没有一只蜜蜂会飞走了，但谢尔盖伊奇还是不停地给它们喷水，直到瓶子里的水都用完了。这时，他把梯子靠在树干上，往上爬了两级，用自己的身体把分蜂器压在树干上，开始用簸箕把蜂群往里扫。蜜蜂战战兢兢地一群一群掉进了分蜂器里。树干上还剩下不到一百只蜜蜂，他不需要再用簸箕扫了，它们很快会自己爬进分峰器里，因为它们害怕离群，离开蜂王。谢尔盖伊奇把分峰器抬得更高些，好让它们容易进去。他一直盯着最后一批蜜蜂进去，然后拉住拉绳，把罩布盖住网兜，从梯子上来。

走回空着的蜂箱前，他举起那一兜蜂群。

不会超过三公斤，他想，为什么这么一个小体量的蜜蜂群要飞走呢？

他小心翼翼地把蜜蜂放回自己的家，他们扑通一声重重地落了下来——毕竟翅膀都是湿的。

在盖上蜂箱顶盖之前，谢尔盖伊奇停顿了一下，似乎感觉有些奇怪，他又弯下腰去看了看蜜蜂。他们看起来有点灰蒙蒙的。他想，也许只是喷了水的原因？

第 69 章

每转动一次方向盘,谢尔盖伊奇就能感觉到锁骨一阵疼痛。他时不时地瞥一眼坐在副驾驶座上的艾莎,她也没睡好,但这并不是她看起来如此郁郁寡欢的原因。没有挡风玻璃,车外的凉风直接打在他们的脸上。早晨的霞光明晃晃地射向高空,并没有落在他们身上,也没有落在前方的道路上。朝霞映亮了整个天空。不一会儿,太阳从右边的山脉中探出笑脸,把缕缕光束投向了山谷。

谢尔盖伊奇又斜眼看了一下艾莎,心里在想,幸好她不是那种爱哭的女孩。

艾瑟鲁和谢尔维尔开车跟在他们后面,一直把他们送到巴赫奇萨赖。在这个曾经的克里米亚鞑靼汗国首都的出口处,他们用车灯向养蜂人示意,让他靠边停车。艾瑟鲁最后一次拥抱女儿,把她搂在怀里,用鞑靼语小声说了什么。谢尔维尔没有下车。谢尔盖伊奇从车里下来,看着拥抱的母女俩。母亲穿着一件像长袍似的朴素的黑色长裙,女儿则穿着牛仔裤,上身是一件领子几乎到下巴的黑色高领,外面罩着深绿色的毛衣开衫。

临别时,阿赫塔姆的遗孀向谢尔盖伊奇点了点头,仿佛在说"走吧"。然后她看着那辆挂着蜂箱的拖车,摇了摇头。

谢尔盖伊奇理解她的意思。昨天晚上,当她和谢尔维尔把蜂箱装到拖车上的时候,发现那个被斧头砍过的蜂箱底部的木板松动了,养蜂人用手掌使劲把木板压回原处,检查一下没有缝隙,确认蜜蜂飞不出去。

道路有些颠簸。迎面偶尔有疾驰而来的汽车,还不时能看到挂着乌克兰车牌甚至顿涅茨克和卢甘斯克车牌的车。谢尔盖伊奇如果碰巧看到自己家乡的车牌号,总忍不住盯着车里面看,那是带着孩子们到海滨度假的。

他想起别基尔。最后,别基尔也没有领他去黑海,他遗憾地叹了一口气——既为这个年轻人的命运感到遗憾,也为这个最终未能到访的大海感到遗憾。

他又瞥了一眼艾莎,想安慰她,但不知道怎样开口,然后回头看了一眼挤在后座其他物品中的绿色手提箱。

他想,她得步行通过护照检查,双肩包已经够沉的了,她还需要再提着那个手提箱吗?也许应该把手提箱留在车里?海关人员不会注意到吧?但是如果他们发现了,命令我打开,发现里面都是女人的衣服,我该怎么解释呢?

这条道路向右拐,汇入了塞瓦斯托波尔高速公路。

谢尔盖伊奇回头看一看拖车,想起受损的蜂箱,于是轻轻地踩了一下油门。

"你饿吗?"他问姑娘。

"不,"她回答,"我们过了边境再吃。它们现在还是热的。"

"热的?"养蜂人困惑地重复道。

他想起来了,在后座上有一袋萨姆沙。

"那好吧。"谢尔盖伊奇点点头,现在他用力踩了油门,想快点到达边境,尝尝又热又多汁的肉馅饼。

他们把箭头指示向左的机场路标甩在身后,一直往前,在去赞科伊的路上,因为他们不需要去机场。

"你没有忘带护照吧?"经过辛菲罗波尔市郊时,他问艾莎。

她摇了摇头。

开了一个小时,快到边境了,谢尔盖伊奇心里开始不安起来。他们从停在路旁的军车车队经过,其中两辆军车上装着被防水油布罩着的数门大炮。

艾莎看见车队,吓得面色煞白,十分紧张。谢尔盖伊奇踩了一下油门加快速度,为了赶快离开这些俄罗斯军人。但即刻,他想起拖车上的蜂箱可能会散架,又立刻放慢车速。

前方隐约出现了熟悉的银色遮雨篷,养蜂人不由自主地踩了刹车。

他把车停在路边,用询问的眼神看着艾莎,她马上反应过来,并从车上下来,从后座拿起背包背上。

"手提箱要拿吗?"她问。

"沉吗?"

"有轮子。"

"最好是拿着。"谢尔盖伊奇说。

他再回头时,艾莎已经上路了。她拉着绿色的手提箱,轻快地往前走着,但脸上的表情却是迟钝的,好像她是去参加葬礼或走向即将到来的灾难似的。

前面有十多辆车,队伍在向前移动。谢尔盖伊奇又在过境的人流中看见艾莎,她头也不回地从他身边走过,走向护照检查窗口。

谢尔盖伊奇把车停在边防检查站的遮雨篷处,拿了证件,他有点紧张地走到窗前。

"为什么把入境卡弄皱了?"边防军人展开他在养蜂人护照里找到的那张纸,责备地问他。

军官的脸上流露出思考的表情,他的嘴唇微微动着,好像在数数,或者在心里说着什么。然后他摇了摇头,抬头看着文件的主人。

"八十九天,"那人说,"您在我们这里休息的时候真够久了,是吧?真是俄罗斯风格,被晒伤了吧。"他端详着谢尔盖伊奇饱经风霜的红润脸颊。

突然,一个穿便服的人出现在这位军人的身后。他向窗口弯下腰,飞快地看了谢尔盖伊奇一眼,然后把手搭在卫兵的肩上。那个人抬起头,立刻从椅子上站了起来,随后两个人一起离开了窗口。

养蜂人变得紧张起来,他拿出手机看了一下时间。

不一会儿,边防军人出现了。

"把车移到一边,"他告诉养蜂人,"那边有人会跟你谈话。"

谢尔盖伊奇把车挪走,给下一辆车让出位置。他把车开到指定地点,坐在驾驶室里等待着。他没指望接下来能顺利过关。护照和所有的证件都被拿走了,他现在是谁?没有证件,他现在什么人也不是。

他回想起入境克里米亚时,他也被要求把车停到指定的位置进行检查。那一次,有记者的采访,还收到了他们捐赠的修车钱,结局是好的。

谢尔盖伊奇环视了一下自己的"敞篷车",开着车的时候,他觉得车内的风比车外的还大。

是的,他一直没有修车,那些钱也所剩无几……他口袋里还有几个卢布,他把大部分钱都买了汽油,装满了三桶。汽油比钱更重要。

大约有一刻钟时间,养蜂人想了很多,他想不出什么结论……真是毫无头绪,接受命运的裁决吧,不至于是更坏的结果。这时两名海关官员走过来,其中一人拿着谢尔盖伊奇的证件,一起的还有一名穿迷彩服的男子,他牵了一条狗,在拖车周围转了一圈。

拿着证件的海关官员盯着汽车车牌,然后又盯着那张破旧的汽车性能证。

"他们怎么放你进来的?"那人问。

他的嘴角露出不满,同时一脸傲慢的神情。

"进到哪里?"谢尔盖伊奇吃惊地问。

"俄罗斯,克里米亚。"海关官员用一种冷淡、略带沙哑的声音接着问,"你的驾驶执照和车辆登记都是苏联的,车牌也是。但你的护照不是……怎么,你还住在苏联吗?"

养蜂人不知道怎样回答这一连串的问题,只好耸了耸肩膀。

"没有人告诉我……"他嘟囔着说,"没人告诉我要更换证件,我一直这么开车的。"

"你都在哪儿开车?乌克兰吗?"

"在家,在顿巴斯。"

海关官员吃惊地摇了摇头,他的眼睛里闪现出一种善意。而谢尔盖伊奇在对方的脸上捕捉到瞬间的宽容。

第二个海关人员手里拿着一根黑色的棍子,棍子前面有一面朝上的镜子。他开始检查汽车底盘,然后突然转向车主。

"很快你就要用鞋底刹车了,"那个人说,"你不能这样开车……必须焊接底盘。"

"是的,是的,当然,我会的。"养蜂人害怕地点点头,"只是我住在灰色地带……我们那里修车很困难……"

听到"灰色地带"这个词,海关官员们默默地盯着谢尔盖伊奇,驯狗员也转过头盯着他,甚至就连德国牧羊犬也停下来转向他,不再嗅拖车上的蜂箱了。

"根据规定,司机必须清空车后备厢接受检查。"沉默了很长时间后,第二个海关官员含糊地说。然后他看了看蜂箱。

谢尔盖伊奇的情绪低落到极点。

后面的东西太多了,他想,如果他们看到蜂蜜,他们不会白白放过的……

"我们需要检查蜂箱吗?"第二个海关官员问第一个。

第一个官员转向遮雨篷下面等待检查的车队,他被一个大型车顶箱所吸引,在那之下是一辆路虎发现,挂着基辅车牌,看起来好像刚从展厅里开出来。

"不,我们不检查了,"他回答,"让他自己去数蜜蜂吧……看看我们还有多少工作要做。"他指着那辆路虎补充道。

他把证件递给谢尔盖伊奇。

"一路平安,"他干巴巴地说,"不要在缓冲地带停车,不允许的。"

这急转直下的结果让谢尔盖伊奇一直紧张的情绪没有缓过来,他猛地一阵咳嗽,咳得心脏刺痛。他把护照、驾照和行驶证收到储物箱里——他很快就得把它们再拿出来,然后发动汽车。

养蜂人慢慢地开车穿过缓冲地带,贴着那些徒步过境的人开着。他凝视着他们,寻找着艾莎。她一定在他们中间——或者她已经到达乌克兰边境了,毕竟,她有什么好检查的呢?看一下护照,再检查一下行李箱,就可以放行了。

"嗯,你假期过得好吗?"乌克兰边防士兵问道,声音里带着不友善的讽刺,"小心太阳晒伤……"

他也注意到了养蜂人晒伤的脸颊。乌克兰海关官员对检查汽车并没有特别的兴趣。

"运的是蜜蜂？"一个海关人员指着拖车问。

"是的，我是养蜂人。"谢尔盖伊奇回答。

"是运蜂人。"健谈的军官开玩笑地纠正他，然后，他看到同伴严厉的目光，收起脸上的笑容，安静下来。

离开琼加尔检查站时，谢尔盖伊奇看到前面有一群人，还有一辆辆杂乱无章地停在道路两侧的汽车。他慢慢地开着车，寻找着艾莎。大家都在找地方停车，他后面的司机不耐烦地鸣笛。

在他前面，一辆伏尔加离开，养蜂人急忙把车停到刚空出来的地方。这个车位并不完全适合他的车，近一米长的拖车伸出车位，幸好不妨碍其他车辆行驶。

谢尔盖伊奇下了车，急忙向人群集聚的地方走去，那里有司机在拉客。

他走近人群，看见艾莎，她正企图从这个人群密集的地方挣脱出去，但是几个男人挡住她的去路。谢尔盖伊奇感觉艾莎也看到他了，好像从栅栏里面向外张望似的，正透过人群的肩膀看过来。

"一百格里夫纳送到火车站，"一个穿着褐色外套、蓄着胡子的瘦削男人热情地拦着艾莎，要说服她坐他的车，"我们立刻就走，车上已经有三位旅客，只剩下一个座位了。"

"他车里没有人，"穿着T恤和运动裤的竞争对手挑衅地说，"你就坐在那儿，等着他再拉到三个人吧。我呢，车上已经有两个人了！"

谢尔盖伊奇仿佛破冰船一样用手推开出租车司机，伸手抓住艾莎的胳膊，把她拉到跟前。更确切地说，他拉着她冲出出租车司机的包围圈，接过她的手提箱，在颠簸的鹅卵石路面拖着手提箱向车站方向走去，艾莎走在他旁边。

第 70 章

售票窗口前的队伍向前移动得很快。

"有到文尼察市的票吗？"谢尔盖伊奇问。

窗口里面一位穿紫色衬衫、头发花白的女售票员敲着电脑键盘，盯着显示器。

"奇怪，看起来还有票。"她说，没有抬头看顾客，"好像是有人退票……卧铺，上铺，第五车厢，八十六号。四十分钟后开车。"

"我们买下。"养蜂人高兴地说。

"护照。"女售票员说。

艾莎拿出乌克兰护照，看起来是崭新的。

"二百六十三格里夫纳四十戈比。"

艾莎递给收银员三百格里夫纳。

"火车几点钟到站？"谢尔盖伊奇问，"我需要安排人去接她。"

"明天早晨五点四十分到，十七个小时的旅程。"

养蜂人很惊讶,"这么久?"

当他们走出来时,他发现艾莎脸上露出笑容,他也高兴起来。

"到了文尼察,你不要离开站台。我妻子去接你,她叫维塔利娜,"当他们站在第五车厢门前时,谢尔盖伊奇喋喋不休地说,"这是她的电话号码,以防万一……"

艾莎把手提箱和背包放上火车,又来到站台。

"在火车上不要害怕,我们的乘客都很好。"在开始长途旅行之前,谢尔盖伊奇很想让这位年轻女子放心。

"那里都是女士,"艾莎说,好像她自己也想让养蜂人放心,"我会没事的。"

"哦,还有茶,一定要向列车员要茶!他们给送的,车上总有开水。"

艾莎点点头。

"该上车了。"一个圆脸的、长得像俄罗斯套娃的列车员用乌克兰语说道,显然是对艾莎说的。

年轻女子眼中又闪现出恐惧,她痛苦地看了谢尔盖伊奇一眼,仿佛他们是被迫分离的家庭成员。在他意识到这一点之前,他已经抱住她,给了她一个紧紧的拥抱。

"别站在那儿!快上车!"列车员几乎生气了,"火车不等人!"

一个声音从车站的广播里传来:"从新阿列克谢耶夫卡开往利沃夫的第八十六次列车从第一站台出发。"

谢尔盖伊奇松开手臂。

最后一节车厢消失在远方。站台上只剩下养蜂人一个人,他身体摇晃一下,好像现在是他在火车上,而不是艾莎。痛苦在他心中涌起——夹杂着悔恨,仿佛他做错了什么,又仿佛他错过了刚刚那一趟列车。

"该死。"他低声说,用手背擦了擦眼睛,他觉得自己好像在哭。

他给维塔利娜打电话,通知她到站的时间和火车的班次。他还再次描述了一番艾莎的外貌,以确保他的前妻能认出她。

"你怎么了?"她问,听起来她很担心。

"你是什么意思?"

"你的声音在颤抖……你哭了吗?"

"只是累了,"谢尔盖伊奇叹了一口气,"我睡得不够,他们在边境找我麻烦。"

她没有接话。他听着她的沉默,从遥远的文尼察传来的沉默,这个沉默的距离需要十七个小时……他也默不作声,不知道还能说些什么。

"你也会来看我们吗?"她突然问。声音温柔,如同结婚之前和婚后曾经有过的那样。

"哦,是的,"他说,但立刻被自己的这个肯定的回答吓了一跳,急忙补充说,"也许吧,但是我得先回家。浸信会教徒答应给我们送冬天用的煤。"

她没有回答。

"请替我吻一吻安热莉卡,"谢尔盖伊奇停了一会儿请求道,"我该走了……我回头再给你打电话。再见。"

"再见。"维塔利娜答道。

第 71 章

通往梅利托波尔的道路穿过田野，笔直平坦地向前延伸。阳光毫无遮拦地直射着谢尔盖伊奇，肆无忌惮地打在脸上的风，吹得他的眼睛发干，他想闭上眼睛，让眼睛休息一下，避开阳光和风。他眯起眼睛——打了个呵欠，睡意便立刻袭来。那曾经的数个不眠之夜，清晨俄罗斯边境紧张的等待，以及在新阿列克谢耶夫卡的公共汽车和火车站之间奔波，所有积攒的劳累压着他，就像他的身体被数十吨煤压着，他很想摆脱这种重担，睡一会儿……他握不动方向盘了，手指麻木了……

谢尔盖伊奇哆嗦了一下，赶紧回头，看看他放慢速度是否影响其他车辆行驶。他意外地看到后座上放着的食品。

我的上帝，谢尔盖伊奇想，她没有吃东西就走了。

养蜂人放慢了速度，把车停在路边，摇摇晃晃地从车上下来。他先检查了拖车，发现箱底的木板脱落，他想用手掌把木板合上，却看见一只蜜蜂从缝隙中钻出来。他弯下腰，把蜜蜂吹了回去，然后用力压了压木板，但无济于事。

太阳炙烤着，好像没有一点初秋即将降临的迹象。谢尔盖伊奇想找一个阴凉的地方停下来，吃点东西。他回到车里，决心找一个安静地方休息一下。

大约二十分钟后，汽车经过一片向日葵地。他看见从沥青道路转向土路的出口，小心翼翼地把车开到土路上。他悠闲地开着车，穿过这片向日葵地，烈日下的向日葵花垂下圆圆的大脸庞，俯视着他的车厢，散发出成熟的葵瓜子的香味。

谢尔盖伊奇满脸倦容地笑了，他多么希望沿着向日葵地一直开回家。前面出现一个十字路口，是个掉头的好地方，他把车子停下，取出床单，铺在地面晒焦的树叶上。他去车里拿那袋食品，发现里面还有一瓶酸奶。他把艾瑟鲁给他们俩人准备的肉馅馅饼全都吃光，还把酸奶也喝完，然后躺在床单上睡着了。刚一睡着，他便在梦中听到蜜蜂的嗡嗡声，声音很响，不是飞行着的蜜蜂发出的那种细腻的、柔和的叫声。梦中蜜蜂的叫声，是那箱被俄罗斯联邦安全局没收又归还的蜂群发出的，不知为什么，现在那个蜂箱孤零零地立在田野里。谢尔盖伊奇想走近蜂箱，弄清楚为什么蜜蜂嗡嗡声这么大。他刚向蜂箱走了一步，蜂箱顶盖就被掀了起来，一只巨大的灰色蜜蜂——有人类那么高大——从蜂箱里爬了出来。它环顾四周，没有注意到他，这只巨大的蜜蜂用两条短腿，小心翼翼地朝向日葵地走去——不是那些它周围的向日葵，而是幼嫩的、活泼的、抬着圆脸对着太阳的向日葵。谢尔盖伊奇的眼睛一直盯着蜜蜂，直到它消失在向日葵花丛中。他意识到自己没有注意到那只蜜蜂的翅膀，也许是翅膀发出的巨大的声响？

巨大的嗡嗡声仍在继续。又一只蜜蜂从蜂箱里爬出来，然后是另一只，再一只，几只蜜蜂跟随着第一只蜜蜂走进了向日葵地。它们好像军事侦察员执行任务一样，弓着腰进入花丛中。过了片刻，谢尔盖伊奇反应过来，这几只蜜蜂是灰色的，因为它们穿了迷彩服装，或是披上了披风，那种军用装备。不断地有蜜蜂从蜂箱里爬出来，就像从地下隧道里爬出来一样，它们鱼贯而出，朝着同一个方向移动，朝着他在小斯塔罗格拉多夫卡村的房子方向行动。

谢尔盖伊奇吓坏了，额头上全是冷汗。

怎么回事？他有些想不明白。我的蜜蜂被招募了？它们受到恐吓，所以接受了招募？现在它们不再是我的蜜蜂了——它们不再为我工作，也不再去寻找花粉了……

就在这时，又有一只大蜜蜂从蜂箱里爬了出来，它小心翼翼地把蜂箱的顶盖盖好，向四周看了看，用那双多瞳孔的眼睛盯着谢尔盖伊奇。它一动不动地站在那里，好像在试图决定是追随他还是追随其他飞走的蜜蜂。

最终，这只大蜜蜂也消失在向日葵地里，留下目瞪口呆的养蜂人，在梦中恐惧地颤抖着。

谢尔盖伊奇醒来时浑身湿透了，T恤衫贴在身上，头发贴着额头。

他缓了好一段时间才恢复知觉。

最后,他终于站起来,四处寻找他的蜂箱。这是拖车上的最后一个蜂箱,受损的蜂箱紧挨着它,放在中间。

因为担心那个被斧子砍过的蜂箱,这分散了谢尔盖伊奇的注意力。他从车子的后备厢里取出工具袋,里面没有锤子,但有一个沉甸甸的扳手和一把钳子。

他用钳子拔出箱底的一颗钉子,然后想把它钉在更靠近木板边缘的地方,试图用扳手去敲那颗钉子,没有敲中,砰的一声敲在了木头上。

"对不起,"谢尔盖伊奇低声对蜜蜂说,"很快就能修好。"

他又挥起扳手,把钉子敲了进去,他摇了摇箱子,尽量轻一点,以免吓到蜜蜂。就在这时,他听到一个奇怪的声音,就在箱子的底部,好像有什么沉重的东西沿木板滚来滚去。

养蜂人把扳手放在拖车边上,决定查看一下蜂箱。他爬上去,解开带子,掀开蜂箱顶盖。他拨开爬在上面的蜜蜂,小心翼翼地拿起靠近出入口的巢脾。一束阳光射入狭窄的空间,落在一个圆形的绿色东西上。谢尔盖伊奇又拿起旁边的另一个巢脾,看见箱底有一颗手榴弹,一颗绿色的手榴弹,就是去年冬天彼得罗送给他的那颗。手榴弹上爬着蜜蜂。

他把手伸进去,从蜂箱里掏出手榴弹,挥手把上面的蜜蜂弹下去。他很吃惊,手榴弹暖烘烘的。

"原来你一直在这里啊。"他惊慌地悄声说道。

他把手榴弹放到裤兜里,立刻感觉到了它的分量。他把巢脾重新插好,盖好蜂箱顶盖,又把带子系好,然后从拖车上跳下来。他隔着裤子摸了摸手榴弹,依然能够感觉到它的温暖。

回到车里,他从口袋里掏出那枚手榴弹,放在副驾驶座位上。他想起了那个士兵,他出了什么事?牺牲了吗?还是受伤了?

他从汽车储物箱拿出手机,给彼得罗打了个电话。他耳边响起了长长的嘟嘟声。他听了几分钟,然后挂了电话,把手机放回原处。

第 72 章

傍晚时分,谢尔盖伊奇经过梅利托波尔。迎面一小队军车缓缓驶来,前面两辆装甲运输车,其中一辆后面还拉了一个拖车,拖着一辆坦克,后面,跟着两辆乌拉尔六驱卡车和一辆绿色瓦滋吉普车。从驾驶员的脸上看得出来,他们是从战场上归来的。谢尔盖伊奇本人并不是开往战场,他要回家。但他家乡现在正处于战争之中,而他自己的家处于中间地带,是的,不参与其中任何一方。但这不是他的过错。没有人占据他的家园,从他的院子、窗户和篱笆向敌人射击,这意味着他的家里不曾有过敌人。也许这就是为什么他的房屋完好无损的原因,他的家没有受到过去三年来落在小斯塔罗格拉多夫卡村的炮弹的影响。

我应该在到达检查站之前储备一些必需品,他心里盘算着。

前方是宽阔的大路,道路两旁种的是杏树。杏树叶从车旁扫过，右边的田里种满了西瓜，左边的田里则种满了豆角。

别担心，很快就会出现一个有商店的村庄了，谢尔盖伊奇向自己保证。

在他的脑海里，他已经想象着自己开始把一袋袋谷物、面条和饼干搬到后座上，把几罐炖肉和几瓶葵花籽油放到前后座位之间。

想着可以把东西放在副驾驶座位的空间里，他开心地笑了。

随即，养蜂人瞥了一眼邻座，脸上的笑容立刻消失了。那是一枚手榴弹。他伸手把它放进储物箱里。

在经过路边的第一个村子时，他用自己的蜂蜜换了食品。正如他所预料的那样，交换过程又快又简单。女售货员给出每公斤蜂蜜七十格里夫纳的价格，于是他就拿了一千多格里夫纳的荞麦、大麦、小米和其他的食品。汽车费力地驶离了商店，但谢尔盖伊奇感到高兴，他觉得自己不需要为未来的食物担忧了。满载而归是正确的，这是男子汉的方式，男人就应该养家糊口。他还拿了一盘鸡蛋，那个戴着淡紫色围巾的年轻而活泼的女店员，用瓦楞纸板帮他把鸡蛋包起来，并用胶带封好。接下来他很长一段时间都可以不用为食物短缺而担心了。

谢尔盖伊奇被风吹得喘不过气来，他垂下眼睛看着仪表板的速度，每小时三十公里，并不是很快……但是因为拉着拖车，所以人们超车时并没有生气地按喇叭。他们看到他拉的是蜜蜂，但他们不知道他开得慢还另有原因。他想回家，但他还没有急到全速飞奔回家的地步。毕竟，家里没有人在等他。整个村子里只有帕什卡一个人。的确，帕什卡在等他——他一个人过了一整个夏天，觉得很无聊。但是他在卡鲁谢里诺的分离主义伙伴们可能来拜访过他几次，他也可能去看了他们——所以为什么要为帕什卡感到难过呢？谢尔盖伊奇不着急的另一个原因是，前面有几个检查站，把他的旅程分成几段，谁也不知道他要在每个地方等多久，不知道有多少车辆在排队，需要等候多长时间，才能递上自己的证件，接受士兵的检查……

谢尔盖伊奇的心情开始变得郁闷起来。他突然意识到，路上有几处十字路口，向右向左，走向战争，或者转向和平与安宁。

接下来，他想到了加利娅。奇怪的是，刚刚在商店里和那个女售货员交换食物的时候，他没想起她。那个女售货员和加利娅一样热情、干练，账算得又准又快。

夜幕降临，对面方向来的车辆都打开了前车灯，谢尔盖伊奇也把车灯打开。又一个路牌飞过，上面写着新波赫丹尼夫卡、韦塞莱向左；特罗伊茨克、斯达洛博和但尼夫卡向右。

养蜂人反应过来，这就是我想到她的原因，快到转向韦塞莱方向的路口了……

他不由自主地用脚轻轻踩了一下刹车踏板，完全是下意识的。他把车停在路边，关掉引擎，下了车，挺起胸膛，感到锁骨一阵疼痛，后腰也很疼。

"上帝呀，我要崩溃了。"谢尔盖伊奇可怜起自己了。

他再次想到加利娅，想起她的红菜汤，她那温馨的家。也许他应该暂停一下赶路？转过去过个夜？他已经没有力气继续开车了，而且天也太黑了……

养蜂人考虑了一下。她是个好女人，这是毫无疑问的。但不知道为什么，他感觉拐过去和她过一晚这个想法不对，这也不是她想要的。他们最后一次通电话时，她邀请他和她一起生活，而不仅仅是过夜。

谢尔盖伊奇拿出手机，找到她的电话号码。

"谢尔盖？"手机里传来她惊喜的声音，"你还在克里米亚吗？"

"不，我已经在回去的路上了。"

"回去？"她小心地问。

"是的，"他慢吞吞地回答，"我把朋友的女儿送上了火车……现在我要回家了。"

"你不到我们这里来吗？"

"啊，你知道，是这样的——浸信会教友们正要给我们送过冬用的煤，他们只会把煤分给在那里的人……"

"以后呢？我是说，在他们把煤送过来之后呢？"

"我不知道，也许，我再给你打电话吧。"

谢尔盖伊奇累得直接坐在地上，两只手支撑在身旁，一阵燥热，有些疲惫不堪。

他在地上坐了大约五分钟，在夜色中让自己平静下来。这时，口袋里的手机响了。谢尔盖伊奇有些不高兴，他断定是加利娅打来的，她一定觉得他就在附近的什么地方，于是想办法说服他去看她。他不情愿地掏出手机，看了看屏幕，吓了一跳，来电的是彼得罗！

他拿起手机，脱口而出的不是"喂！"或"你好！"而是毫不掩饰的喜悦："活着！你还活着，兄弟！"

"是的，我还活着。"士兵重复了一遍，他的声音也充满了无法掩饰的喜悦，"我现在回家了。从医院康复之后，我瘸了。"

"谢天谢地，你只是瘸了——这说明你还活着。"

"您好吗？"彼得罗问。

"还不错，还不错，我也要回家了。"谢尔盖伊奇说，然后转过身来看看他的汽车。要么是看到车子的惨状，要么是想到回家，改变了他对车的情感，在他看来，车里散发着寒冷。"告诉我，"他又开始问，"那个在旷野里被杀的家伙……还在那儿吗？"

"没有，他们把他运走了。在对方轰炸我们之前，他成为了又一个'货物200'被运走了[20]，他被带回到家人身边。来自第聂伯罗的志愿者证明了这一点。"

"那就好，"养蜂人叹了口气，"多好呀，他们把他运走了。哦，你有时间的话，到我家来做客吧。"

"您在开玩笑吧？"年轻人笑着说，"战争还在继续！"

"哦，不，我是说战争结束以后。"谢尔盖伊奇纠正了自己的想法。

"战争结束后，肯定会的。"彼得罗保证道。

第 73 章

前车灯照亮了土路的入口,谢尔盖伊奇踩着刹车,把方向盘打向右边。开了大约两三百米,他又停了下来,下车检查拖车的套钩,确保一切都安稳妥当之后,他才重新坐回到方向盘后面。汽车驶过一望无际的田野,在崎岖不平的土路上摇晃着。车灯穿透了黑暗,照亮了两边的田地,但谢尔盖伊奇看不清地里长着什么——他也不想看,他眼睛被风吹得开始流泪。

最后他把车停在路边,下了车,展开床单,把睡袋放在上面。他突然想到今天晚上肯定会比昨天晚上凉爽,毕竟,他要往东走——往东北走。

他刚一躺下,就又着急起来。车上不了锁,储物箱里有一颗手榴弹。任何人都可能在晚上进到车里,无论是进入汽车还是打开储物箱……他们就会发现手榴弹,把它拿走,然后他——车主会被吵醒,他冲过去,发现一个小偷手里拿着手榴弹！小偷会怎么做呢？很明显，把手榴弹扔向谢尔盖伊奇！这再简单不过了，只要拉一下引线，把它扔出去，自己立即扑倒在地，就像所有老战争片里演的那样。

谢尔盖伊奇起身，走向车，拿起手榴弹，钻回到睡袋里。他把那东西塞到垫子下面，这才又躺下。他俯卧着，伸出右手握着那枚手榴弹。谢尔盖伊奇就这样迷迷糊糊地睡着了，他的右手一直放在手榴弹上，仿佛这东西能给他安慰，保证他做个好梦。

果然，梦很奇特。在梦中，谢尔盖伊奇在森林里采蘑菇。意味着梦里发生的事情是在秋天。他提了两个篮子，每个篮子里都有不少桦树茸和牛肝菌。他采得太多了，他已经不是在采蘑菇了，甚至看到红菇属类，干脆用脚踩踏而过。两个篮子装得满满的，他准备往回走，回家去。他开始怀疑自己到底是在什么地方，为什么有森林……毕竟，他的村庄附近没有森林。有前就有后，所以他往回走，辨认出这些地方曾经走过。这意味着他肯定能走出这片森林。他相信自己的腿，每迈出一步都如此自信，毫不迟疑。他没有任何困扰，想要尽快走出森林。他很好奇，一个人是怎么从一个光明的空间进入到一个黑暗的空间？在森林的起点，那里永远是光明的，甚至夜里，如果月亮和星星不被云朵遮盖的话。

于是他匆匆赶路，寻找着从一个空间到另一个空间的通道。他走得很快，只听见脚下树枝和松果被踩踏的噼啪声，这噼啪声几乎融合成一个连续不断的乐谱——一种悲伤而急促的音乐。忽然,他觉得这音乐越来越响,越来越响。他停了下来,以为声音会中断,因为他觉得这个声音是他制造的。但是没有,声音还在继续,从森林深处、从他的身后传来。

谢尔盖伊奇的手开始疼痛起来。他记起自己提着的满满两篮子蘑菇,他把它们放到地上,树枝的噼啪声、风声和沙沙声越来越响。他转过身来,察觉到黑暗的、茂密的林子深处有动静,好像树干在来回踱着步。接着,在音乐中加入了一个他非常熟悉和喜爱的声音。他仔细听着,那是蜜蜂的嗡嗡声。只是这种嗡嗡声不清晰,不易察觉,也不温和——不,它是一种密集、沉重的嗡嗡声。

他很害怕,在原地站了片刻,直到看见一个奇怪的身影从深深的、看不见的黑暗中出现,来到半明半暗的近处。这个人形大小的怪物不属于人类,这个生物的躯干很长,下面是两条短小的腿,拖着沉重的身躯,迈着小步向前走。

谢尔盖伊奇吓得魂飞魄散,丢下篮子不顾,向森林边缘飞奔而去。

他半夜醒来,额头全是汗。他翻了个身,但再也睡不着了。于是,他又一次趴在睡袋上,伸出右手,用手掌捂住手榴弹。

第 74 章

太阳已经高挂在东方的地平线上。谢尔盖伊奇爬出睡袋时，用手掌压碎了一个西红柿。他环顾四周，发现左右两侧都是西红柿地，但这片田地似乎被主人遗忘了似的。今年收成肯定很不好，西红柿本身结得也很差。看样子，这片田地的主人只采摘了为数不多的好西红柿，剩下的就打算让它们在田里腐烂了。

谢尔盖伊奇卷起睡袋，塞进车后备厢。然后，他掀起床单，想把它叠起来，却看到底下有压碎的西红柿——还有那枚绿色的手榴弹。他拿起床单，把上面的树叶和泥土都抖掉，放进后备厢里。然后他回来盯着手榴弹，无法把目光从它身上移开。

"不。"他低声说，强迫自己抬起头来。

他把目光转向拖车上的蜂箱，他更关心那些被关起来的蜜蜂的命运。他需要尽快把它们带回家，这样就可以在寒冷的冬季来临之前再飞一些时日。

他的目光重新回到手榴弹上。

我不可能再带你一起走了，谢尔盖伊奇想。你之前没有让我陷入困境真是个奇迹……我带你过了多少个检查站？还有俄罗斯和乌克兰的海关。如果他们找到你，我就会被关一辈子……

他重重地叹了一口气。

他意识到不能把它带走，也不能丢下它。万一有人发现了怎么办？比如孩子？但愿这样的事不会发生。这样的罪承受不起……

养蜂人沮丧地摇了摇头。

也许应该把它埋在地下？不，拖拉机可能会压上它，然后把自己炸成碎片。就在这时，从很远的地方传来了机器的轰鸣声。谢尔盖伊奇抬起头，望着地平线，他似乎看见远方有一个移动着的黑点，要么是拖拉机，要么是联合收割机。

他又看着蜂箱，这一次他的目光停在了那个装着在他看来是灰色蜜蜂的蜂箱，这也是他在噩梦中遇到的那个蜂箱。在梦境中，从这个蜂箱里爬出了巨大的、弓着腰的战士蜜蜂，它们像从坦克的炮塔或地下隧道爬出来，然后秘密地去执行军事任务。

谢尔盖伊奇还想起了他最近的一个梦，梦见黑暗森林里出现的奇怪的人影。那也是它们，养蜂人意识到。不，这些梦不是偶然的……上帝通过这些梦，告诉我们该怎么做。

谢尔盖伊奇爬上拖车，把那个被抬走检查的蜂箱和旁边的蜂箱绑在一起的带子松开，把装着灰色蜜蜂的箱子拉向他的方向。他惊讶地发现蜂箱移动起来那么容易，好像他的手臂又恢复了以前的力量。

"看看这个。"谢尔盖耶奇笑着说，像举重运动员要举杠铃前那样，往后退了一步。

在短暂的休息后，他再次用力把蜂箱搬到离车一百米左右的地方放下。他掀开蜂箱盖，往里面看了看。蜂巢顶部有几只蜜蜂，在他看来，确实是灰色的。

也许是他们专门让蜜蜂传染上病，怪罪是我带进乌克兰的？谢尔盖伊奇想。我曾经听说有生物武器。我参加过消灭马铃薯叶虫的灭虫工作，据说那是从美国传过来搞破坏的。

他检查了蜂箱的内壁，用手指抚摸着光滑的木板。也许他们安装了一些设备？来监视我和我们的战争吗？

谢尔盖伊奇眼中闪过一丝恐惧，心跳加快。他想起在俄罗斯电视上看到的一个节目，介绍了一种微型工具，甚至肉眼都看不见。他们给这种东西起了个有趣的名字，是"纳米"吗？还是"纳米技术"？

养蜂人把蜂箱顶盖打开，向汽车走去。他捡起手榴弹，感觉它还很热，就像有生命一样。他把武器放在手心，习惯性地掂了掂了它的重量，然后向蜂箱走去，在离它大约二十米远的地方停了下来。他拉出手榴弹引线，把它扔了出去，随即立刻扑倒在地，就像电影里演的那样，他甚至都没看到炸弹离灰蜜蜂有多远。

手榴弹的威力让他把脸紧紧地贴在干燥的黑土上,先是尖利的哨声,然后伴随着低沉的爆炸声在他头顶响起,一个湿润的东西落在他的后脑勺上。谢尔盖伊奇纹丝不动地趴着,嘴贴着地面,仿佛泥土有过滤器功能,嘴贴着地面也能呼吸,他感觉碎屑刮伤了嘴唇,呼吸变得有些困难了。当爆炸声在耳边消失后,取而代之的是寂静,所有的声音都消失了,但是脑袋里却是嗡嗡作响,好像被什么沉重的东西击中了,比如一个铃铛或者一个煎锅。

他站了起来,感觉大地在脚下摇晃。

在那个第三个蜂箱所在的地方,什么也没有,只有一个弹坑。他的脚边有几片木屑,是一个巢脾的碎片。此时,一只蜜蜂从眼前飞过。

它们活下来了,谢尔盖伊奇想,虽然不是全部,但总有一些……

他向拖车走去,头脑中依旧嗡嗡响着。

他再次听到嗡嗡声,环顾四周,看到一只蜜蜂从爆炸的方向飞来,飞到拖车上方,停在他在路上修过的蜂箱的入口。

谢尔盖伊奇仔细地看了看蜜蜂。是灰色的吗?不……也可能是……

它想钻进巢里,但出入口是关着的,在旅途中他会把它关上。

养蜂人爬上拖车,取下第二排蜂箱上的带子,掀开顶盖,把手伸进里面，打开了出入口。

"好吧，进去吧。"他对蜜蜂说。

蜜蜂似乎听到了他的声音，急切地爬进了蜂箱。

谢尔盖伊奇还没有来得及眨下眼睛，就看见这只蜜蜂从出入口滚了出来，后面跟着三四只蜜蜂，它们把这只蜜蜂推离出入口，最终把它推落到地上。

事情就是这样，谢尔盖伊奇叹了口气，俯下身去观察蜜蜂。他把它从地上捡起来，放在手掌上，攥着拳头，好像要给它做一个小蜂巢似的。

然后他回头看了看出入口。

"你们怎么也像人一样呢？"他痛苦地问蜜蜂们，但它们已经回到蜂箱里，听不见他说的话了。

他又看着握得不紧的拳头。

现在你怎么办？你飞不到任何地方——你是孤零零的一只蜂。

他开始慢慢握紧拳头，不一会儿，他感觉到蜜蜂的颤抖，然后刺痛了他。

他咧嘴笑了，松开拳头，看着那只蜜蜂在他手掌留下的螫针，但没有扎进去。他把螫针刮掉扔了，然后翻了一下手掌，蜜蜂落到草地上。

"到此为止。"他轻声说。

他回到车上，在座位上发现了手榴弹的碎片，捡起来扔掉。

幸好没有窗户，他想，否则玻璃会碎得到处都是。

一小时后，手机响了。谢尔盖伊奇放慢了车速，虽然他一开始就开得不快。

"听着，"帕什卡问，"你已经在回来的路上了吗？"

"是的，刚经过托克马克。"

"你能给我买些烟吗——普瑞玛，大约三十包？卡鲁谢里诺卖完了，你不会忘了吧？"

"我为什么会忘呢？"谢尔盖伊奇平静地说，"我给你买。"

"一定把它们藏好，好吗？不然检查站会没收的。"

"我会把它们藏好的。"谢尔盖伊奇保证道。

"一定藏好了，现在他们会把后备厢翻个底儿朝天。"

"我不藏到后备厢里。"养蜂人平静地回答，"我藏到他们找不到的地方。"

"还有哪里？有时候他们连油箱都检查……"

"我要把它们和蜜蜂藏在一起，"谢尔盖伊奇解释，"他们不会伸手去蜂箱里检查的。"

"是的，你说得对。"帕什卡很高兴地附和着，那么，好好开车吧，我会等着你。"

好吧，至少有人在等我，谢尔盖伊奇一边想，一边踩了一脚油门。

注　释

1　出生于农奴制家庭的乌克兰民族诗人塔拉斯·舍甫琴科（1814—1861）最初以画家的身份获得认可，并在赞助人的帮助下获得自由。1847年，他因撰写乌克兰文而被沙皇政府逮捕，最终被流放到哈萨克斯坦。1857年，舍甫琴科被赦免，1859年，他回到圣彼得堡，两年后，也就是他四十七岁生日的第二天，他在圣彼得堡去世。伊万·米丘林（Ivan Michurin, 1855—1935）是一位俄国园艺学家，他种植了三百多种果树。布尔什维克政权对他的实验非常自豪，但后来当苏联科学开始反对遗传学时，错误地描述了他的遗产。

2　维克托·亚努科维奇（Viktor Yanukovych, 1950— ），乌克兰第四任总统（2010年至2014年），在亲欧盟革命后被赶下台。1997年至2002年，他曾担任家乡顿涅茨克地区的州长。目前他在俄罗斯自我流放，乌克兰法院在缺席审判的情况下判处他叛国罪。

3　斯捷潘·班德拉（Stepan Bandera, 1909—1959）是二战时期一个激进的乌克兰民族主义组织（OUN-B）的领导人。他仍然是一个有争议的人物；许多人将他视为反苏俄斗争的英雄，而另一些人则将他描述为法西斯主义者和反犹主义者，指出了他所领导的乌克兰民族主义组织犯下的暴行，尤其是针对波兰人和犹太人。

4　乌克兰议会（Verkhovna Rada，乌克兰最高拉达）是乌克兰的一院制议会，拥有四百五十名代表。奥莱娜·邦达连科（生于1974年）是前人民代表（2006—2014年），曾代表亲俄罗斯的地区党。2014年，在亲欧盟革命（Euromaidan Revolution）期间，一群记者向她讲述了他们同事的困境，其中几人遭到殴打和杀害；她回应说，在战区工作的记者应该知道他们是在冒险。小说中描绘的场景是虚构的，但在2010年代末，俄罗斯和乌克兰的几位政客被泼上了亮绿色染料（一种常见的局部防腐剂）。

5　"右区"成立于2013年，是一个极端民族主义准军事联盟，在2014年乌克兰基辅的独立广场抗议活动期间参与了与防暴警察的多次冲突。俄罗斯官方媒体对该组织进行了过多的报道，将其成员称为法西斯主义者和新纳粹分子，并指责他们从事反犹太主义和仇恨犯罪。2014 年，右区成为一个政党，该党目前拥有大约一万名成员，在乌克兰议会最高拉达没有席位。

6　伊欧那·雅基尔（Iona Yakir）是一位备受尊敬的红军指挥官，他的创新军事改革在苏联和国外都得到了认可。与许多其他军事领导人一样，雅基尔在苏联 1937 年大清洗的高潮时期被捕、受刑并被处决。

7　尼古拉·奥斯特洛夫斯基（1904—1936）是乌克兰出生的苏联作家，他的小说《钢铁是如何炼成的》（也译为《英雄的形成》）是社会主义现实主义的基础文本之一。在二十世纪五六十年代，深深地影响了一代青年，成为共和国成立初期培养"社会主义新人"的"手册"。

8　乌克官员将其军队在乌克兰东部的行动描述为反恐行动。

9　"班德拉派"一词源于斯捷潘·班德拉的名字，被俄罗斯宣传人员用来称呼当今所有支持乌克兰独立的人。俄罗斯宣传人员对班德拉这个名字的冷嘲热讽，甚至让他的一些批评者也接受了他的遗产，哪怕只是讽刺。例如，支持民族独立的乌克兰犹太人开始称自己为"犹太—班德拉"派。

10　Samsa 是一种美味的糕点，通用肉填充，是中亚和鞑靼美食的主食。Hamsa 是俄罗斯和乌克兰语对黑海周边地区的欧洲凤尾鱼的称呼。

11　"妈妈，是谁呀？""从顿巴斯来的你爸爸的朋友。"两句用的是克里米亚鞑靼语。

12　1944 年 5 月，苏联最高领导人以克里米亚的鞑靼人与德国合作为理由，将世代居住于此的数十万克里米亚鞑靼人强行移民到了中亚地区。

13　原文 Yantiq 是克里米亚鞑靼人的传统菜肴，是一种馅料像馅饼的糕点。Imam bayıldı 直译为"伊玛目昏倒了"是奥斯曼帝国的传统菜肴。它是用一整只茄子填上洋葱、大蒜、番茄和欧芹，然后在油里煨着吃。

14　原文 Äyrän 是用冷水稀释的酸牛奶。

15　伊万·弗兰科（Ivan Franko，1856—1916）是乌克兰历史上最重要的文化人物之一。作为诗人、小说家、翻译家、评论家、民族志学家、经济学家和活动家，他对现代乌克兰文学和政治思想的发展起到了重要作用。

16　所谓的"克里米亚自卫队"是在 2014 年俄罗斯首次干预克里米亚之后成立的。这些志愿民兵试图确保俄罗斯在半岛上的利益。

17　原话用的是克里米亚鞑靼语。

18　在东正教的传统中，哀悼期持续四十天，追悼会在死后的第三天、第九天和第四十天举行。

19　在俄罗斯联邦，没有车主签署的官方许可，不得驾驶登记在他人名下的车辆，即使此人是近亲。

20　"货物 200"是苏联时代的代号，至今仍在使用，用于运送军事伤亡人员。

Серые пчелы (Serye pchely/Grey Bees) by Andrej Kurkow
First published in 2018
Copyright © 2019 by Diogenes Verlag AG, Zurich
All rights but Russian and Ukrainian reserved

著作权合同登记图字：23-2023-093号

图书在版编目（CIP）数据

灰蜜蜂 /（乌克兰）安德烈·库尔科夫著；钟立，陈晓萍译. -- 昆明：云南人民出版社，2025.2.
ISBN 978-7-222-22618-0

Ⅰ．I511.345
中国国家版本馆CIP数据核字第202446MV57号

责任编辑： 柴　锐
特约编辑： 李恒嘉
封面设计： 高　熹
内文制作： 陈基胜
责任校对： 柳云龙
责任印制： 代隆参

灰蜜蜂

[乌克兰] 安德烈·库尔科夫 著　钟立　陈晓萍 译

出　　版	云南人民出版社
发　　行	云南人民出版社
社　　址	昆明市环城西路609号
邮　　编	650034
网　　址	www.ynpph.com.cn
E-mail	ynrms@sina.com
开　　本	850mm×1092mm　1/32
印　　张	13.5
字　　数	255千
版　　次	2025年2月第1版第1次印刷
印　　刷	山东韵杰文化科技有限公司
书　　号	ISBN 978-7-222-22618-0
定　　价	75.00元